薛丁格的理想國

林家榆——著

目次

第三部 破曉

序曲

一隻麻雀的生死，都是命運預先注定的。

——莎士比亞，《哈姆雷特》

這首歌獻給那些不應受苦的人
慶賀他們終迎來更好的明日
即便為正義與秩序犧牲也在所不惜
畢竟失去的到底無關緊要
這都是上天引領的最佳安排

所以
敬鮮血　敬鐵腕
敬淘汰　敬成全
敬他們終迎來更好的明日

在這裡
將這首歌獻給那些不應受苦的人

終能以勝利者之名宣告和平
欣然享受上天引領的最佳安排
這世界正是因此才需要我們

因此
賀鮮血　賀鐵腕
賀淘汰　賀成全
賀他們終迎來更好的明日

這首歌獻給那些不應受苦的人
他們的信仰即將實現

隨著全新政權的崛起，這樣代表著勝利者的歌謠，也在國家的各個角落傳唱開來，將這份信仰深植入每一個人心中。

即便那崇高而不容動搖的理念曾在火光中被徒勞無功地篡改過一瞬，但所幸最後，他們終是能迎來更好的明日，維持住屬於他們的勝利。

那些生來就**更值得**不應受苦的人啊，終究能得蒙庇佑，繼續歌頌他們實現了的信仰。

可以說，故事就是這樣。

第一部
薄暮

我宣布，強權就是公理，
正義就是強者的利益。

——柏拉圖

第一章

這個世界上沒有正義與邪惡，沒有好與壞，那些被稱之好的，都只不過是實力強的罷了。

——阿道夫・希特勒

「**對政治冷漠的下場，就是被糟糕的人統治。**」

「聽起來很熟悉對吧？我想應該每個人都聽過這句話。從前有許多人喜歡引述這句柏拉圖的話語，來作為歌頌民主可貴的利器，藉此譴責那些對政治冷漠的大眾，並以此作為預示般的警告、警告人民必須關心政治，否則其下場便會是被糟糕的人統治。」

「確實是很有力度的一句話呢，也的確在這個社會上激起了不小的作用，人們奔走相告、群情激昂，用這句話相互告誡，莫不是引頸期盼著，這所謂的民主啊，能帶給他們更好的明天。」

「**只可惜，不是這樣的。**」

「這句話其實是出自柏拉圖所著的《理想國》一書，藉蘇格拉底之口所道出的。其原文應為：『**拒絕參與統治的人，只會被更糟糕的人統治。**』以此表明，若正義之人不甘失去名聲、也不肯沽名釣譽，以致不願出頭參政，則應以被糟糕之人統治的恐懼，來誘使這些正義之人不再消極避世、推諉責任，而能出面參政。」

「我不敢矯情稱自己為正義之士，但承蒙各位不棄，用你們手上的倒數第二張選票，給了我不再避世的勇氣；並用你們手上的最後一張選票，讓我承擔這份不再民主的重責大任。我承諾各位，身為總統，我將會把我們的國家給打造成一個真正的理想國，而身為這個理想國的君王，我將會讓我的人民無須再被恐懼支配著關心政治、而是能遠離政治，只管讓我們這些需要負責的人來承擔一切，給予你們更好的明日。」

「相信我，我們的信仰即將實現。相信我，從今天開始，我們的世界會永遠不一樣。相信我，**君佑我國，光明在握！**」

「君佑我國，光明在握！君佑我國，光明在握！君佑我國，光明在握！」

順著最後一句口號，激昂的國歌響起，台下的民眾無不歡聲雷動，揮舞著手上與所著衣服同色的、象徵著光明和正義的白色旗子，喧囂著吶喊著，慶賀他們終將迎來更好的明日。

而在響遏行雲的歌聲、漫天飛舞的旗幟、和歡欣鼎沸的人群之中，小小的他站在台下的第一排，努力墊高了腳拉長脖子，仰望台上的父親君臨天下，為他們所抱持的信仰和將擁有的未來而興奮地脹紅了臉頰。

他以為接下來便該是三軍操演的環節了，他為此期待了整整一個禮拜都沒睡好，卻不想不如他所願，樂儀隊並未開始表演，取而代之的是父親走下講台，一道鐵閘門被開啟，一群面容憔悴的人茫然無措地走了出來，哆嗦著像是不敢直視日光。

他不明白為什麼會有這批安排，就像他也不明白為什麼父親的登基典禮並未選在首都舉辦、而是不遠萬里地辦在了偏遠的離島上。只見父親耐心地與那些人一一握手後，又站回台上繼續發表演說。「為了更偉大的利益……為了正義，**真正的正義**……」他不禁開始分神，四處張望著樂儀隊是否在附近。

「集中營將不再存在……不良的基因進行清洗……這樣的地方，只該留給……」

身後幾步外卻在此刻有輕微的騷動，讓他沒能聽清父親的話語尾句，他回首看去，只見一名老人高舉著一片牌子，口中嚷著的模糊話語全給淹沒在其他民眾的歡聲雷動中，狀若瘋虎，眼瞧就要衝上前來。

所幸他身邊的隨扈各個反應明快，在他來得及看清那牌子上是寫著「守誰民主」還是「守隻民主」前便護住了他，在混亂的推擠中，一滴血濺進他眼裡，令他吃痛而低喊著摀住半邊臉。

隨扈們沒有察覺他的異狀，只是扳過他的身子，為他順好小小的西裝上的褶皺，讓他轉回直面前方。恰好父親在這時帶頭鼓掌歡迎三軍進場，他便也顧不得那麼多了，全副注意力都被整齊劃一的樂儀隊給吸引了過去。

是以他沒有看見那名抗議的老人被隨扈塞住了嘴摁在地上毆打，沒有看見他的隨扈們是如何訓練有素地將人圍在中間不讓其他民眾和記者有機會察覺，沒有看見隨扈極其輕蔑地朝癱倒在地的抗議者和其手中標語啐了一口。

他只是堅定地挺直小小的肩背，放下捂著眼睛的手，試著眨了眨眼，抬臉望出去，卻只見那鋪天蓋地飄揚著的白色旗幟映落眼中，全被染成了一片腥紅。

那是最早的記憶。

而後，恰有一日，他在電視上看到介紹病毒的節目專題，順著螢幕上播放各式令人看著便不寒而慄的病徵，只聽講解的人聲道：「病毒傳播的途徑，包含血液、唾液、飲食攝入、空氣傳染、蚊蟲載體等……」

病毒，會透過血液傳染。

血液。

看著節目上演示細胞被病毒攻擊所模擬的滿屏血色，他一時有些呼吸困難，重重地撇開視線，卻只覺無論目光落點何處，所見之物，皆是一片紅，和那日落進他眼底的腥紅一般無二。

愛滋病，B**型肝炎**，C**型肝炎**，**梅毒**，**淋病**。

他可能會得病。

這樣的恐懼根植在腦海裡，起先只是盡力避免掉和人群的往來，縱使避開了體液交換的危險性、可天曉得那千萬分之一的飛沫感染機率會不會降災於己身？

肺結核，**天花**，**水痘**，**肺炎**，**痲疹**。

再來是害怕著生活中一切的髒污和病菌的可能來源，誰能保證他的指間沒有任何細小得令人不易察覺、卻足以讓病毒通過的傷口？

出血熱，**炭疽病**，**帶狀疱疹**，**破傷風**，**疥瘡**。

接著是擔心起自己的貼身物品、飲食起居、甚至蚊蟲叮咬，都有可能在不知情中遭受汙染，畢竟誰也不知道，這樣的厄運不會出現在自己身上，不是嗎？

瘧疾，**鼠疫**，**腦炎**，**傷寒**，**霍亂**。

即便理智上知道，自己要經由這些途徑染病的可能性近趨於零，但這樣的恐懼仍然折磨著他，永無寧日。

王子患有強迫症。

而當他發覺自己這樣實在不正常時，已經來不及了。

王子什麼的，自然不是他真正的名字。

他從小是聽著這樣的故事長大的：在並不是很久以前，他們國家的人民，在經歷過專制殘暴、貪污腐敗、和無能庸懦的前幾任國家領導人後，在一次選舉中亟欲為自己的恐懼找個出口，將所有希望都賭在了一名打著專注民生、振興國家旗號的政治新星上，終究使其贏得選戰，以為能就此帶領國家迎向更好的未來。

卻不想，這位新上任的國家元首也沒能逃出令人民失望的窠臼，甫就職不過一年便跌落神壇，起先的暢所欲言全成了編織謊言，原見其行事果敢可卻只是荒謬絕倫，本以為他會是帶領眾人走出黑暗的英雄，可在尚未走至光明前，便足可以看穿其跳樑小丑的本質。

人民再也禁受不住這樣的打擊和追悔莫及了。

王子他便是出生在這樣惡劣的世代。然而所幸，人道多難興邦，正因著王子的誕生，原先作為幕僚，在旁輔佐了元首六年、一心為國的父親，終於認清了自己再不能跟隨如此可笑的領導人，讓孩子生長於這場荒腔走板的鬧劇之中，終是在一片動盪不安、民怨四起中痛定思痛，發起號召全國性的罷免運動。

父親冒著得罪國家最高權力的風險，大膽地揭露了時任元首的荒唐行徑，指認其貪贓枉法、暴虐無道，在任的數年間大興恐怖政治，逮捕了大量與之意見相左的異議分子，關押入位於離島上的監獄中，讓其無聲無息地自社會上消失，以此穩固政權不受悠悠之口動搖。

只可惜此罷免訴求，最終因那些尚未覺醒而安逸於現世、裝聾作啞的人們而功虧一簣，未能如願。且在同年，國內又爆發了大規模的流行性瘟疫，一切都看似沒了指望，心懷正義的人失去了命運之神眷顧，連帶令那些無辜受苦的人民，一同浮沉於沒有未來的日子裡。

王子的父親明白，倘若末世降臨，那麼能夠拯救你的，終究只有你自己。[1]

於是他再顧不得任何議論己身沽名釣譽、譁眾取寵等無知言論，堅定地挺身而出投入總統選舉。他集合了過去兩年間祕密組織起的一干有志之士，不卑不亢地向全國仍在苦痛中掙扎的人民高聲宣布：**極端的自由導致極端的奴役，這就是被你們奉為圭臬的民主制度！**

即便是十數年後的今日，這段演講的影片也仍不時被人拿出來再三回味，王子也不例外，他自小便仰望著畫面上的父親，只見當時方屆不惑的父親面色凝重，全沒了最初以領導學運、在政壇初露頭角之時那意氣風發之態。他首先垂眼斂眉，沉默了一會，才抬臉直面鏡頭。「方才的那一分鐘，是為了我們的國家、我們曾錯誤地投下的選票，和我們身邊所有正在受苦受難的人們而哀悼。」

「現在的人老愛碰上任何小事，便嚷嚷起民主已死。無論是司法不公、執政腐敗，看在你們眼裡，似乎都是心目中最神聖的、那一片名為民主的淨土被人肆意輕賤了，而致使痛心疾首，捶胸頓足，需得好好在網路上或於口舌中發洩一番，才能維持住民主制度最令人驕傲的精髓，才能消卻心頭之恨，才能繼續盲目無從地過上日子。」

「但我必須告訴你們，我很抱歉，但你們錯了。民主從來沒有死去過。相反地，民主活得無比得意暢快，正因為此，也只因為此，那些令你們深惡痛絕的事物，才能繼續在民主的保護傘下恣意妄為地一再發生。民主並沒有死去，相信我，死去的，只不過是你們對這個本就錯誤不堪的制度，所寄予的天真想望罷了。」

「民主是什麼？說穿了，民主不過就是一群不明事理、不辨是非的選民呆坐在電視前，盲目地囫圇

---

1 出自阿道夫・希特勒

吞棗，被那些懷有私心的政客抓準了無知和恐懼、以此把精心包裝後餵養給你們的資訊，給全當成了自己的思想，傻愣愣地任由他人替你們決定了思考的方式，卻還沾沾自喜地以為自己擁有卓越不群的思考能力，在一張小紙片上蓋了章就以為自己能左右些什麼，實際上，卻只是在政治順己意時讚嘆民主存在，而一旦有拂己意時便高喊民主已死罷了。」

「這般全憑自身好惡來裁斷事情的方式，簡直比小孩子扮家家酒還要來得可笑，可偏偏，又被人們視為不容動搖的心中聖域。民主本來就不公平，不過是一群既得利益者用不公平的手段壟斷了話語權，再搖著號稱人人平等的大旗以此操縱上位，如此取得權力後，還好意思腆著臉、虛情假意地說這才是最公平的制度？」

「人們在碰上選舉時總愛說：**每一票都彌足珍貴**。卻往往在選後或痛罵或嘲諷非己方陣營的支持者全是愚民，並或稱頌或讚嘆己方陣營的選民通過了智力測驗。想清楚了，你是真的認為每一票都是彌足珍貴的嗎？你真的甘心讓你這珍貴的一票，和那些違法犯紀的、智能不足的、昏聵無知的人們等值嗎？想像一下，這所謂的民主，真的就是你們想要的政治體制嗎？」

「承認吧，你們每一個人，都不懂政治為何物，也不懂得如何運轉一個國家，所以才會在每次選舉時都給人耍得團團轉；這次對這個政客失望了下次就換個人投、這回因這個黨執政不如預期下回便全力拉另一黨上位，不斷在這般無知力捧而後悔恨不已的死循環中脫不開身。」

「讓我問各位一句，為什麼我們生病了會找專業的醫生，送孩子去補習會找專業的老師，連抽水馬達故障了都會找專業的水電師傅修理，可在今日碰上這關乎國家社稷的政治大事，卻要盲目地依循所謂民主、而將此交由一群你們心知肚明全憑黨派好惡來決定的愚民呢！」

「國家，就像一艘滿載著千萬國民的巨輪，航行在一片滿是冰山、暗流與海盜的海域上。如何航行、向何方航行，均需具專業知識的海員齊心配合，再由船長引領著做出最明智的指令，方能避開一切危難，讓這艘巨輪平穩地駛往更好的明日，而絕非是由僅看過幾部海難片便開始自以為能對如何開船議論不休的乘客們，爭執著來投票決定如何航行。想像一下，這樣隨時可能觸礁沉沒的船隻，正是你我每天生存於其上的國家！」

「為何不將這艘巨輪交給專業人士呢？相信我們，我，和我所領導的團隊，我們各個都是各領域中的佼佼者，我在此懇請所有的人，所有正在受苦受難的人，所有對這個國家仍懷抱希望的人，所有生活在這片土地上的人，站起來吧，真正地為自己思考一次吧，把你們手中的一票、同時也是倒數第二張選票投給我們吧。讓民主惡法的制度，**最後**為國家做一回好事，為我們帶來改變。待我成為總統，你們將再也不必為了政治煩心，而只須欣賞沿途海面上的美麗風光，相信我這個船長會帶領著你們，航向更美好、也更光明的未來！**民佑我國，變革在握！謝謝各位！**」

當年在宣布參選的演講中，父親大膽地提出一旦當選後，他便會發起公投修憲，徹底將民主制度此一毒瘤從早已生滿爛瘡的國家中挖淨根除。這樣從未有人敢宣之於口的想法頓時引起軒然大波，因循守舊的人們怒其敗壞制度，反對勢力的政客斥其妄圖奪政，但父親準備周全，組織起的團隊也是各領域裡的菁英，用最懇切的姿態說著最能打動人心的話語，再加上對方陣營荒唐循舊、直至此時仍滿口空話的可笑行徑，不過多時，民情便已做出了最明智的決定；縱然有過遲疑，也會全被一句：「**難不成你要投給另一黨？**」給說服，紛紛認定了選出過往那些殘暴、腐敗、昏懦領導人的民主制度斷不可再留，萬不可再讓那些昏聵無知的對方陣營贏下這一城，他們不要民主，不要再有投票的機會，不要再讓下一位滿口胡言的政客領導國家！如此在群情激昂之下，終使父親以前所未有的過半有效高票數當選總統。

就任後，成為了總統的父親，一方面並未忘記被前任元首無辜囚於獄中的政治犯，積極辦理促進轉型正義，將其陸續平罪；另一方面則著手修法，降低了公投年齡門檻，以求能使更多人共同決定國家未來，再順著高支持度的聲勢發起公投修憲，成功廢止了民主制度，改以寡頭菁英政體統治。由總統帶領其幕僚團隊，並以其中分屬不同領域的幾名負責人作為各機關的最高決策者，擔任該部門總長之職；以此取得了絕對的權力後，再無需受黨派鬥爭所囿，得以大刀闊斧地進行變革清肅，以高效率的執政廣獲愛戴。

在公投通過後，總統取得了絕對的權力，此一行徑在從前可說是聞所未聞，不少心胸狹隘者對此懷有成見，諷刺他簡直成了君王。但總統置若罔聞，甚至不加以否認，只道。「君王又如何呢？堯舜禹湯、亞歷山大大帝，哪個不是一心為了天下事的偉大明君？成為君王並不是件壞事，擁有絕對的權力更加不是。」總統摸摸他的頭，溫和地道。「我的王子，你要記住了，只有擁有了絕對的權力，才能創造絕對的盛世。」

就因為此，自幼開始，從總統、幕僚部屬及他身邊的人，各個都以或者輕鬆親暱、或者景仰恭敬、或者嘲諷蔑笑的方式，來稱呼他為王子殿下。

這是種肯定，是種期待，更是種枷鎖。

被這麼喊久了，到了後來，竟連他自己也記不得了。記不得自己的名字，自己想要些什麼，自己是否還存有所謂的自我。撇除開王子這個身分外，他究竟是誰？一切，都被遺忘了。

不過，這些都不重要。重要的是，他知道自己必得拚盡一切手段，賭了命的，也要維持住自己在這個世界裡被賦予的身分。他是王子，他必須是王子，他也只能是王子

若非如此，他便將不再被這個世界需要。

「民主主義不過是資本主義對世界撒過的最大的謊言。」

在成功修憲後，總統舉辦了盛大的典禮宣示登基。而今，已毫無異議地權傾天下的總統，在回到府邸後把仍不停眨眼、總覺得眼中依然留有那一抹紅色的王子喊到了書房來，並沒有察覺他的異狀，只是對王子說了這句話。

「這是阿道夫・希特勒說過的話，也是我最喜歡的一句話。我的王子啊，你要記清楚了，民主什麼的，都不過是謊言罷了。看看希特勒，一個由民意選出的領導人，最後卻成了人類歷史上最不堪的一段記憶。這世界本來就不公平，只有淘汰掉了那些不重要的愚民干政的聲音，才能成就大事，你明白嗎？」

王子放下了揉著眼睛的手，恭敬地向總統表示自己明白了。即便那時他年紀還小，卻仍將這段話記得真切。總統是個了不起的領導人，於上任後便兢兢業業地為國為民，努力將國家給打造成能讓所有人都安居樂業的理想國。

總統最討厭公平二字，他總說，人生本就不公平，所有的，只不過是那些自以為是又自命清高的政治正確罷了。於是總統並不僅只滿足於廢除虛偽的民主制度，他還想讓國家變得更好。在深感國家眾多資源的嚴重匱乏之下，於登基後，又頒布了一條新法：**《基因清洗法案》**。

為推動法案，總統府釋出了一段影片，在全國所有媒體上播放。鏡頭前的總統手裡拿著一片餅乾，微笑著道。「想像一下，這片餅乾若是分給兩個人，是綽綽有餘。」他將餅乾分成兩份，再折成了四片。「但在資源分配的考量下，將其分給四個人，也還算可以讓這四人吃飽。」他又把餅乾掰成八片。「若要分給八人，那便已是維持每人基本生活品質最緊繃的狀態了，而今，若要再因所謂的公平而硬生生多分幾份，分給十六個人，那麼結果會是怎樣？」他再一施力，餅乾便在手中碎裂。「這，就是我們現今社會資源的情況。但想像一下，如果我們能剔除掉那些不值得吃、不配吃、就算吃了也無濟於事的人，而將這些珍貴的資源留給真正重要的人，讓這片餅乾、這些資源能被最大限度地利用，想像一下，這樣的國家該會有多麼富足、多麼幸福？」

「時間、金錢、教育、醫療，這些資源是最不該被政治正確的公平一說而無端濫耗的，可過去，我們的國家卻在無意義的人和事上浪費了太多。想像一下，你本可領到更多福利津貼、保你辛勞工作一生後退休無虞，卻被那名領了錢轉手就拿去買毒品的人給瓜分走了；你的孩子本可以有更好的教育資源，但老師們的心力卻全被那些就是教了也只是無濟於事的智能障礙給瓜分走了；你的母親在生病時本可享有更完善的照顧，但醫療和藥物都被重症患者、精神病患、和那些怎麼治都不會有起色、而僅只是苟延殘喘的人給瓜分走了。這樣的世界，這所謂的**公平**，真的就是你們想要的嗎？」

「這就是為什麼，為了社會的和平與繁榮，為了使國富民強，也為了把資源更公平地留給那些**值得的人**，我在此宣布，**《基因清洗法案》**將於明年正式生效。那些不被這個社會需要，且不符合社會價值的人，國家將會安排他們轉移進隔離區中，進行絕育手術，並將資源針對隔離區內外做出合理的分配。如此，淘汰者們不會再妨礙社會秩序、也不再浪費國家資源，我們可將大部分的資源留在值得的人身上，而僅將最小的一部分浪費在這些沒有意義、不值得拯救、早該被淘汰的人身上。」

「想像一下，在一萬個人裡，大多數人都是奉公守法的安分良民，卻有十人是那樣行為不端、思想怪異、不適合生存在社會上；這十人隱藏在社會中的各個角落，誰都無法分辨，他們就在你我身邊，就在我們心愛之人左右，極有可能會對我們造成不可挽回的嚴重危害。難道就為了高舉所謂人權大旗，我們便要顧及這十人、而置餘下無辜的九千九百九十人的安危於不顧嗎？這些人難道不應該從這個社會中被隔離開來嗎？淘汰了對正義與秩序無用之人，我們的國家難道不會迎向更好的未來嗎？」

「數千年來，人類在天擇之下演化至今；而若將整個國家也視作一個人，如今此人身患重病，我們又怎能仰賴需耗時數百年的天擇來淘汰病徵？我們需要治療，需要汰換，需要剔除掉那些不被需要的基因，只有如此唯有如此，方能讓整個群體朝更好的方向演化。」

「人類可以超越自然演化，透過有計畫的篩選和操控，使人類基因擇優汰劣，形塑更優良的後代。想像一個無須將醫療資源耗費在絕症病患、傳染病患和精神病患的社會，想像一個稅金不再被拿來供養死刑、無期徒刑、和那些不斷假釋後再次違法的罪犯的社會，想像一個不再有遊民攻擊路人、毒蟲和酒鬼反覆出入看守所和醫院、精神病患隨機殺人的社會。想像一下，我們可以，也即將生活在這樣的社會裡。相信我，透過這樣針對整個社會的基因清洗，才能夠成就更幸福的理想國！」

《基因清洗法案》

一、**不符合社會價值者，即為淘汰者。**

二、**為確保人類社會的演化擇優，淘汰者將進行絕育手術。**

三、**淘汰者一經判定，應被轉移至隔離區內，不至影響社會秩序。**

法案一經發布，各界輿論不斷，面對嘈雜的聲音，如今擁有絕對話語權的政府本可置之不理，可總統是位明君，他開放接收每一個質疑的聲音，耐心地反覆辯證論述，提出完善的配套措施，甚至親自出席多場活動，就是要讓人民明白，這樣的制度是必須的，也是能讓國家更好的。王子打從心裡景仰著總統，暗自期許終有一日，自己也能成為和他一樣偉大的君王。

而在法案頒布後但尚未生效前，恰好相隔數月，便接連爆發兩起公共場合無差別殺人案：兩名犯人皆是精神病患，其中一名選在商場中犯案，為嚴重的躁鬱症患者，其時正逢躁期，又服食了安非他命，方導致行為失控，開著貨車撞入商場後持刀行兇，共造成十一死二十七傷；另一名則是患有思覺失調症的男同性戀者，因情傷而在一同志酒吧中試圖縱火，使人群推擠踩踏著逃亡，最後共造成十八死五十二傷。

此二案簡直是量身為《基因清洗法案》打造的最佳案例，社會上群情憤慨，媒體大肆報導挖掘，發現類似先例的判決不是無期徒刑、就是強制治療，只道在這個國家連殺人都無須判死。網路上更是流傳著各式諷刺的圖文，有的戲稱精神病症儼然是一道免死金牌，有的呼籲精神病殺人都該唯一死刑，更有聲音痛批過去的執政者根本不執行死刑、只在需要創造名聲和轉移焦點時意思意思槍斃兩個人。法律相關人士也跟著跳出，論證死刑耗損的國家成本和其背後衍伸問題，直指死刑並非此事件的最佳解法。

後，果不其然，此二案在現有的司法制度下，一個被判了無期徒刑、一個被判強制送醫七年，判決一出更是民怨沸騰，直斥天道不公，司法已死，自動發起了遊行抗議，強烈要求《基因清洗法案》應即時生效，並以此二案為先例，必得將這些早該被淘汰的人從社會中給剔除出去。

總統及幕僚團商議了三日，緊急宣布此法案立即生效，會即刻安排第一批淘汰者——即為所有定讞之死刑犯——進行絕育後轉移入隔離區內。並同步規劃於次年進行第二批轉移，主要對象為所有經判定危險之精神病患。率先處置這兩批淘汰者以達成正義及公道，剩餘之篩選則應逐步進行，最遲應於次年底完成第一輪評定。

法案正式生效的那晚，王子被總統喊進了書房，端坐在書桌對面。只見桌上放著一本《理想國》，裡頭夾著一張紙片，微微從書頁中露出一角。總統像是心情很好的樣子，挑了一隻波爾多葡萄酒，與他碰杯飲盡。

總統又兀自斟滿了，才晃著酒杯對他輕笑道。「那些起先嚷嚷著『實為道德淪喪、文明開倒車惡法』的人權團體，現在全收了聲不說，還改稱此為『既不違背人權、又能維護社會秩序，實為前所未有之創舉』。你知道這是為什麼嗎？因為人權什麼的，都只不過是政治協商下的一種妥協罷了。」

「他們老愛用人道主義來攻擊我，但我告訴你，我親愛的王子，」總統對他舉了舉杯。「人道主義什麼的，不過是愚蠢、怯懦和自作聰明的混合物。」

「阿道夫・希特勒說過的話。」王子立刻接口，試著讓總統刮目相看。

「很好。」果然總統滿意地笑了。「那些愚民在事不關己時，只會打著人權的旗號來彰顯自己的正義不凡，可一旦認知了那些即將被不人道地對待的人、也就是可能威脅自己及親人安危之人時，就再不會說什麼了，還會反過來言說一句，這樣才是**真正的**人道主義。」他斜了斜嘴角笑道。「他們這樣懦弱無知的言行反覆，實在是幫了我不少忙呢。」

總統說著，扳起手指一一細數。「那些瘋的傻的，擄人勒贖殺人越貨的，浪費國家資源的，心理有問題的，搞同性戀那些性生活放蕩的，過分牴觸公開煽動反對國家政策的，成天哭哭啼啼、瘋瘋癲癲、行為不檢、舉止危險、思想怪異的，**有強迫症的**。」總統哼了聲，語調中滿是驕傲、輕蔑和止不住的狂喜意味。「每一個，都不該存在於這個國家裡，**我的**國家裡。」

王子繃緊了肩背，努力在寒徹骨髓的恐懼和無邊無際的黑暗籠罩之下，表現得一般無二，微笑著平靜應答。「是的，確實如此。」

總統最崇拜的人物，是阿道夫・希特勒。歷史只以成敗論輸贏，若當年軸心國在二戰中取得最終的勝利，那麼以其謀略和野心，以及為了國家不擇手段的那份膽識，絕對夠格被稱上一聲英雄。

「希特勒最大的過錯，並不是屠殺猶太人。而是打輸了戰爭，又讓人看穿了這場屠殺完全是出自他的個人好惡。」總統這麼評論過，並再次告誡王子。「喜怒不形於色，情感埋藏心中，方為成大事者應有的氣度和姿態。」而除此之外，更重要的，是要贏。確保了絕對的勝利，也就確保了絕對的權力，確保了自身的統治權能雋永不衰。

王子謹遵總統教誨，並將總統最喜歡的幾句摘抄銘記於心，暗自期許將來若他，不，**當他**承襲大位之時，他也要成為和總統一般英明睿智、卓爾不群、愛民如子，且，和正常人一般無二的領導人。

歲月荏苒，十多年過去後，如今的王子長大了長成了，早已出落成足以為總統和國家帶來驕傲的繼承人。曾經那些諷刺哼笑著喊他王子殿下的人，現也早轉了態度，改以帶著巴結的笑意告訴他，他們的王子殿下啊，將來必將成為和總統一樣了不起的領導人。

而正因有些人生來就該得到更好的資源，於是在王子受完菁英教育後，總統又安排他進了清洗部任職，在基層待了一年後又連番升官，如今不過三十歲的年紀，便已位列處長之職。總統耳提面命再三強調，王子將來是要繼承父位的，必須得牢牢將清洗和國防兩塊大權握在手心裡，並切記一條：所有不正常的都是能被壓抑的，所有違背正道的都是不被需要的，所有沒有價值的都是應被淘汰的。王子將此謹記在心，絕不敢悖離，亦不敢有所質疑。

要知道，人們既然可以被操縱成把天堂看作是地獄，那麼反過來，也可以把最悲慘的生活視作天堂[2]。而正因民眾都是那樣易於操縱，所以他們這些統御人心的菁英們，才必須更謹慎地審時度勢，認準時局，為這些愚蠢盲目的民眾，打造出真正的理想國。

[2] 出自阿道夫・希特勒

王子深信，他們正身處天堂，無庸置疑。他對此堅信不移，他必須如此。

自總統登基，並通過了《基因清洗法案》、啟用隔離區的那日算起，至今即將滿二十年了。這日王子提前結束了清洗部的工作，總統召他前來議事，便是欲讓王子陪著一同參與後日的出巡，旨在讓他多看看，歷練著更了解些。

「此次視察，我會帶上一批採訪人員全程拍攝記錄。其中目的為何，你明白嗎？」總統問道。

「其一是讓民眾知道，隔離區內的淘汰者有以勞力換取物資，並未白白養著浪費稅金；再者是令民眾安心，這些淘汰者只是被與正常社會隔離開來，在裡面並未受折磨。」王子迅速地給出了標準答案。

「對，但也不對。」卻不想總統笑道。「還有第三點。」

「第三點？」王子微微皺起眉，等待解答。

「第三點，是讓我的人民好好看著，引以為戒，作為警惕。」總統大方地公布謎底，加深了笑意，一字一頓地說。「不要成為和**他們**一樣的人。」

一切安排妥當後，總統帶著王子、幕僚中主管清洗和國防的二位總長、數名隨行官員及採訪團，一同前往隔離區視察。

隔離區與軍事基地相鄰，位於國土邊上的一個離島，當年總統的登基典禮便是在此舉辦。正常情況下，一般小型客機不用二十分鐘便可到，但今日出巡隨侍人員多，在總統的指示下，他們部署好了安保措施，便改搭輪船前往。好在離島並不遠，不過一小時便抵達了。

接駁車穿過了碼頭和機場，將他們載至了第一個巡視地點，早在此等候的國防部長親自在基地外迎接，對著總統、二位總長和王子行了個漂亮的舉手禮，恭敬地將人請進了營區。

此軍事基地位於離島上，已有半個世紀的歷史了。曾經在戰時是用以審訊及關押戰俘為主要目的，後又被荒唐的前任元首作為埋葬異己聲音的牢獄，終於在他們英明的總統即位並加以改革下，現已是最令國家自豪、操練軍事人員和研發軍武的基地，及安置淘汰者的隔離區。

在國防部長的帶領下，總統滿意地看了一圈軍事營區，不時和採訪團開些溫和的玩笑，勉勵了辛苦的軍人們，並親民地在食堂一起用了午飯，又看了一次操演後，才結束這一站的行程。

而王子端著笑容，安靜地看完了樂儀隊的表演，卻分神回想起當年在登基大典上，也是在這裡，他看著總統走上前，親自開啟了監獄的大門，迎接那些因前朝暴政而冤枉多年的政治犯，一一擁抱他們，宣布道：「為了更偉大的利益，為了國家人民的未來，也為了正義，**真正的正義**，日後那樣全憑個人喜惡決定他人生存的集中營再不會存在，我們將會有計畫地篩選，針對社會上不良的基因進行清洗。在未來，這樣的地方，只該留給——」

給誰？

時隔多年，王子仍然記得登基大典那日漫天飛舞的旗幟，總統慷慨激昂的演說，和落在眼底的那一抹腥紅，他記得那一日的每一個細節，可他卻不記得總統的那句話是如何收尾的了。

順著清洗部長的帶領，他們一起離開了軍營，前往位於後方的隔離區。隔離區是用前任元首昔年設立以關押政治犯的監獄改建而成，以十公尺的高牆和電網圍著。一側面向軍營，由軍人輪班戍守保衛著；而另外三側，在高牆的另一面便是緊臨海岸的懸崖峭壁。其警戒性比任何高度戒備監獄都要來得更強，以確保被隔離於內的淘汰者，不與外面世界相互影響。

清洗部長介紹道：隔離區內安置了兩千餘名淘汰者，大約佔整體國民人口的萬分之一，此地只有一個出入口，原先僅在送入物資和新一批淘汰者時才會開啟。後於四年前，國家因應本土偏鄉地區針對設立核廢料貯存場的抗議聲浪，在評估後將貯存場自本土遷移至隔離區內；總統又與清洗總長商量了，除了讓政府的人能夠出入參訪外，也部分開放民間申請入內參觀的權限，故現今來自隔離區外的貯存場工人及民間參訪者，也是自此進出。

一行人進到區裡，便見一名額頭上黥著編號27291的女子，領著三名額頭上亦黥有編號的彪形大漢站在那裡候著，見參訪團入內，才慢吞吞地迎上前來，淡淡地頷首示意，卻不說話。清洗部長向眾人介紹道：「這位是27291，她……」

「她有名字的！她叫小梅，不要用那個編號叫她！」女子身邊的其中一名壯漢氣急敗壞地吼著打斷了清洗部長，被女子按住手制止了。

清洗部長頓了下，才若無其事地完成了介紹。「27291已被轉移進隔離區十三年了，是隔離區內的負責人，這次也將由她來為我們帶路。」

「……幸會。」編號27291、那名被稱呼為小梅的女子瞥了他們一眼，良久才不情願地憋出一聲招呼。

王子上下打量她，就見她將及肩的頭髮隨意勾在耳後，膚色偏黑，襯著脖頸上一條淡銀色的項鍊更是好看，即便脂粉未施亦不掩其容顏端麗，的確是名清秀的女子，只是額上黥著的淘汰者編號略有些缺憾。

她這才多大年紀？不過二十七、八吧？王子疑惑地想。她就這麼一個嬌怯怯的小女生，看上去比自己要再小個兩、三歲，怎能在此龍蛇混雜之地擔任眾淘汰者的負責人？

小梅注意到王子端詳自己的視線，轉眼對上他的目光，惡狠狠地回瞪。王子自知失儀，尷尬地撇開臉，只聽總統開口問候。「你就是27291啊？終於見到你了，記得你在五年前生了場病，現在是否都康復了？」

在旁人低聲讚嘆總統真是宅心仁厚、竟連一名淘汰者都加以垂詢的低語中，就見小梅僵硬了一瞬，才沉著臉回答。「**託您的福**，」她的眉眼間籠上了一抹合著諷刺與憎惡的笑意，向總統微微欠身。「一切都好。」

「那就好。」總統到底大度，並不和淘汰者的無禮言行一般見識，只是轉向清洗部長笑道。「那，我們開始吧？」

在小梅的帶領下，他們開始了視察。她話並不多，能用一個句子完成的介紹，她往往只用單詞結束，再由清洗部長在旁略帶尷尬地補充，好在總統和清洗總長均未見怪，方能順利進行。

如此依序造訪了農田、曬穀場和糧倉，又經過了畜牧場、飼料倉和堆肥舍，行經幾排簡陋卻明顯被悉心打理過的房舍、和另一側只建造了一半的木屋區。除了一路上都未見任何淘汰者這一點有些奇怪外，更令王子詫異的，是一切雖嫌原始卻不失周全的建置，這些淘汰者儼然已在此自成完善的聚落系統。

在參觀已啟用了一年的核廢料第一貯存場時，清洗部長同步向採訪團介紹：在把核廢料貯存場自本土偏鄉遷移至隔離區之後，政府亦把原先針對設置貯存廠而補助給偏鄉的款項、在評量後以十分之一的金額提供給隔離區作為補助款，並同樣以法定最低基本工資的十分之一金額收用淘汰者作為工人，使隔離區內得以補助款及勞動支應其膳食、水電和其餘日常開銷，達到自給自足的境地，大幅降低了國家浪費在淘汰者身上的額外支出。

接著，他們又來到了尚未落成的第二貯存場，工地主任迎上前來，接手了介紹。「負責建造工程的工人們皆是淘汰者，目前有約百名淘汰者任職工人，由他們進行粗重的基本活，而主導和監工則是我們正常人負責。在工地中，淘汰者們以十人一組，再配置正常人作為領班和副主任分層管理，以此確保得以兼顧施工品質、和淘汰者絕無藉機生事的可能性。」工地主任道，而小梅在一旁不輕不重地哼了聲。

「那麼人呢？都上哪去了？」清洗總長也開了口。

「我們的人應該在裡面，我這就派人去喊他們。」向身邊的部屬以眼神示意了下，清洗部長又道。

「至於淘汰者們，這……」

「**淘汰者們**，自然是去他們該去的地方。」在他來得及完成這個句子前，就聽小梅冷冷地插了話，滿含諷刺意味地接口。「免得影響到各位**正常人**的良好基因。」

氣氛瞬間凝滯，採訪團和隨侍人員們憤怒地低語，有的人甚至直接出口教訓她不過是個低下的淘汰者、憑什麼這麼對部長說話，清洗部長明顯有些無措，清洗總長不動聲色，而總統則絲毫不受影響，仍泰然自若地微笑著。「是嗎？本想和大家好好說說話的，真可惜呢。」

小梅毫不掩飾地翻了個白眼，並不理會總統，而工地主任皺了皺眉，才在清洗部長的授意下，繼續帶著他們參觀。他介紹道，工地每日自清晨六點開工，至晚上十點下工，淘汰者們需在清掃完工地環境後方可解散，每月休息月中、月底二日。工班的領班、副主任和主任等正常人，則是以輪班制來確保合理的工時，住處安排於碼頭邊的一棟員工宿舍，工作日由專車接送往來貯存場，除上工時間外，不得與淘汰者有其他接觸。

這些和王子平日掌握的資料相去不遠，他便沒有放太多心思在聆聽介紹上，而是分神去瞧殿後於數步外的小梅。就見她在離了所有人的視線後，明顯放鬆不少，甚至有心情和身旁的壯漢談說兩句，並在壯漢指著不遠處、俯身在她耳邊低語了什麼時，她順著所指的方向看去，眼底漾起光芒，輕輕地笑了起來。

這樣溫軟的笑顏除去了她冰封千里的防備，一旁跟著的工地領班們互看了一眼，推擠著想上前與她搭話。王子看在眼裡雖不贊同，但也能理解，這群人泰半時日僅在隔離區和員工宿舍往來，難得見上個女性，年輕人血氣方剛些，在嘴巴上佔點便宜也是有的，別鬧得太出格就是，便不打算出言管束。

卻不想，其中一名領班竟輕佻地搭上了小梅的肩，不安分的手指甚至在她的鎖骨下方游移，在王子來得及出聲喝斥、及那三名壯漢來得及發難前，就只見一個身影迅速地竄到他們身邊，打掉了那名領班的手，一把拽著小梅將人護到身後。

只見來人是名穿著深藍色襯衫的男子，膚色黝黑，手腳修長，約莫三十一、二的年紀，正面無表情地舉著相機似在錄影，聲調平靜地自言自語著，眼底卻眨著厭憎的怒火。「你們瞧，這就是正常人的傲慢，以為自己能仗著身分高人一等，便肆意輕賤淘汰者。」

而面對那人似在為自己發聲的舉動，小梅卻不領情，用力掙開他的手，冷冷地道。「你誰啊？誰讓你在這裡拍攝了？給我滾出去。」她的視線瞥過男子身後、被這番動靜給吸引過目光的其他人，微微皺起眉，惡聲強調道。「**滾！**」

而男子這才像是回過神來，倒退了一步，辯駁道。「我是人權律師！我進來這裡是想記錄隔離區內的真實情況，才能幫你們這些淘汰者發聲！」

「你閉嘴！不需要你幫！」小梅直衝著那律師吼。「別以為我不知道你打什麼鬼主意，**你們**全都一個樣！立刻給我滾！」

其中一名壯漢扯過律師，向他點了點頭，似想說些什麼，卻被小梅以一個凌厲的眼神制止了。小梅又看向律師，二人的視線相交，她微不可見地彎了下唇，這才讓人立即押送律師出去，不得延誤。

在律師離開後，清洗部長斥問這番動靜之由，而那輕薄的領班早已收回了手，笑著粉飾太平。「報告部長，方才那律師總是自稱要為淘汰者發聲，三天兩頭就申請進來裡頭四處拍攝，經常到工地來訪問，一下問我們會不會良心不安、一下又問淘汰者們有沒有什麼想說的，簡直煩人得不行，剛才就是因為這樣才起了口角，驚擾您了，真是抱歉。好在這位淘汰者還算識趣，自知不該與正常人往來，把他打發……」

在他的句子尚未完成前，卻見小梅一探手，不過轉瞬之間便折斷了他的手指，在慘叫聲中順勢扭過其臂膀使之脫臼，單手反剪著將人壓制在地上。眾人都愣住了，一波隨扈忙護住了總統和王子，另一波人則上前喝斥：「你幹什麼！」

另二名壯漢將小梅擋在了身後，怒目瞪視那群隨扈，就在場面一觸即發之際，只聽小梅冷笑著開口。「怎麼？我幹什麼可不歸你們管吧？我們這裡可不適用於你們的法律。否則你們還想怎麼樣？」她提起那名哀叫不已的領班後腦勺，重重地往地上砸，直撞得人不停慘叫著流下鼻血，才越過人群，挑釁地對上總統的視線，一字一頓地道。「還能**再**淘汰我一次嗎？」

清洗部長問清楚了事發的經過，知道是那領班輕薄在先，怒斥他不該違規與淘汰者接觸、又指責工地主任馭人無方，才令人將其送出隔離區治傷，並告訴小梅接下來的視察不必她跟著了，讓她帶著剩下的二名壯漢離遠點。小梅聞令，諷刺地哼笑出聲，抓著方才掉出領口的項鍊、將戒形的墜飾塞回衣領中，刻意誇張地行了個禮，帶著人掉頭就走，沒有浪費一句告辭。

視察完工地後，他們又移駕到了主建物，也就是舊時代監獄的行政大樓，共有五層樓高。採訪團想找個安靜的空間進行總統專訪，清洗部長便領著他們到位於二樓的舊會議室，雖是陳舊，但好在還算乾淨，清洗總長只瞧一眼便同意了。

這一路上王子都僵硬著肩背，只覺得空氣稀薄得難以呼吸，他聽不進任何聲音，只是在腦海中回放方才的每一個細節，從中檢視是否有不對勁之處，反覆詢問自己：剛才那領班滿臉的血是不是可能於擦肩時滴落在自己身上？在大聲哭嚎時口沫會不會四處飛濺？就在那一刻的接觸中他有沒有染上病菌？

在攝影組架設器材時，總統注意到王子臉色不善，上前關心了一句，王子便藉口想出去透口氣，不讓隨扈跟上，逕自出了會議室。

找到洗手間後，他先是對著鏡子檢查自己身上沒有任何沾附液體，又用打溼的手帕將裸露在衣料外的皮膚擦拭過，最後再以隨身攜帶的清潔液和單包裝酒精仔細地洗了幾次手，這才終於能喘上氣。

他不願太快回到人多的地方，便沿著樓梯向上走。這裡的一切都和資料上不盡相同，也和他想像中相去甚遠。不只主建物外的一切自成秩序，連本該是獄所大樓內的環境，都不見其應有的陰暗光景，而是被打理得乾淨整潔，牆上甚至貼滿了筆跡拙劣的蠟筆畫作。

王子細細端詳著，漫步走到了頂層長廊的盡頭，竟在此意外發現了一座由玻璃帷幕打造而成的房間，約有十坪大，裡頭只坐了一名蒼白的男子，正捧著一本書安靜地閱讀。大抵是聽見了他的腳步聲，男子從書頁中抬臉，隔著玻璃幕對上王子的視線，漾起一個溫和的微笑，開口招呼。「你好。」

「你好？」王子上前一小步，小心翼翼地回應。

「你肯定是今天來視察的人吧？」那名男子微笑著問。「你是哪位呢？」

「我是……」他試著想說自己的名字卻說不出口，終究只能端著身分自我介紹。「我是總統的兒子，在清洗部擔任處長。」

「是嗎？」微微瞇了下眼，那名男子的視線在王子身上轉了一圈，是打量也是審視，在他的手上停留了一會，眼神驀然亮了起來。「原來是我們的王子殿下啊，真是榮幸。」

「那敢問又該如何稱呼閣下？」被這諦視的目光弄得不自在，又因他稱呼自己那諷刺的輕佻意味而心下有火，王子微慍地反問。

「我嗎？這裡的人都喊我老師，你也這麼叫我吧。」

老師？這是什麼奇怪的稱呼。王子皺著眉，細看他身後的房間，只見裡頭有張單人床，兩個堆滿書本和檔案夾的書架，另外還有張擺滿了紙頁和筆記本的書桌，一個衣櫃、幾個大箱子，角落另有個用簾子圍起的簡易廁所和淋浴空間。雖然陳設簡單，倒是一應俱全，儼然是個完備的小套房。

只不過和一般套房不同的是，這房間裡除了有個向外的小窗可供一方陽光灑落、和面向走廊的玻璃幕上開了扇比兩個手掌略大一些的傳遞小門外，便再沒有任何出入口。

王子狐疑地端詳面前這名自稱老師的男子，只見他的膚色蒼白，身型修長卻十分清瘦，左不過和自己年紀相當，縱然始終微笑著，眼裡也毫無笑意，反倒從微微彎起的眼角透出一抹蒼涼的意味。王子另外還注意到，老師的額頭上，並沒有刻印淘汰者編號。

他不禁驚訝地問。「你……不是淘汰者？」

「是，或者不是，誰知道呢？」老師以吟唱詩文一般的口吻說。「淘汰，或者未被淘汰，這是個值得考慮的問題，不是嗎？」

「不論你是不是淘汰者，為什麼你會被單獨關押在這裡？」王子又問。

「喔，這很簡單啊。」老師輕鬆地笑道。「因為他們害怕我。」

「其他淘汰者？」

「不，不是的，王子殿下。」老師溫柔地笑了笑。「是**你們**。」

「**我們**？」王子沒想到會得到這樣的回答，微愣了下，才嗤之以鼻道。「憑什麼我們要害怕你？」

「因為，這是你們一貫的手法。無知帶來疏離，疏離帶來恐懼，恐懼則帶來憎恨，你們明白我的能耐，所以不願見到這個後果，索性將一切可能性先行扼殺。」

「你不過就一個人，一**個淘汰者**，還單獨被關在這裡，」王子扯了扯嘴角。「能有什麼後果？」

「喔，我實在為你的天性擔憂，它充滿了太多的人情乳臭。[3]」老師的笑容合上了一絲憐憫而輕蔑的弧度。「你不曾去理解過那些和你擁有相同命運的人，而是天真地堅信能繼續走在不屬於自己的道途上。不得不說，你這份可笑的單純和愚蠢的自信，還真是令人刮目相看。」

已經厭倦了這個人老在打啞謎一般的話語，王子冷下臉，反唇相識。「你這是想做馬克白夫人？但我想你大可不必操這個心。終有一日，命運**必然會**以王冠加冕，使我成為君王，毫不費力。[4]」

「馬克白夫人嗎？」微微停頓了下，老師的笑意加深了。「是嗎。但是，我們的王子殿下啊，你要知道，那個因罪孽和恐懼而不斷洗手、最終也仍然沒能擺脫這樣痛苦的人，**可不是我**。」

乍然聞聽此言，王子只覺得口乾舌燥，呼吸困難，正欲開口說些什麼，卻被來人匆忙的腳步聲打斷了。只見是一名隨扈找上前來，站在長廊的底端未再動身上前，只是遠遠地向王子道。「可算找到您了，王子殿下，您不該在這裡的，總統很擔心呢，我們快回去吧。」

既有旁人在，王子也不便再說什麼，只能壓抑下所有心緒，向來人草草點頭，轉身跟著離開，不敢

[3] 莎士比亞作品《馬克白》，第一幕第五場，出自馬克白夫人之口

[4] 莎士比亞作品《馬克白》，第一幕第三場，出自馬克白之口

再看玻璃幕後的人一眼。

可卻只聽那溫和的聲音響起，笑著喊了一聲。「小王子。」

王子僵硬地回首，對上老師此刻盈滿了笑意的眼眸，像是他今生都未曾如此喜悅地滿含希望過。

「記得塗點乳液。」就見他笑著張開手掌，用另一隻手比了比掌心，對自己意味深長地笑道。「要不有點太明顯了呢。」

見著老師的笑意燦爛，王子卻臉色慘白，如同在這麼多年後，重又被那樣寒徹骨髓的恐懼和無邊無際的黑暗籠罩。

被發現了。

第二章

魔鬼為了要陷害我們，往往會故意向我們說真話，在小事上取得我們的信任，然後在重要的關頭，我們便會墮入他的圈套。

——莎士比亞，《馬克白》

自那日與自稱老師的男子碰面後，王子只能叮囑隨扈別信口胡說，指示他若有人問起、只說自己方才是去了洗手間即可。除此之外，便再顧及不了其他，難得失態，無論是面對總統的輕聲斥責、或是旁人的低語詢問，他全置之不理，只是死死地捏著掌心，是想隱藏住這樣恥辱的印記、更是恐懼會再為人察覺自己罪惡的證據，一時竟無心再去端起王子姿態，而是坐立難安地等待命運即將降予的判詞。

他不敢露出破綻，是以即便受制於那一句輕描淡寫得甚至稱不上威脅的話語，也只能強自冷靜下來，觀察了三日身邊並無異樣，將手邊的事情告一段落後，才隨便尋了個理由，再次回到那個地方。

他並沒有費心思編織謊言。如他所料，軍營中的人官階高的皆與總統和幕僚團交好，是看著他長大的，自然不會擋他；而官階低的見著來人是他，更是連攔阻的念頭都不曾有過，必恭必敬地將他送進了隔離區。

和前次猶如死城的情景不同，這回隔離區裡四處可見疑惑地打量著他的淘汰者，王子沒有理會，逕直向主建物走去。遠遠地便見小梅坐在台階上的身影，今日她身邊沒跟著人，安靜地坐在台階上，像是等著他來的一般。見著王子向自己走近，她才站起身，依然面無表情，只是揚了揚下巴，示意他跟上，沉默地帶著人上了頂樓。

隔著玻璃幕，就見和前次一樣，老師正捧著本書靠在床上安靜地讀，一見來人便立刻綻出笑容，一點也不驚訝似的，像是早知他會來。「你來啦。」

王子一語不發，只是僵硬地站在原處，而小梅在老師的眼神示意下，才不情願地從走廊對面的小隔間裡拉出一張摺疊椅，摔到王子面前。老師笑著向她皺皺鼻子。「謝謝你，梅梅。」

小梅這才終於露出一個微小的笑意，也朝老師擠了擠眼睛，轉身離開，只留下他們二人。老師隨手將翻了大半的書擱在床邊，只見那是本《動物農莊》，邊角有些磨損，像是被反覆仔細閱讀過，卻不見任何髒汙破舊之態，顯是被精心地保存著。

他輕快地站起身，拉過椅子，隔著玻璃幕坐到王子對面，笑道。「快坐吧，這裡的一切都很簡單，委屈你了。」

王子不敢反抗，順從地坐下了，老師滿意地瞇了瞇眼睛，又笑盈盈地補充了一句。「你可是貴客呢，按理是該請你喝杯茶的，但我想，要你用我們這種地方的茶具，也是難為你，就不招待你了，別介意啊。」

他那帶著溫和笑意說出的話語，卻像是一桶冰水兜頭兜臉地潑了自己一身，王子欲語不能，良久才艱難地憋出一句。「你是怎麼知道的？」

「知道什麼？」老師故作無知地反問。

「知道我有……」王子明知他是故意，卻也不能說什麼，只能蒼白地比劃下掌心，重複了一次。

「你是怎麼知道的？」

「怎麼你見了我總是有許多疑問呢。」雖未得到足夠滿意的答案，但老師也不再為難，顧左右而言他地道。「也罷，小王子，就讓我來告訴你一個故事吧。」

故事的開頭，讓我們仍然心存僥倖，用童話故事一般的方式作為起始，以此期望能有個幸福快樂的結局。

在很久很久以前，有個遙遠的國度，裡面住著兩個年輕人。他們一個野心勃勃，城府深沉，精熟人心與政治的媒體公關操作；另一個則天賦異稟，理想主義，擅長謀劃策略的幕後運轉。

為了方便稱呼，那位野心勃勃的操縱者，我們就先喊他為拿破崙，而另一位理想主義的策略家，我們便姑且稱之為雪球吧。

二人相識於年少，惺惺相惜，志同道合，分別利用拿手領域，一人策劃、一人執行，共同發起一場學生運動，訴求條列清晰有理，鏡頭前的表現也拿捏得當，並不落人口實，因學生之身而被貼上思想薄弱、血氣方剛的標籤。甫發起便一呼百應，得到社會各界支持，一戰成名，藉此取得了進入政治圈的敲門磚。

兩位充滿抱負胸懷理念的年輕人踏入了政界，本想挽起袖子大幹一場，卻在碰了幾次壁後察覺到自己的渺小無力，心知僅憑二人之力實不足以對早已腐敗至極的國家局勢做出任何改變，備感挫折的二人茫然失措，最後還是拿破崙率先提了建議，應透過親近政壇上現有的政治人物，以自身夾帶的新星光芒作為利益交換，先取得參政的話語權站穩根基，再設法一步一步向上爬，憑二人的天資，不愁沒有成功的一日。

以此，本立意高風亮節，清風無交的二人，只能暫且擱置初衷，前去接觸一名政治人物，老少校。他們深信，老少校能引領國家走向更好的道途，便再次利用自身的長處，輔佐老少校成了國家領導人。

卻不想，他們錯付了希望和忠誠，老少校看似心懷天下，行事果毅，實則卻暴虐無道，不公不義。他們所有的理念和熱忱，到頭來全被利用成了生靈塗炭的工具，二人自是悔不當初，商量著要改變現況，無論如何都要導正錯誤，彌補一切。

「至於他們實際上如何亡羊補牢，而後又得到了什麼樣的結果，我們就下次再說。」

這個毫無緣由地開始的故事，又這麼結束在不知所以的地方，王子看著老師諱莫如深的笑意，心下不滿，皺著眉問道。「你為什麼要跟我說這個故事？」

而面對他怏怏的疑問，老師卻不以為意，只是笑道。「喔，相信我，小王子，在聽完這個故事之後你就會理解的，你所有的問題、我們倆今日之所以受困在此的緣由，和這一切的根源，屆時，你都能得到解答。」

王子打小是在官場中人的陪伴下長大的，這樣的弦外之音他再了解不過，老師如此話裡話外地暗示著，他自然不會聽不出，冷下臉反駁道。「聽你言下之意，是在影射總統是你故事裡那位禍國殃民、令人錯付信任的老少校了？那我想你大可不必。我們的總統、我的父親，是個偉大的領導人，他所做的一切都是為了國家基業和人民福祉著想，斷不是你所形容的那位老少校能夠相提並論的。」

聞言，老師的笑意加深了，他看向王子，過分誇張地低聲驚呼。「喔，天啊，不，親愛的小王子，當然不。」他直視進王子眼中，一字一頓意味深長地道。「老少校**怎麼能**和你父親比？」

王子愣愣地看著他，還想再說，卻只見老師微笑著，用溫和卻不容質疑的語調開口。「那麼，就這樣。我們下回見，小王子。」

王子知道，老師不可能無端說個故事只為尋自己開心，肯定是想藉此影射總統，便是故事裡那暴虐無道的老少校。

問題是，拿破崙和雪球又是誰？

於是王子開始著手調查在總統上位前，民間所組織過的大型學生運動，卻發現早在許多年前、於前任元首任內，曾修了集會遊行法，基本遏止了所有學運的可能性；即便日後為安撫民意而部分解封，但那些鬧起來的學生卻更近似暗樁，雷聲大雨點小地抗議下便各自解散，全不似老師故事中描述的那場學生運動般一呼百應，更沒有符合拿破崙和雪球的人選。

所以，故事中的老少校、拿破崙和雪球究竟是誰？這個自稱老師的男子又是誰？為什麼他的額頭上沒有編號？又是為什麼會被單獨監禁？他是怎麼識破自己的強迫症的？又是為了什麼要告訴自己這個故事？

所有的疑問盤旋在心口，王子雖不想應了老師的那句下回見，卻得不出解答，亦按捺不下心中的不安，終究尋了個藉口，再次回到隔離區。

這回小梅將他領上頂樓時，就見老師站在書桌邊，手裡拿著一疊紙張來回翻看，微彎著腰在桌上的筆記本裡寫寫畫畫，一回首見他們來，便像是招呼老朋友一般，無比自然地笑著向王子點了點頭。「你來啦，先坐會吧，等我一下。」

說著他又伏回案上寫了些什麼，待小梅把一張椅子丟給王子後，他才闔上本子，走至玻璃幕旁。

王子這才注意到，那玻璃幕上的小門，其實更近似於雙向抽屜般的設計，同時間只能由一邊開啟，將欲傳遞的東西放入關上後，才能由另一側取出。老師如此將那本筆記交給了小梅。「就這麼安排下去吧。」

小梅點了點頭，轉身離開，而老師拉過椅子坐到王子面前，向他頷首示意，笑道。「真開心又見到你，小王子，快請坐。」待王子拘謹地坐下後，老師又笑著開口。「是什麼讓你這麼快又回到這裡呢？」

「我想知道，」王子斟酌了下用詞，才小心翼翼地完成了句子。「若真如你所說，在故事的結尾，我可以得到什麼樣的答案。」

「即使這個答案可能不如你想像中美好，甚至可能毀滅你人生至今曾建立起的所有認知，你也依然堅持如此嗎？」

「是的，我想知道真相。」

「**真相**啊，這是個很危險的想望呢。」老師涼涼地道，眼神在王子身上轉了一圈，驀然笑開了。「我果然沒有看錯人。」他的笑意裡帶著王子無法明辨的情緒，那或許是讚賞、是憐憫，更近似一種得意於獵物上鉤的饜足。「那麼，就讓我們繼續往下說吧。」

面對希望錯付，雪球為此感到痛苦不已，他本就是個嚴謹剛正的理想主義者，實在容不得自己竟成了為虎作倀的工具。他可真是個傻子，不是嗎？在與拿破崙商議後，二人都同意不該再如此下去，於是雪球向老少校揚言，若不改變這樣危害人民的行事作風，自己便會向媒體揭露其作為，將一切公諸於世。

雪球到底過於天真，對自己輔佐上位的老少校仍懷抱期望，以為這許多荒唐的政令只不過是一時糊塗、盼著自己這番勸說能喚回過去那位心繫天下的領導人。卻不想再如何英明睿智的統治者都是斷容不下這樣直白的挑戰，更何況是如今原形畢露的老少校？他早該明白。

不過一句話的功夫，雪球便被圈禁了起來，冰冷的現實兜頭兜臉地澆在他心口的熱血上，尚未來得及涼透，便已然死去。

而在這一點上，拿破崙就要比雪球來得聰明的多。他一語不發，一句不言，俯首貼耳地稱讚老少校此舉英明睿智，面對雪球這樣的叛徒便該殺雞儆猴，方能讓其他人從而忠誠為國，再不敢有異心。不過幾句話便哄得老少校眉開眼笑，再不追究向來與雪球交好的拿破崙問罪。

但，千萬別誤會了，拿破崙並不單純是個容易向強權低頭、出賣舊友，趨炎附勢以苟延殘喘的草包，相反的，他比誰都要來得城府深沉。在假意向老少校效忠的同時，他並沒有忘卻自己的理念和野心，以唯有自己知道雪球被關押的來龍去脈作為藉口，稱若將此項任務交付他人，只怕會走露消息，以此向老少校爭取了由自己負責圈禁雪球一事，得以時時往來探視，為後續的實踐理想埋下伏筆，野心勃勃地等待事成之日。

「這麼說來，分明擁有相同的祕密，本該共享一般無二的處境，最後卻能藉著隱藏真實的自我來逃過一劫，同時，竟還用如此不堪、比起施捨更似耀武揚威的方式前來見人，」老師停頓了下，直視進王子眼底，耐人尋味地道。「拿破崙和你可真像呢，小王子。」

無論是被比作拿破崙一般、抑或是被暗示和面前這人具有一樣的身分，王子都感到不滿，更對自己竟陷入這般境地的無能為力而惱怒，語氣不善地問。「你是什麼意思？」

老師並沒有轉開目光，只是平靜地凝視著他，那如同恩賞的笑容裡合著嘲諷和自滿的意味，直視進王子心中最脆弱的角落，良久才淡淡地道。「那麼，就這樣。我們下回見，小王子。」

若總統是這故事中的老少校，而老師則是被老少校下令圈禁的雪球，那麼問題就來了，拿破崙又是誰？

王子原想調查老師的底細，以此找出曾與之有過交情的人，藉此推斷拿破崙的身分。可無奈他一沒有名字二沒有編號，就連試著在資料庫中用性別和相近的年齡篩選，都未能得一個結果。

在不得已之下，王子只能自己猜想拿破崙的身分，若真如老師所說，拿破崙是負責監禁他的人、且擁有得以時時往來的權限，那只怕是清洗部長最為符合了。

於是王子留心著，改從清洗部長這一側下手，本以為能是條線索，卻不想仍然沒能查出任何資訊。幾次碰壁後，他索性在一次會議結束後上前，旁敲側擊地向其探問。「部長，針對隔離區內的淘汰者，是否都會被黥上編號？」

「那是自然了，任何人一經判定為淘汰者，便會經過嚴密的檢查和絕育手術，最後刺上編號存檔，才會與其他人一同於淘汰季送入隔離區。」

「那若是有淘汰者臉上沒有編號呢？」

「那是不可能的。」清洗部長一口咬死了回答。

「是嗎？但有沒有可能，在隔離區裡有一個人，一個**特別的**淘汰者，因為特殊的原因被送進去，是以未被編號存檔呢？」王子刻意用好奇的語氣包裝其試探意味，卻不許面前的人逃避問題，再次強調。「有這個可能性嗎，**部長**？」

不知是出自心虛、窘迫，或者是單純地思考該如何回答，只見清洗部長遲疑了一瞬，沒有立刻接話，反倒是清洗總長在這時湊上前來，笑問。「在聊什麼？」

清洗部長立刻頷首行禮，王子也跟著點頭致意，那二人快速地交換了一個眼神，清洗部長才小心翼翼地道。「總長，王子想要知道，有沒有可能，有一名特殊的淘汰者身上未被刻上編號？」

「真是個有趣的問題呢。」清洗總長神色如常。「只可惜，那是不可能的，你身為處長，應該要比誰都更清楚流程才是的，不是嗎？」

「那若是我，我聽說有人親眼見過呢？」王子謹慎地斟酌，又問了一句。

「那麼，肯定就是那人看錯了，你也聽錯了。」只見清洗總長哈哈大笑，眼底卻毫無笑意。「這樣的錯話聽一次就夠了，可萬不能一錯再錯下去，您說是嗎，王子殿下？」

負責監禁，得以隨時往來探視，擁有這樣的權力。

深怕意圖敗露，王子不敢再追問下去，便丟出一句話為自己洗脫干係。「是嗎，我想也是。網路上的言論真是不能盡信，看來得想個辦法管制這樣不實的謠言了。」他端起笑容道，又寒暄了兩句，才轉身離開，直到走出了那二人的視線範圍，他才發現自己背後全是冷汗。

或許是清洗部長，或許是清洗總長，看他們適才的態度、也或許二人都牽涉其中。此二人一位是清洗部門的執行首長、一位是總統身邊最信任的幕僚及清洗項目的最高決策者，倘若真背著國家與這名淘汰者私相往來，甚至擁有相同的理念，無論是任一種可能性，都斷不可再繼續下去。

太危險了，無論是對國家而言，或是王子自身深藏著的祕密。

不能縱之任之，更不能坐以待斃，於是懷揣著恐懼與疑惑，王子尋了個日子，再次回到隔離區，是想究盡真相、更是想試探老師的底細。

戍守在入口的上兵遠遠地見著王子便跳起身，行了個標準的舉手禮。「王子殿下，怎麼今天您也來了？真是榮幸。」

也？王子心裡警戒著，卻仍假作不經意地隨口問道。「今天有其他人來過了？」

「是，清洗部長早上來過了，清洗總長的特助中午過後也來了趟，但不到十分鐘便離開了。」

「這樣啊。」王子不動聲色，淡淡地吩咐了一句。「總統派我來辦件事，沒事不必和人提起我來過。」

上兵連忙稱是，為他開啟了隔離區的電閘門，在王子邁開步伐前，上兵像是又想起了什麼，出言提醒道。「王子殿下，今天有個律師也申請進來了，那人似乎有在經營自己的社群頻道，煩人得不行，沒事就進來拿著相機四處拍，也不知道他的通行證是怎麼申請過的。總之，您小心些，最好別和他碰上，免得麻煩。」

王子不以為意，點頭謝過了，逕自進了隔離區，由小梅領著上了頂樓。老師抬眼見著他們，便微笑起來。「小王子，快坐。」他笑道，又轉向小梅。「一切都好嗎？」

「有件事得和你商量下，」小梅道。「工地的班表要重新安排，前幾天出了工程意外，有多人受傷，工地主任偏不放人，強撐了三天，現在有兩人發燒了，大概是傷口發炎，我想把人接回來照顧，得找替補人選過去。但牧場現在也需要人手，我們得商量怎麼調度。」

「這樣。」老師只略思考了下便給出了指示。「工地那裡你擬個名單給我看看，再去和工地主任談，優先撤換下重傷者，陸續替上其他傷病的人員，大不了換下的人都不算這個月工資，以後存貯場工作都要有替補名單，不可再有這樣的情形發生。至於牧場那裡，我們現在人手不足，過幾天馬鈴薯也該收成了，農場調不開人，要不你去和翊澤商量下，能不能……」小梅的臉僵了下，老師見狀，立刻改了說法。「這樣吧，你從果園調人，那邊暫時還不到忙季。至於日常工作，你和教育組打聲招呼，讓學生們明天開始去果園幫忙。今天下午再讓教育組組長來見我，我們另外擬個教案，就當是課外教學了。」

「知道了。」小梅答應了一聲，又抬眼看向老師，欲言又止。

「怎麼了？」

「有句話，」她瞥了王子一眼。「我得和你說。」

「那就直說吧。」王子本以為他們會讓自己迴避，卻不想老師竟一派輕鬆地道。「小王子不是外人，他可是我們的一分子呢。」他笑盈盈地道，像是心情很好的樣子，向王子遞過一眼。「不是嗎？」

小梅卻明顯沒有感染他的好心情，而是深深地皺起眉，卻終究向老師堅定的目光妥協了。「克里斯讓我給你帶句話，」她說，眼神意味深長地移向王子，一字一頓地道。「**別相信任何人。**」

小梅離開後，老師兀自站在原處出神，沉默了良久，過了一會才笑著開口招呼。「讓你久等了，真開心又見到你，小王子。」

王子此行前來，就是欲探問口風以查清面前人的底細，便試著開口。「剛才那名淘汰者……」

他未完成的語句卻被老師給打斷了。「她有名字的，她叫小梅。」只見老師輕飄飄地接了話，聽不出過多的情緒。「不是淘汰者。」

王子停頓了下，沒有回應他，只是繼續問。「我以為她才是這個地方的負責人？」

「你也看到了，我這個樣子，」老師比劃了下自己身處的玻璃屋示意。「總得有個人在外面打理事情，我不方便出去，只能由我下達指令，再由梅梅來負責布達執行。」

「意思是，你才是所有淘汰者的領導人？」

老師並沒有立刻回答，而是似笑非笑地看向他，涼涼地道。「看來，你很喜歡給人貼上標籤來劃分出你我呢，怎麼，這樣能讓身為**正常人**的你產生虛假的優越感，是嗎？」他惡意地向王子的手瞥了一眼，才支著下巴向前傾身，好整以暇地端詳王子僵硬的神情，輕鬆地道。「要不這樣吧，小王子，我們公平點，你問了我這麼多問題，聽我說了這麼多，也該是時候換你和我交個底了。」

「告訴我，」他說，第一次把這個足以將人拖入地獄的罪孽之名明白道出，刻意加重了語氣說得清晰無比，揭開一直隱藏著的傷口，鮮血淋漓，滿意地見王子慘白了臉。「你為什麼會有**強迫症**？」

在這一句話中，王子才深刻地意識到自己正受制於人的事實。他望向老師，堅定地挺直背脊，無論再如何恐懼也不願屈居於人下。他的自尊，他王子的身分，他身為正常人的驕傲，都絕不容許向淘汰者屈膝示弱，於是竭力克制著將每一字說得平穩而不失身分，哪怕這所謂的**身分**，於此情此景下顯得多麼諷刺。

他試著訴說，自最初總統登基那日眼底淬上的漫天血色，無意間看見的節目將執念根植腦海中，第一次因他人觸碰自己而止不住地顫抖，每每消毒後僅能有一瞬的安心又即刻焦慮起來，意識到自己擁有強迫症的那一刻起便明白，在這個世界上，還有人和自己同樣擁有不堪的祕密，唯一的不同只在於：自己必須、且**只能**作為一名正常人立足於這個世界上。

老師安靜地聽他敘述，除了聽聞登基大典上的那一滴血時，眼底閃過一瞬的驚喜意味，便再沒了任何情緒波動，直到最後才輕笑出聲。「原來是這樣，真巧呢。那麼，小王子，就讓我來告訴你另一個故事吧，另一個只能、且**必須**作為一個淘汰者立足於這個世界上的故事。」

故事是這樣的，在這個人人都得接受絕育手術、本應確保不可能誕育生命的隔離區裡，很多年前，在天命的安排下，有個孩子出生了，出生在這個沒有希望、暗無天日的地方。那麼，這個被世人視為令人作噁、不該存在於世界上，於是被藏在隔離區內的淘汰者，我們就喊他為魅影吧。

魅影的父母是最早被送進這個地方的人，當時已有七個月身孕的母親受盡磨難苦楚，在惡劣的居住條件下，身體一天不如一天，沒多久便生下了魅影，難產而亡，只留下父親獨自撫養魅影。

魅影的父親告訴過他，即便身在這樣悲苦的環境中，也要永遠心存希望，那是他們唯一所有。的確，父親是有過夢想的。即便身處在此，仍然心懷期望，可那些可悲的微小想望，最終卻全數在這個沒有陽光的地方枯萎死去。

魅影眼見著父親眼底的光芒一點一點地黯淡，而後終是死在了那一日、在他們認清了自己是被淘汰之人的那一日。

明白自己成為淘汰者後，父親並沒有過多的情緒，只是沉默地安排一切，將囤積的食物製成乾糧、手邊的書本分類歸檔。在那一日後，父親不再談述夢想，背脊逐漸佝僂，再不復曾經即便身陷囹圄亦不失壯志凌雲之態。

一年後，父親抑鬱而終，臨死前反覆言說著：我沒有做過害人的事，可我記起來了，我是在這個世上，這世上做了惡事才會被人恭維讚美，做了好事反會被人當作危險的傻子。[5]我早該知道的。

在父親死後，魅影守著一屋子的乾糧和書本，惡劣和痛苦的環境迫使他自立，而復仇和絕望的高壓則是最好的能量，他一個人艱苦地成長起來，立意這一輩子，絕對不要讓自己的希望隨著父親一同死去。

5 莎士比亞作品《馬克白》，第四幕第二場，出自麥可達夫夫人之口

「這麼說來，魅影身心都正常，也沒做過傷天害理的事，若不是造化弄人而出生在此地，是絕不會被視為淘汰者的，是吧？」老師輕鬆地道，迎向王子的視線，大方坦承了。「沒錯，我就是魅影。」

「想不到吧？」他雖微笑著，可王子卻只能見那樣的腥紅色再次於自己的世界裡漾起。「用你們的話來說，我竟成了所謂的正常人，而你，我親愛的小王子，才是那個淘汰者呢。」

王子一直堅定地挺直的脖頸，終於一點一點地垂下了，就像個淘汰者向正常人俯首稱臣。他什麼都說不出口，只是聽老師愉快地下了結論，粉碎了他所有可悲的自尊與驕傲。「這下沒那麼有優越感了是吧，小王子？」

沉默的時光流轉在空氣中，更是壓在他的肩背上，直到王子覺得自己即將被這樣寂靜的罪惡給折斷頸椎，終是承受不住地抬臉時，便對上了老師平靜的笑顏，像是大發慈悲地出聲，施予王子得以逃離的藉口。「那麼，就這樣，我們下回見，小王子。」

王子落荒而逃地出了主建物，迎面卻撞上了那正拿著相機在錄影的律師。一碰上王子，律師的眼睛便亮了起來，直將相機湊到他面前，提高聲音問道。「請問王子殿下，您對於隔離區是什麼看法？這樣把人給分類為正常人和淘汰者，您認為是合乎情理的嗎？」

而王子沒有說話，逕自搶過他的相機砸到地上，頭也不回地離開。他回答不出來，且其中更多的情緒或許在於，他恐懼聽見自己的答案。

他和老師，一個是身在正常人之中、而必須偽裝自己的淘汰者，一個是生於淘汰者之中、而被迫以此自處的正常人。究竟誰比誰高尚呢。

依著老師的描述，王子查閱了首批進入隔離區的淘汰者檔案，可第一批全是死刑犯，大多為男囚，第二批則是會對己身及他人造成危險的精神病患，縱然其中有女性，但年齡多不符合、且皆未有孕婦，檔案上亦明確記載著絕育手術的紀錄，沒有一人能符合故事中的角色設定。

對於老師、這些故事，和自身在其中紛亂的思緒，王子的疑惑越來越深，可他不能不查清楚，不能就這麼讓自己繼續逃避欺世。

這次他再回來時，並未見小梅的身影，於是他在樓下逡巡了一陣，才兀自上了樓。只見玻璃屋的地板上攤著一張地圖，旁邊還散落了幾個卷軸，老師坐在地上，對比著圖紙作筆記，一見王子來了，便抬眼笑著招呼。「啊，你來啦。」

「我見2729……我是說，那位梅小姐不在樓下，就自己上來了，我來得不是時候嗎？」因前次對話結束時的不堪，王子不禁侷促地問。

「說什麼呢，當然不會了，先坐吧，等我一下。」老師瞄了他一眼，像是心情很好，比劃了下那張地圖解釋道。「這兩天該是收成的日子了，整片田的馬鈴薯都該採收了呢，大部分的人都被調去幫忙，我讓梅梅過去看著，這波要收成的好，大家至少有幾個月都不必餓肚子了。」他說著，又指了指腳邊的圖紙。「我在考慮接下來或許撥兩塊地來種植其他作物，別讓大家總吃馬鈴薯，營養太不均衡。但要考慮的面相太多了，氣候、土質、人力，以及若以這兩塊地作為實驗新作物的土地，那麼原先種植作物所減少的糧食量是否會造成影響，方方面面都要考量的，在與農業組組長商量前，我得多做些功課才是。」

他一面說著，順手將圖紙捲好，收回牆角的箱子裡，才坐回王子面前，微笑道。「真開心又見到你，小王子。」

今天說什麼好呢？既然豐收了，那可是喜事，就讓我們講些令人開心的事情吧，我們來談談拿破崙和雪球的理想。

上次我們說到，拿破崙藉著職務之便得以前往探視雪球。雪球驟然遭罪，失去了一切，質問拿破崙為何在當下未與自己站在同一陣線、而是屈意奉承地贊同老少校？拿破崙早做好了準備，向雪球解釋這不過是權宜之計，他對老少校表現得越是恭順，老少校待他便越會放心重用，只有如此唯有如此，他才能對雪球加以眷顧，且能夠成全他們共同的理想。

拿破崙問雪球，是否仍記得他們初出茅廬時的那腔熱血和想望？即便今日遭逢變故，可他們仍然擁有相同的理念，雪球被拘禁於此的事實，便足以證明他們曾扶持的老少校已成暴君，而他們曾經深信不疑的政治體制、也成了二人高聲辯論的談資。雪球對現有的政體仍懷有嚮往，而拿破崙則道這正是造成今日局面的溫床，最終還是拿破崙說服了雪球，僅只拉下老少校並不足夠，他們要徹底顛覆這個體制。

他們擁有相同的理想，雪球說，**所有人都一律平等**，而拿破崙笑著接口，完整了他的句子，年少時的熱忱像是在這一刻重又回到他們眼底，他們的希望和信念能夠飛越黑獄的高牆。

二人積極地談論如何實現理想，而這正也是拿破崙每每前來的目的。他耐心地等待著，只待時機成熟、待謊言發酵，待雪球對己全心信任，才終於說出了他的計畫。他告訴雪球，為了實現他們的理想，他們必須運用些手段，也必須犧牲些什麼，方能成全一切，以換得更好的明日。

「而至於他們二人的理念和手段為何，後又犧牲了些什麼、以換得了什麼樣的未來，那就都是後話了。」

即便老師下了委婉的逐客令，王子卻還想再套些內情，便又多問了一句。「你方才說，他們並非單純對於領導人有所不滿、而是意欲顛覆整個政體，這是什麼意思？」

老師今天像是真的心情很好，這回並未敷衍，竟回答了他。「我們打個比方吧，小王子，若那二人當時身處的是獨裁國家，那麼無論換下了幾任領導人，也都只會重蹈殘暴專制的覆轍；而若是對民主制度的不滿，大抵就是對於『還政於民』這背後所代表的不負責任——都將責任分散了，那這責任該由誰來負呢？終究不過怪回到選出這些人的人民身上——而心灰意冷；而若是對菁英政治的話，」他停頓了下，微笑著看向王子。「今日是你父親，接著會是你，日後也還會有旁人，這其中是好是壞，我想，就交由你來定奪了。」

王子安靜了下，沒有回答，而老師也不急欲得到答案，只是輕聲道。「那麼，就這樣。我們下回見，小王子。」

雖說有王子身分保護著，可他這麼常往隔離區跑的行徑也實在惹眼。為避開不必要的麻煩，王子索性打著想更了解軍事和清洗此二領域的實際運作、將來才能更好地進行管理的旗號，前去向總統爭取了能時時往來進出的特權。

這一通藉口說得合情合理，總統早有此意，也欣慰他能為自己的身分做出更多承擔，自是應允了。一道旨意傳下，升了王子做清洗部的副部長。雖是年輕了些，但掛名的意義要來得更大，且他首先是王子、然後才是清洗副部長，肯定沒人敢對此指手畫腳，自然是名正言順。

得到這份准信的王子在往來之間更加方便，不出幾日，便又回到了隔離區中。有了前次的經驗，這回他並未等待小梅，而是逕自上了樓。便見老師和小梅正隔著玻璃幕說話，老師的腳邊攤了張建物配置的圖紙，二人正指著圖討論，王子放輕了腳步，沒出聲驚擾他們。

「昨天這一季的新人進來了，共計有八十二人。其中有兩名死刑犯，精神病患二十四人，政治犯三人，遊民九人，同性戀者五人，無行為能力者十七人，吸毒者十八人，孩童四人。」小梅看著手上的資料唸道，壓著喉嚨咳了聲。「目前死刑犯已交由獄舍看管，會再評估應服刑期，無行為能力者也已轉移到病舍了、我晚些再去看看情況，其他人則暫安排在大房間裡休息，給了食物和睡袋，並讓秩序組的人在場盯著，不讓鬧出事來。」

「那幾名同性戀者以前是從事什麼的？」

「三名男性裡，一個是社福志工，兩個是餐飲業，另兩名女性則一個是主修電機的大學生，一個是小學教師。」

「教師啊，那太好了，把她安排給教育組帶著吧。」老師笑道，又問。「那四個孩子呢？」

「先讓翊澤帶給醫療組做了檢查，一個是全盲，一個有自閉症，一個智能障礙，一個四肢癱瘓。」小梅道，又咳了兩聲。「已經交給照護組看顧了，明天我再讓教育組去做評估。」

「行，就這麼辦。」

「另外，」小梅欲言又止。「翊澤說，想跟你要個人。」

「誰啊。」老師皺起眉。

「自閉症那孩子。」小梅啞著聲音道。「今年不過九歲，因在鄰居的後院縱火，導致一名七十歲的長者逃生不及，這才被送進來的。翊澤說，姐姐覺得是個好苗子，想和你要人。」

「**不可能！**」這還是王子第一次見老師如此倉皇，就見他大動作地摔了手中的本子，一抬眼才對上王子的視線。見他來了，老師立刻收了情緒，向他平靜地微笑。「啊，你來啦，等我一下。」說著他轉向小梅，堅決地道。「你告訴翊澤，死刑犯由他們處置，我管不著。他若想要，可以再挑幾個遊民和吸毒者去，如有必要，幾個精神病患或同性戀者也可以商量，但是孩子，我們之前就協議了，孩子不給。」小梅雖點了點頭，但仍有些遲疑，老師見狀便又補充了一句。「你儘管告訴他這是我的意思，要他和你姐姐有任何問題，直接來找我就是。」

小梅這才放下心來，接續討論安排。而王子聽著他們一一分配新進淘汰者的住處，並依照個人能力和適合的勞動屬性暫定組別，不禁為其組織架構的縝密嚴謹而感到意外。

「行了，那就先這樣分批去安排著吧。」好不容易告一段落，老師向小梅點了點頭，闔起手中的筆記本。「頭幾天總是會辛苦些，你記得讓秩序組務必多看著點，別鬧出事來，要有什麼你自己拿主意就是，過幾天都安頓好了再把檔案給我就行。」

小梅點頭應下，一邊輕咳著一邊抱著檔案夾站起身，而老師從書桌上拿起一張紙片，卻在聽到她的咳嗽聲時分神碰倒了水杯，好在即時穩住了，除了那本《動物農莊》外，並未殃及其他。老師愣了下，懊惱地瞇了下眼，才無奈地將那張紙遞給小梅。「有空再幫我去圖書室帶清單上這些書來。」

「那那本呢？」小梅對著書桌努了努嘴。

「也沒辦法，」老師做了個鬼臉，將書一併交給了她。「麻煩你，幫我拿去曬曬太陽吧，可惜我這是之前留下的唯一一本了。」

小梅接過書，向老師道別了離開，直走到長廊盡頭才爆出猛烈的咳嗽聲。而老師目送她離開的方向，似怏怏不樂的模樣，心不在焉地擦乾餘下的水痕，這才轉向王子，堆起一個完美的笑意。「讓你久等了，快坐吧，真開心又見到你，小王子。這次這麼快就回來了，還待了這麼長時間，沒問題嗎？」

「沒問題的，」王子道。「我和總統報備了，為了更了解隔離區內的情況，以後我可以時時進出。」

「是嗎，真不愧是你父親呢。」老師笑著垂下眼。「那麼，就讓我們接著說吧。」

既然確立了理念，接著就該是實踐了。為了他們達成目標的手段做足準備，拿破崙必須仰仗雪球從前學醫出身的專長，是以對雪球可說是百依百順，無論雪球提出任何要求都一概答允。大量的實驗儀器和材料，無論取得再困難都整車整車地送進來；雪球和你一樣患有強迫症，對顏色極其敏感，拿破崙便重新裝修了獄中的擺設，並提供用之不盡的清潔用品；雪球喜歡看書，拿破崙便利用因少子化後倒閉的大學圖書館，設法將所有藏書都送來給他。

在雪球潛心研究，和拿破崙的從旁襄助下，他們成全目標的第一步總算是有了進展。拿破崙欣喜若狂，而雪球則躊躇不安，不知自己所交出的這潘朵拉的盒子，究竟是承載了彼此唯一的希望、抑或是即將給這個世界帶來災厄的禍首。

這段時間來，雪球在內專注研究，拿破崙在外倒也沒閒著，而是四處奔走，聚集得力的團隊，如今又握有終極武器在手中，自是底氣十足。可真到了這一刻，拿破崙反倒不急著打開潘朵拉的盒子，而是承襲著雪球先前的威脅，將老少校多年來暴虐無道的所作所為公諸於世。老少校大為震怒，飭令嚴辦拿破崙，好在拿破崙比當年的雪球聰明得多，早做足了萬全準備，絕不讓自己身陷險境，並順應著這波揭露，試著想將老少校拉下台，只可惜仍差臨門一腳，終究功敗垂成。

所幸，一時的落敗倒也無妨，這些小手段只是走個過場。他們真正的目標並不在這一招，而是著眼於下一局，預備著日後一舉拿下。

「而至於他們即將採取的手段，和最終所欲達成的目標為何，今日時間也不早了，我們就下次再說吧。」

王子沉默了下，才開口問道。「那拿破崙，按你的形容，是個很聰明也很冷酷的人，是嗎？」

老師唇邊的笑意絲毫未變。「是的呢，我不是說過嗎？小王子，拿破崙和你很像。」

並不理會他的嘲弄，王子繼續追問。「那麼，為什麼這聰明而冷酷的拿破崙，要對雪球如此言聽計從？給他送物資、為他重新裝修獄所，豈不太過危險？為什麼要這樣不惜一切代價地討好他？」

「你說呢，小王子？那當然是因為雪球對他、對他的計畫而言，都至關重要了。若非如此，以拿破崙的性子，肯定是會將雪球棄之不顧的。」

「那麼，你手邊的那些書、和方才向梅小姐所提到的圖書室，就是來自拿破崙贈與雪球的圖書館，我說的沒錯吧？」

「沒錯。」老師大方地應下了。

「所以，」見他乾脆地承認了，王子也不再繞彎，一時嘴快地拋出了問題。「你就是你故事裡的雪球，是嗎？」

話才脫口，王子便知自己想錯了方向，若老師所講述的兩個故事皆為真，那麼出生在隔離區中的魅影，絕不會是因獲罪而被監禁的雪球。他本以為老師會嘲諷自己，卻不想這無心的誤指，竟意外惹得老師嘴角揚著的那一抹弧度有了波動，那一直以來的平靜和深沉，在王子不斷看似徒勞無功地投以碎石之下，終於還是在湖心漾起了圈圈漣漪。

老師安靜地看向王子，嗓音猶如被河面上的落葉給撞散了的波紋一般破碎。「若不是知道你並非有心，我肯定要覺得被冒犯了。」他仍是笑著，卻又像是沒有在笑，聲線再平穩亦隱藏不住其中扭曲和不甘的意味。「縱然雪球那執著得近乎愚蠢的信念值得尊敬，可就當我天真吧，小王子，我怎麼也不相信，自己的結局會和他一般絕望潦倒。」

王子望著老師蒼白的面容，還想再說些什麼，卻見老師猛然起身，背過身去隱藏住所有心緒。「那麼，就這樣。我們下回見，小王子。」

王子回去後，雖不明白為何這個問題能夠對其造成影響，可也明白，自己肯定是冒犯他了。

這本也無關緊要，他不該放在心上。可或許是出自懼怕，或許是出自憐憫，也或許出自其他打算，王子沉默了良久，在隔次造訪之前，先去了趟書局才動身前往。

這回他上至頂樓時，只見除了仍坐在玻璃屋內的老師，整座樓層再無旁人。雖說平日小梅見了自己也總沒有好臉色，可在前次結束對話的那般情景下，王子竟暗自希望她能在此瞪上自己幾眼以免除尷尬。

到底沒有旁人可以仰仗，他只能硬著頭皮走上前，老師聽見他的腳步聲，停下了手邊的動作，抬臉望向他，唇邊的笑意和以往一般無二。「你來啦，快坐吧，真開心又見到你，小王子。」

王子向他頷首，取過椅子坐下，而老師則拉著椅子往他的方向坐近了一些，繼續往手裡的本子寫著批註，沒有說話。

在這沉默的氣氛下，良久王子才率先開口，打破了寂靜。「你在寫什麼？」

「寫些筆記給各組組長，梅梅這兩日身體不舒服，有些事情得讓他們自己處理。少了她，我可頭痛得很。」

「我聽你和其他人，都喊她小梅？」王子之前查過檔案，知道小梅是在十五歲那年因弒父而被淘汰的，對這名年紀輕輕便足以擔當重任的女子，又多了幾分好奇。「可我看過檔案，她的名字不是……」

「是小梅喔。」老師淡淡地打斷了他。「在我們這裡，會讓每個新人在填寫檔案時自行決定，將來想以什麼名字作為稱呼，算是有個全新的開始。」瞄了王子一眼，老師笑了出聲。「要我說啊，在外面生活的人，日子太苦了。有那樣多的限制，那樣多的框架，某某總長、某某主任、某某爸爸，必須在社會的期待下給拘在一個連自己都不想要的**身分**下，到最後，甚至連自己是誰都忘記了，只能逼著自己、也逼著旁人去過上符合期待的人生，多辛苦啊。」他笑瞇瞇地下了結語。「相較之下，我們這些早被放棄的人，反倒能活成自己的模樣，就簡單多了。你說是嗎，小王子。」

「那麼，為什麼，」王子卻沒有受他挑釁，只是小心翼翼地問。「人在這裡的你，又要被拘在老師這個身分下呢？」

這回換作老師愣了下，連臉上的笑意都失去了那一抹刻意染上的溫和弧度，而只留下了蒼涼和孤寂的意味。他垂下眼瞼，淡漠地笑了起來，帶著些傷人傷己的嘲諷。「大概，大概是因為，我沒有那樣好的福氣，能做個天真倔強、自以為是在做好事，可其實是給人騙了還不自知，到頭來將半生心血都拱手讓人的雪球吧。」

二人重又沉默下來，王子無措地看著老師蒼白的面容，良久才想起擱在腳邊的紙袋，趕忙放進傳遞口中，訥訥地道。「這個，給你。」

老師狐疑地瞥了他一眼，探手取出，就見紙袋中是一本精裝版的《動物農莊》。老師愣住了，沒有說話，只聽王子窘迫地解釋。「我看你之前手邊那本舊了，上次還被浸濕了，就帶一本新的給你。」他停頓了下，才又憋出一句。「還有，上次說你是雪球，是我想錯了方向，似乎冒犯到你了，我很抱歉。」

無論這個禮物的原意是欲作為請求寬恕的賄賂、或者是自視甚高的施捨，在此刻都未能達到王子期望能打破沉默的目的。只見老師並沒有立即的反應，而是若有所思地看著手中的書，良久才抬眼對上王子的視線，微笑起來。「我並不覺得被冒犯了，但還是謝謝你，我很開心。」

他右邊的嘴角比左邊的上揚得更高，歪歪斜斜的笑容並不似以往那般端正，卻像是很開心的模樣。王子舒了口氣，而老師將書擱到床上，才又開口。「既然都麻煩你帶了這個來，那麼我有個不情之請，想請你再幫我帶點東西。」

「什麼？」王子警戒地皺起眉。

「不是什麼會讓你為難的東西，只是想請你幫我帶點成藥罷了。」老師瞥了他一眼，淡淡地道。「大部分藥物申請了不是不給過、就是只給不到一半的量，且要價太貴，我們實在負擔不起。」

「我記得申請表上的價格的確是高了些，大約是外面市價的一點五倍？可若算上運送不便等成本，也稱不上不合理，你們有貯存場的補助款和工資，不至於負擔不起啊。」

「不是一點五倍喔，小王子，是**十五倍**。」老師柔聲道。「我們的確能利用政府給的補助和發放工人的工資申請物資，可我們以一盒退燒藥打比方吧，在外面藥局裡的售價、和申請表上的要價，的確價差一點五倍左右，但你別忘了，這是什麼地方，我們可是淘汰者啊，我們所有的補助款、以及工人的工資，全是你們的十分之一。如此一來一回之下，我們的所得，和我們所付出的，便成了十五倍之差。」

王子倒真忘了這一點，一時竟說不上話，而老師面對他的沉默，只是淡淡地笑了笑，再次開口請求。「所以，想請你下回來時，幫我們帶點藥物。我們這裡的人七病八痛的，也沒有正規的醫療環境，再加上藥物資源短缺，真的令人頭疼。」他停頓了下，語氣中有幾分示弱的意味。「梅梅早年生過病，留下不少後遺症，心肺功能都不好，最近又感冒了，我真的很擔心。麻煩你帶些藥來給我們，好嗎？」

這並不是什麼過分的請求，且都在情在理，王子並沒有多加猶豫，答應了。老師從書桌上的筆記本中抽出一頁，謄寫了交給王子，並致以誠摯的謝意，待王子收好，他思考了一會，才像是大發慈悲一般地開口。「那麼，既然你今天都給我帶《動物農莊》來了，我們就先不談雪球和拿破崙了，讓我們說點別的故事吧。」

聽說過納尼亞嗎？穿過一道門，便可在那兒找到的不可思議的魔法王國。小王子，我們這裡也有納尼亞。

自我開始負責掌管此地起，有一個地方，我便再三告誡過眾人不許踏足，甚至派了警備看守，只因在那時，這地方比起說是納尼亞，更近似於潘朵拉的盒子，一旦貿然開啟，便會給我們的世界帶來災厄和禍害。我想盡一切方法，也要將裡頭的祕密永久塵封，只可惜，我們終究不是完人，沒能抵擋住苦難的降世。

盒子被打開了，災禍降臨。

起先只是個蠢笨得擅闖納尼亞的人染上了，接下來他所接觸過的人一個一個地病倒，而在我們能夠查清情況之前，瘟疫便已在整座隔離區裡蔓延。

初期我還能控制住，把病人隔離開來、嚴格禁止不必要的接觸，儘量照顧好感染者，但我們心中都清楚，與其說是治療，其實更似徒勞無功地走個過場罷了，不過是設法緩解患者的痛苦，接著瞧他們究竟會是蒙受天恩幸運痊癒、或是命數當終不幸亡故。簡單來說，做最壞的準備，但抱最好的希望。

可我沒有想到的，是最後，連梅梅也被感染了。

你能想像嗎？小王子，梅梅她進隔離區那年才十五歲。她就像我的妹妹一樣，我眼看著她從一個滿身傷痕、拒人千里的小姑娘，在這惡劣的環境下堅強地成長，出落成一個擁有自己的意志和信念，懂得善良，懂得溫柔，懂得照顧他人，不畏艱難地輔佐我們，足以讓我為之感到無比驕傲的人。我與她雖稱不上青梅竹馬，但也是一同走過了近十年的時光，每一步走得都是那樣不容易。她是我最好的朋友，最不可或缺的左右手，也是我心中最柔軟的一隅。可在那個當下，我卻只能眼睜睜看著她高燒不退、劇烈地咳嗽著幾要咳出血來，氣若游絲地讓我離她遠一些，說是若連我也倒下了，所有人就真沒有希望了。

想像一下，小王子，要換成你是我，在那一刻，你會怎麼做？難道你不會拚了命地，也要做些什麼來保全所有人、保全她，更重要的是，保全自己的心不讓四分五裂嗎？

「而至於為了拯救梅梅，我願意付出什麼樣的代價，以及為什麼要告訴你這個故事，我們就下次再說。」

王子試著從中拼湊出脈絡，並沒有立時回應，思考了一會才問道。「你說她生的這場病，是五年前的事情嗎？」

「是的，你是怎麼知道的？」

「我第一次和總統一起進隔離區視察那日，總統見到她時，問了一句。」

「是嗎，得虧他還記得。」老師的語氣平靜，聽不出什麼情緒。

「為什麼，她生病的事情，」王子心下不安，像是能夠預知自己將沒有心力承受這個答案。「總統會知道？」

「這個問題很好回答，卻也不好回答，我親愛的小王子，我只能告訴你，五年前在我們隔離區內流行的那場瘟疫，和二十多年前、也就是你父親當選總統前，在你們國境內爆發的瘟疫，是同一種病毒。」

他輕笑著低語，有如魔鬼的呢喃。「我另外還要問你一句，你以為，為什麼這在你們的世界中，早已絕跡消失了二十多年的瘟疫病毒，在多年後，竟會再次出現在我們隔離區裡呢？」

王子愣愣地看向老師，而老師只是掛著那抹意味深長的笑意，直視著他，像是能看穿他所有的恐懼不安，良久才撤移了視線，輕聲道。「那麼，就這樣。我們下回見，小王子。」

王子只覺得老師所說的一切都像是隱約有所關聯，就似一團雜亂的線頭全堵在眼前，若是不將其解開便無法見到這個世界，他試著想理順一切，卻始終缺乏最關鍵的線索而不得其解。

或許，其中亦有幾分可能性，是他不敢向自己承認，一旦解開了這團線球，屆時暴露在眼前的，是否真為自己期望所見的真相？

他讓助理去採買來清單上的藥物，很快又帶著物資回到隔離區，就見老師坐在床上，正往手裡的本子寫畫著，並不時去翻膝頭上擱著的一本書。

一見他來，老師笑著招呼了一聲。「你來啦，真開心又見到你，小王子。」

王子向他頷首，將裝有藥物的袋子放進傳遞口，待老師接過了，他才簡短地解釋。「我不方便帶太多，只各帶了三盒。」

「暫時足夠了，總算是解了燃眉之急。」老師向他微笑。「謝謝你，幫了大忙。」

「這是小事。」王子搖了搖頭，不願接收他的謝意，轉移了話題。「你在讀什麼？」

「這個啊？」老師對他揚了揚手裡的書。「也稱不上讀，只是在設計教材罷了。」

「教材？」

「是啊，在選下個月給孩子們安排的讀物。你覺得給十歲左右的孩子們讀《悲慘世界》會太早嗎？」

「《悲慘世界》？你手上那本應該不是兒童讀物，是原版的。篇幅太長，人物也多，且內容艱深，恐怕不適合吧。」

「是嗎。」老師聳了聳肩，在本子上又寫了兩筆。「那也沒辦法，我讓教育組把內容簡化了，用讀故事的方式說給孩子們聽吧。」

「你們有負責教育的人員？」

「當然了，教育是最重要的事了。多辦一所學校，可以少建一所監獄。[6]我們這裡面有五分之一的成人僅受過國小程度的教育，是以教育組除了教導孩子們外，也會針對成年人規劃課程，目標在兩年內，可將每人的教育水準都提升到至少國中程度。」

「我沒有想過你們竟然有這樣的規劃。」王子肅然起敬，沉默了下才承認道。

「你不曾想過的事情可多著呢。」老師安靜地接口，任由這個句子沉澱進二人心底，才繼續道。

「那麼，我們今天該來說點什麼好呢？既然說到了悲慘世界，人人都在受苦，人人都有想反抗的心，那今天就讓我來告訴你，面對所有人受苦的處境，我是如何做出反抗的吧。」

---

[6] 出自維克多・雨果

雖說人人都想反抗，可現實是，所有經抗爭所得來的成果，到頭來說白了，也只不過是一種協商之下的妥協。

五年前，當梅梅也染上了疫病，我不能將她的性命也託付給虛無飄渺的希望，必須做些什麼，不惜任何代價也要保全她。

你知道嗎，小王子，你們的軍營在面對你父親及其幕僚前來視察的活動，簡直是一分也不敢懈怠，從一週前便會開始預演，在前一日更會用響徹離島的樂聲排練歡迎儀式，這麼多年來，我早已抓準了頻率。你父親恰在梅梅病倒的隔幾日來訪，這是天意，是命運，也是我們唯一可以仰仗的希望。

我讓人照顧好梅梅，並讓他們把區內所有的床單和可漂浮物蒐集起來。那時的隔離區戒備尚未如今日一般森嚴，在後方，只要越過一堵五公尺高的牆，便是海邊的斷崖。我早已觀察好洋流的方向，選對了時機藉由綁成長繩的床單垂降下斷崖，靠著裝入麻袋中的漂浮物，順著洋流往港口游去。

海水太冷了，幾乎能將人吞噬。我在港口邊躲了一晚上，直到深夜守衛交班時分才上岸，偷襲一名站崗的士兵，換上他的衣服，所幸隔日為著你父親前來，軍方沒有心力追查一名消失的軍人，而是粉飾太平，忙著列隊歡迎。我便也趁機混入人群中，好在我臉上沒有黥刺編號，才能順利瞞混過。

我耐心地在隊伍中等著，直到你父親出現，我才上前出聲，吸引了他的注意力，和他談判條件，並提出以之交換的，我方所握有的三個籌碼。

我要的東西很簡單，給我們更多物資、給我們工作、把我們當成人看待。我向你父親提出建議，政府應給予我們工作，並開放讓外界可申請入內參觀，以達成三個目的：讓人民明白，淘汰者們以勞力換取物資，並未白白浪費稅金，避免民眾心有不滿；且讓人民看見淘汰者在內並未受苦，以成全他們口中虛榮地喊著的人權；而最後，也是最重要的一個目的，是務必讓人民看著以作為警惕，絕對、絕對，不要成為和**我們**一樣的人。

怎麼？小王子，你臉色不太好看啊。

你可能會好奇，那一無所有的我們，還能提出什麼樣的籌碼作為交換呢？其一應該很好猜，你父親當年正苦於核廢料存儲於國內偏鄉地區，造成大批人民抗議，招來罵名不說、每年還得白白補助給這些不知感恩的愚民，簡直吃力不討好。換作我們這兒呢，不僅有地、有廉價的勞動力，更都是些早被放棄了的人、無須擔心輻射汙染，也不配得全額的補助金，只需十分之一價便可替他解決心頭大患，再沒有比這更合算的買賣了。

其二，你父親應該明白，思想比武器更有力量，我們不會允許敵人擁有武器，那為什麼要允許他們擁有思想？[7]今天淘汰者之中出了一個我，有能力逃出並與你們談判條件，這並不可怕，你們真正該害怕的，是其他人的仿效，一旦人人都有了反抗之心，縱然是一群垃圾、鬧起來了對你們也並不好受。我承諾你父親，會管好每個人，讓他們乖乖地別鬧，讓他們甘心做個淘汰者，不給你們造成困擾。

你父親是多麼聰明的人，自是同意了我們的條件，給了藥品、物資和對於往後貯存場補助與工資的規劃保證，同時，也給了我這間屋子。

7 出自約瑟夫・史達林

既殺不了我，也不能輕縱了我，於是作為監控、也是作為羞辱，以此特別將我給關押起來。我沒有反抗。被雙重監禁著雖然多有不便，但我救了梅梅，也給了大家更好的生活，犧牲自由換來這一切，我倒覺得挺值得的，我心甘情願。這樣協商的結果縱然不盡人意，但也已經是我力所能及的，能爭取到給大家最好的結果了。

「而至於我方才所提的，三個籌碼中的最後一樣是什麼，以及或許能滿足你所有問題的解答，我們就下次再說。」

面對這突如其來的訊息，王子驚惶失色。他從不知這一段過去，不知老師竟見過總統，也不知總統曾與自己言說過的，那開放隔離區的三個目的、背後竟藏有老師牽涉其中。

他幾次張口卻欲語不能，倒是老師笑瞇瞇地問。「怎麼了，小王子，有什麼問題嗎？」

良久，王子才艱辛地開了口，嗓音乾啞低沉，像是連自己都害怕聽清一般。「總統，他在那時為什麼肯見你？為什麼在你衝出隊伍時未令人將你拉走、而願意和你談判條件？」

只可惜，無論王子說得再含糊，老師依然聽見了。他聳了聳肩，用再理所當然不過的語氣笑道。「喔，這很簡單啊，小王子。在那一天，我突破人群見了你父親，被一旁的軍人們架住時，我只對你父親說了一句話，他便命人停下動作，我又問了他一個問題，他便立刻令人放開我，親自領著我進密室會談了。」

「說的什麼呢，讓我想想，啊，是了。」老師的笑意加深了。「**所有人都一律平等，但有些人比其他人更平等**。」他輕輕地笑了起來，語氣中有緬懷，有譏諷，有勝利的意味，直視進王子眼底，一字一頓地完整了故事的碎片。「以及我問他，**還記得我父親嗎？**」

王子驀然慘白了臉，幾乎能感覺到那蒙在眼前的線團在這一刻開始鬆動了，名為真相的、他無能承受的曙光透過縫隙灑落世界，曾經籠罩著他那樣無邊無際的黑暗終於有了改變，可他卻從未感到如此恐懼過。

而那親手解開了線團的始作俑者，望著王子的世界開始分崩離析，倒是好整以暇地掛著同一副微笑。「那麼，就這樣。我們下回見，小王子。」

拿破崙和雪球的身分，和自己一樣患有強迫症的雪球、和被指為與自己相像的拿破崙，他們的理想、手段與最終的目標，給予的實驗研究器材和圖書館，那被封印的潘朵拉的盒子，兩場相隔數十年的世界卻如出一轍的瘟疫，出生在這本不該誕育生命之地的魅影，聽到被自己誤指為雪球便不再能平靜以對的老師，以及他與總統之間的籌碼、那一句話、和那一個問題。一切，都逐漸清晰。

王子想要去當面問詢於總統可他不敢，想要忘卻這一切可他不能，想要繼續留在黑暗中不去接受那道新的曙光、卻又想朝那點亮了自己世界的方向走去，如此掙扎著，終於在一個月後，還是回到了隔離區。

而老師看著多日不見的王子卻像是無比自然，就像是知道他必然會回到自己面前，一點也不感驚訝，微笑著招呼。「你來啦，快坐吧。」

王子向他僵硬地頷首，依然沉默著，而老師溫和地道。「真開心又見到你，小王子。」他若有所指地問。「你準備好了嗎？」

不，他當然沒有準備好。可他卻不得不來，不得不面對，不得不迫使自己從黑暗中醒來。

「**你父親，**」最終他還是出了聲。「**是誰？**」

面對他拚盡全力才道出的語句，老師卻依然端著同一副平靜的笑容，看向王子的眼神裡參雜了幾分睥睨，幾分狂喜，和幾分終能得償所願的驕傲意味。王子對於這樣的目光再熟悉不過，那是自己也曾經擁有過的，只屬於勝利者的從容笑意。

藉由拿破崙提供的儀器和自身的知識，雪球在這樣刻苦的環境下，還是成功製造出了一種人工病毒。他將病毒鄭重地交給了拿破崙，叮囑未到非不得已時斷不可使用，拿破崙答應了，倒也真信約守諾，將病毒暫且擱置，而是先提出了對老少校的罷免案，可惜就差一些，罷免宣告無效。拿破崙並不見絲毫氣餒之情，一切都在他們的預料之中，民眾都是盲目而自私的，若非真正遇上和自己切身相關的痛苦，要他們做出改變，簡直難如登天。

為了達成這點，拿破崙打開了潘朵拉的盒子，疾病和災禍降臨天下。

拿破崙和他的團隊組成醫療小組，四處救助患者，憑藉著熟悉病毒屬性和握有疫苗在手，他們這僅十來人的非正規團隊，所治癒的人數竟比起全國醫院都要來得多。乘著鋒頭，拿破崙藉機大力抨擊政府無能，更於宣布參選總統後，以大數據分析投放精準的廣告宣揚自身團隊的專業優勢，以此雙管齊下，終於次年的選舉中大獲全勝。而那被利用完的老少校功成身退，終於歇了他一切的工，安息了。

當選總統後，拿破崙給雪球帶來了這個好消息，同時遺憾地表示，自己也想立刻將雪球帶出這個地方，可他們得按程序來，要辦理促進轉型正義，才能將這些受老少校迫害的政治犯放出去，那一天很快會成真。雪球相信了。

整座監獄中，其他犯人一個一個地出去了，終於連最後一批囚犯也從牢房中被轉移安置到了別處，就只剩雪球一人。拿破崙的身分不方便，但縱然不能常來，每每見他，卻總反覆言說著讓他放心，一再答應他就快了，現在的自己忙於修憲大業，只待事成，待自己登上再無人能撼動其權力的君王之位，便可迎他出獄，會有那麼一天的。雪球相信了。

完成修憲後，在登基前夜，拿破崙再次前來，帶了雪球最喜歡的紅酒，與他面對面坐下，舉杯慶祝。他告訴雪球，是時候了，他們不惜一切代價也要實現的理想終於成真，一切、一切都要結束了，那一天終要到來。雪球笑著與他碰杯，沒有注意到拿破崙眼底眨動的情緒，相信了。

只可惜，雪球沒有等到那一天。

他聽著登基大典上響徹全島的演講伴隨著國歌，遠遠地從高牆外傳進來，最後一批政治犯在大典上被當成作秀的工具，也被放了出去，其中卻不包含雪球。

拿破崙的每一個字都敲在雪球心上，他說：為了更偉大的利益，為了國家人民的未來，也為了正義，**真正的正義**，日後那樣全憑個人喜惡決定他人生存的集中營再不會存在，我們將會有計畫地篩選，針對社會上不良的基因進行清洗。在未來，這樣的地方，只該留給那些**不被這個世界需要的人**。

聽到這裡，王子終於記起了總統那場演說的結尾，不禁慘白了臉。老師則是早已斂下了笑意，沉聲道。「小王子，我想你應該也沒那麼蠢，那個愚昧地相信了謊言、天真地錯付了希望，以致最後抑鬱而終的雪球，自然就是我的父親；而那聰明冷酷、狠毒地憑藉瘟疫和欺騙踩著他人屍體上位，並在登基的當下選擇放棄了我們的拿破崙，自然也就是你的父親了。」他自嘲而淡漠地牽了牽嘴角。「這下你該知道，我對他所握有的第三個籌碼，是什麼了吧。」

所有謎底在這一刻宣布揭曉，眼前原先已鬆動著透進微光的線團被毫不留情地扯下，令那長久以來籠罩於黑暗中的世界陡然明亮，大片大片灼人炙熱的陽光灑落，可王子卻只感到從未有過的冷，以至整個人都染上了纖薄的顫抖，什麼也說不出口。

他愣愣地看向老師，只聽老師輕聲說著。「你還記得那一天嗎，小王子?在你父親登基大典的那一天，我跑出了主建築，遠遠地看著高牆外的白色旗幟漫天飛舞，國歌響遏行雲，你父親所說的每一個字，我都聽得那樣真切。你還記得嗎?」

王子當然還記得，在那一日，他望出所見的那一抹腥紅，而他不知道的是，老師也記得清清楚楚，在那一日，他向外看去時所見的那一片慘白。

同樣在那一日，他們都成為了不被這個世界需要的人。

「好好想著那一天，然後告訴我，親愛的小王子，這樣的理想國、這樣所謂的正常人，真的就是你想要成為的人嗎?」

第三章

愛情往往始於自我欺瞞，終於誆騙他人。這就是人們所謂的浪漫。

——奧斯卡・王爾德

王子覺得，自己像是在這個世界裡流亡。

他甚至想不起那一日的自己是如何敗走逃離的，也記不得自己是如何失魂落魄地回到府邸的，面對老師最後那句像是直刺人心底的問題，他更是恐懼面對自己最後是否有給出回答。

他想成為什麼樣的人？還能成為什麼樣的人？是否仍有權力決定自己要成為什麼樣的人？他回答不出來，昔日深信不疑的真理、構築起自己世界的信念與價值，如今全數在老師平靜的眼眸中瓦解。多少年來，他曾多麼努力地想讓自己融入社會，扮演所謂的正常人，賭了命的、也要配得上王子這個身分，可如今，他再沒有了能夠為之拼搏的方向。

他什麼都沒有了。

他無法繼續直視總統投以期望的目光，無法附和這個世界高喊的口號，無法心安理得地坐在高位上享受榮華富貴，心知自己所擁有的一切，全是透過那般卑劣醜惡的手段得來。

他就像是在這個世界裡流亡，這個國家、這個社會，這個他背負了一輩子的王子身分，再沒有任何事物對他而言是有意義的。他沒有了依靠，沒有了方向，漂泊無依地亟欲找個可以下錨的地方，只盼能讓自己留下哪怕微乎其微的自我，找到生命中僅存價值所能倚望的基準點。

是以，即便再怎麼不願、再怎麼諷刺，王子終究還是回到了隔離區，隔著玻璃對上老師安靜的微笑。畢竟說到底，除了這裡，除了這個人身邊，他再沒有其他的容身之所了。

才上了頂樓，王子便見老師和小梅盤著腿席地而坐，兩人的膝蓋上都擱著鐵餐盒，正隔著玻璃幕一邊吃飯一邊說笑。小梅笑著直拍大腿，就像她這個年紀的女生本該有的模樣，而老師則是褪去了素日裡的溫和從容，正比手畫腳地說著些什麼，笑得嘴角歪斜，像個很小的孩子。

王子心中猛然竄起了一股無名火，腳步一時重了些，引來二人的目光。小梅一見他便垮下臉來，而老師則是收了笑聲，站起身理所當然地招呼。「你來啦，吃過了嗎？」

他的態度平和，全不似他們前次的對話是以多麼絕望的方式結束，彷彿這只是任一次再普通不過的會面。王子一時沒能反應過來，只強抑著怒氣，搖了搖頭，老師便自然地接口。「這樣啊，那剛好，一起吃飯吧。梅梅，麻煩你了，給小王子帶份中飯上來。」

聞言，也跟著起身了的小梅一瞪眼，正欲開口反駁，卻被王子連聲打斷了。「不，別麻煩了，真的不用。」

「啊，也是呢，讓你吃這裡的食物確實難為你，是我不好。」老師這才像是想起來，對他寬容地笑了笑，又向小梅點了點頭。「那麼，預算表等我看過了再討論，梅梅你先回去休息吧。」

小梅從腳邊的提袋中取出一個資料夾，遞給老師後便轉身離開。王子僵硬地站在原地，而老師倒是輕鬆自在，捧著便當盒，兀自拉過椅子坐下了。「先坐吧，小王子，我快吃完了，馬上就好。」

縱然多有不滿，但自幼良好的教養和壓抑的習慣不容許他表露情緒，王子只能安靜地坐下，看著老師吃飯。只見他手裡拿著一個陳舊的鐵製便當盒，裡面的吃食很簡單，又或者直白點說，很難吃的樣子。番薯比米飯還多，一坨炒糊了看不出原型的深綠色葉菜，像是豆製品的一杓不明褐色物體，一小片雞肉，和兩顆破了口的水煮蛋。光是看著就讓人胃口全失。

王子隱隱皺了皺鼻子，試著以最禮貌的語氣開口詢問。「這就是你們裡頭的伙食？」端著那盆在王子眼裡和廚餘一般無二的便當，老師倒是吃得津津有味。「是啊，我們雞舍這幾個禮拜豐收，還加菜了呢。」他像獻寶一樣地遞給王子看。「你瞧，今天多了顆蛋，變得很豐盛。」

「這叫豐盛？」

「不然呢？我覺得挺好啊。」

「我以為你是這個地方的領導人？」

「我確實是啊，那又如何？」

「那你這過得也，」王子斟酌著用詞，小心翼翼地道。「也太簡單了些。」

「簡單？」老師噴笑出聲，彷彿被他逗樂了。「要不你是怎麼想的，小王子？你以為我應該要像那些暴虐無道的領導人，在人民連飯都吃不飽的情況下，卻將自己鎖在高塔裡，過上窮奢極侈的生活嗎？何不食肉糜？讓他們吃布里歐吧？」

「我不是那個意思，」王子困窘地解釋。「只是，你既然是這裡的領導人，也該多少讓自己過上好一點的生活，不該如此刻苦素簡。」

老師微笑著看向他，像是在縱容著一個無知的孩子，耐心地解釋。「小王子，你知道嗎？很多年前，政府給隔離區內每人每日的餐食補助，就是人權組織對於採購所能維繫每人食物攝取量所設定的最低下限。但採辦食材一事是經由貴部門之手，自然便因壓低成本和收受回扣之由，而送來各式幾近腐敗的食材。人人營養不良，為了搶食和把控廚房的使用權而大打出手。成王敗寇，弱肉強食，大抵如此。

幸運的男女可以就最原始的交易籌碼，性，來換取溫飽——同性戀也被送進來的好處在於，**真正**落實了男女平等，並不只有女子才需靠著出賣自尊來養活自己——而那些沒那麼幸運的，瘋的、病的、把無謂的風骨當飯吃的，則是成了一具具餓死的屍體，不是沒有人想過欲以其為食，但好在，至少就我所知、且我願如此相信，人性尚未泯滅至此。」老師瞥了一眼王子發白的臉色，輕鬆地笑了笑。「怎麼說呢，也實在不能怪罪他們，畢竟在那樣的情景下，不只食物，連同尊嚴和良知，都一併成了稀缺之物。」

「自我開始管理此地，起初也只能做到平均分配的共產方式，直到後來與你父親談定條件，我提議將每人每日的餐費降低兩成，一個月可讓政府節省不少費用，但作為交換，必須由我決定申請採購的物資項目。以此，再加上慢慢用補助款建置起的農地和畜牧場，這五年來，大家終於能吃飽且營養均衡，有餘裕的人，甚至可以再用工資申請零食。比之以前飯都吃不上、或者連吃上一星期水煮馬鈴薯的日子，現在，還是要好得很多了。我們所做的改革雖然有限，但至少大家可以活下來，且非悲哀地苟延殘喘，而是能活得有點尊嚴。」老師輕聲道。「小王子，你眼裡看不上的這些東西，都已經是我付出所有，拚了命的，能給上他們最好的了。」

王子愣愣地聽著，每一個字都能直擊他心底最脆弱不容人觸碰的角落。「我們都很努力喔，小王子，即使被放棄了，還是拚了命的，也要活下來。」老師溫和地說。「活下來才是最重要的。你總不能要求那些連吃穿生活都成問題的人，坐下來思考所謂的明天、理想和人生抱負吧？人必得先活下來了，才有心力去考慮其他。」

「其他，像是什麼？」聞聽至此，王子忍不住插口問道。

「理想，和希望。」老師輕聲說，停頓了下，視線安靜地掃過王子比平日更凌亂的頭髮，眼下的暗影和憔悴的神情，微笑了起來。這還是第一次，他的笑意中沒有了任何譏諷輕蔑、耐人深思或施捨憐憫的意味，而是一種寬和、溫暖和打從心底的理解。

「小王子，你也一樣啊。」他溫柔地笑著。「即便過得這樣辛苦，被身邊所有人賦予了錯誤的期待、還不得不逼著自己去達成，害怕著、恐懼著、自我厭棄著，在這樣的情況下，你卻還是這麼努力，不露破綻、跌打滾爬地走到了今天，你已經很不容易了。很痛苦吧？很難受吧？突然這麼失去了堅定不疑的信念，這一切的轉變肯定都把你給嚇得不知所措。你會憤怒、會感到害怕，甚至可能開始憎恨起自己，憎恨自己曾經也是那如今令你感到無比噁心的群體裡的一分子，但那又怎樣呢？你不也已經很努力了嗎？你不是已經用盡全力地，讓自己活下來並走到今天嗎？所以，小王子，不要輕易想著放棄，換個方式想，這對你來說，或許也是好事呢。」

「怎麼說？」王子沉默了下，才顫抖著嗓音道。

「因為，這麼一來，你就可以擁有新的理想了。」老師溫和地笑著。「小王子，或許接下來，我可以讓你看到一個不一樣的世界。」

「那我能怎麼做？**我們**，可以怎麼做？」

「喔，很簡單啊。」老師笑了起來，將小梅方才交給自己的那份資料袋放回傳遞口，對他眨了眨眼睛。「我們一步一步來。首先，在我吃完便當前，你可以從這份食堂的預算表開始看起。」

就這樣，自那日起，王子常來常往的，在老師的介紹和一份又一份的計畫與預算中，漸漸了解了隔離區裡的世界，和老師管理此地的理念。

老師堅持，無論如何都要讓每個人有產出，勞作而後收穫。政府核發貯存廠所給的補助及工資全記在帳上，隔離區內的所有開支皆得透過扣除帳上申請得來，老師告訴王子，針對帳務分配，他們會將補助款先提撥一半至公款，用以基本餐食、物資、建設、教育、醫療等經費，餘下的一半則平均分配給每一個人；工資則是依各組別薪資比例提撥，將每人擁有的資產記於帳上，如欲申請物資，便至採購局登記，再由採購局統一向外申請。

他們對於人事的規劃也井井有條，由老師、小梅和各組別組長討論著安排適才任用，分配有自我照護能力、且神智也清醒者優先至工組工作，再依照個人背景安插至行政組；無攻擊傾向的精神障礙者可至農業組和畜牧組做些體力活、或者安排給食局和織局做人手，具攻擊傾向的重度精神病患則是交由病舍看管；無自我照護能力者交由醫療組照顧，儘量讓他們餘下的人生走得好；孩子們統一交給教育組和照護組負責，由老師和教育組長規劃課綱，再按部就班地教導孩子們和其他成人；重罪罪犯則會直接被押入獄舍中，由秩序組看管，再一一評估重訂刑期，服刑、教化而後再行安置組別。

「刑期？所以你們在裡面還是需要坐牢？」王子驚訝地問。

「當然了，小王子，我相信律法。這些人必須為曾犯下的錯贖罪，不能因為被淘汰了，便索性破罐破摔地任之由之。」老師道。「我不會天真地說我們的人都是好人、都是被你們政府迫害的無辜者這種話，在我們之中，的確有些人曾犯下不容饒恕的罪惡，也的確有些人難以教化，但我仍然認為，罪犯有罪當罰，危險者應受管制，病者也該被治療，這才是現行之下最好的方式。而你們不願做的，也只能由我來在此延續了。」

「小王子，對你們外面的人來說，清洗政策的確是好，無須思考前置的預防、也無須為後續的教化煩惱，簡單直白地解決了大部分的問題，多麼方便啊。說實話，若今日換作是我生在外面，我或許也會像那些既得利益者一樣安於現狀，認為這清洗政策是套救國利民的好方法。」老師向王子坦承，垂著眼瞼沉默了下，才繼續道。「可我仍然相信，沒有人，沒有人生來就該被打著『成就更幸福的理想國』的這種虛偽旗號放棄。沒有誰比誰高尚，我們每一個人，**每一個人**，都應有權利走在陽光下。」

「我不能矯情扮演上帝，說自己所做的一切都是正確的，我只能這麼安排著，讓罪犯服刑、讓病患受治療、照顧著每一個人，並在妥協之下，把那些在現世之下最不可饒恕的人給捨棄掉。」他說，痛苦地扯了扯嘴角。「這已經是我力所能及，能做到最好的了。」

「捨棄？那這些被捨棄了的人，會去哪裡？難不成你們會在此執行死刑？」

「**納尼亞**。」老師微微白了臉，簡短地回答便緊緊抿起唇，拒絕再吐露更多消息。

「納尼亞？那不是個被你禁止進入的地方嗎？為什麼還會把人送進去？」

老師卻再不願對此發表任何評論，只是轉移了話題。「小王子，你父親為國民編織了一個名為理想國的美夢，放進用黃金打造的盒子裡，美其名是以此作為保護，不使你們的理想國受到傷害，但實際上，只不過是成全了你父親單方面的解釋罷了。而這政權的根本究竟是暴政與恐懼、還是和平與安泰，在揭開盒子前，沒人能確定，就像是薛丁格的理想國一般，全由你父親一人說了算。」他微笑著道。「你父親創造出一個美麗的幻象，並操縱言論使人民與政府說著一樣的話，道只要淘汰掉這個世界不需要的渣滓，就能單純地護衛住他們理想的社會不至遭殃。輿論的箝制和洗腦的進行，對一個政權可說是至關重要，因為這麼做能夠壟斷真理，建基了制定社會主流價值觀的權力，也就能保障其絕對統治權的道德支撐。而別的不說，你父親操弄輿情的手段上，我一直是十分嘆服的。」

「怎麼說？」王子皺了下眉。

「你不是真以為清洗法案能順利通過，那作為**最佳宣傳**的兩樁案件，真是天意所為吧？」老師笑了起來。「這個制度的確很美好，但是，仔細想想，這樣的制度解決的不是這個世界的問題，而是政治家的問題；能達成的，也不過是暴政之下的和平，和恐懼之下的安泰罷了。」

王子明知他所說在理，可積習成疾，自小的教育和信仰讓他無法苟同，仍然認為這些人都無可救藥，只有老師是其中例外，若這麼讓他爛死在這個垃圾堆裡，實在是可惜了。他不僅是個特別的存在，同時也改變了自己的人生，於是出於惜才，亦出自報答，王子向老師提出了，他可以帶著他走。「你若想逃離這個地方，我會幫你。」

王子本以為老師該要欣喜若狂、感恩戴德，可卻不想，他並不很開心的樣子，反倒淡漠地搖了搖頭。「不，小王子，我並不想逃。」他輕笑著，拒絕了。「我要想逃的話，我現在早不會在這裡了。我是不會離開的。」

「那你想要什麼？」

「想要的東西很多很多，可不見得樣樣都能實現。打比方說吧，我想讓梅梅能再吃上一口那種叫冰淇淋的甜點，想給所有人過上好日子，想讓大家終有一日能出去，想走在陽光下，想被視為一個人來看待。」他的笑意加深了，強調道。「是的，**人**。小王子，你並沒有真正把自己當成我們的一分子，也難怪呢，說到底，你仍然想當個正常人、認為自己高人一等，甚至抬舉了我，以為我也像你一樣嚮往這一切，我想這大抵也是情理中事吧。」說著，老師沉下聲線，一字一頓地道。「可不是這樣的，我不想在你們二分法的世界裡當個正常人，我只想做一個人，一個不負他人、無愧己心的人。且終有一日，也要讓所有人過上這樣的生活。小王子，我想要的，你永遠不會理解。」

話都說到這個份上了，王子垂下眼瞼，點了點頭，不再多說，反倒老師重又笑了起來。「說起來，你是怎麼打算的？把我帶出去後讓我遠走高飛？還是給我個假身分、培養我做你的幕僚？又或者是另一種可能性？我可真沒想到，小王子，你竟然有這樣的興趣。」他打趣道。「怎麼？打算英雄救美地把我帶出去了，留在身邊像個男寵一樣豢養著嗎？」

這本只是一句無心的笑謔，卻不想王子驀然脹紅了臉，連聲抗辯自己並非此意，而老師斂下笑容，若有所思地望著他，才又輕笑著向他道歉，很快便將這個插曲拋至腦後，像是什麼也沒有發生過。

為日前再次被老師指為未認清自己的身分，王子這回按下了所有成見，繼續往來，聽老師用柔和的聲音向自己談述隔離區內的一切，並在其授意之下，由滿臉寫著不情願的小梅帶著自己四處參觀，如此得以在接下來的兩年間，對此地擁有更深入的了解。

不跟著小梅四處轉還不知道，一旦實際了解了，王子才驚愕於他們組織體系的完整，以及這兩人究竟擔負了多少工作量。隔離區內共分為工組、農業組、畜牧組、教育組、照護組、醫療組、秩序組和行政組等；醫療組管理病舍，秩序組分成兩支，一支直接管理獄舍，另一支則是老師和小梅的親衛隊，而行政組底下再細分為食局、織局、財務局、人事局、採購局、總務局等若干分支。每個組別分別有一組長和二副組長直接負責，小事可由他們自己處理，大事則得向小梅回報了、再由她視情形直接發話或者上報給老師定奪。小梅每日要往來各組之間視察狀況，和各組組長保持密切溝通以便掌握人員脈象，過濾重要的資訊後即時回報給老師。

好在如今有王子在，至少多一人能拿主意，分攤了不少工作，也有個人能給他們送物資進來。王子見小梅每次欲向老師回話都得派個人捎信、或親自跑一趟，便帶了一組簡易的無線電給他們，信號發射涵蓋範圍雖不大，可至少不必那樣辛苦地日日跑上跑下。

老師驚喜地連聲道謝，又興奮地指揮小梅拿著其中一隻對講機下樓去，以測試無線電的信號範圍，小梅依言去了。而老師對著對講機小心翼翼地發話、又一再笑出聲的模樣實在過於滑稽，王子在一旁看著，也不禁微笑起來。

聽著小梅的聲音越來越微弱，王子提醒了一聲，老師請小梅記下位置，標示出此區便是最遠的範圍，便讓她回來。對講機裡傳回小梅斷斷續續的答應，可旋即只聽一聲驚叫，同時重重的破音響起，像是摔了對講機的聲音。

老師緊皺著眉，連聲喊她。「梅梅？梅梅！你怎麼了！」

對講機裡卻只模糊地傳回幾個字。「克……你……怎麼……」

看著老師焦急的模樣，王子主動提議道。「我去看看吧，別出什麼事才好。」制止了老師的道謝，他往小梅最後一次回報地點的方向趕去，遠遠地便見小梅正和一名膚色黝黑的男人說著話。

看來應該是沒出什麼事。原先跑著來的王子放慢了腳步，只覺得那男人的身影相當眼熟，仔細瞧了才認出，正是先前見過兩次的那名律師。

只見律師拽著小梅的手腕，二人靠得很近，正低聲說著什麼，神情被淹沒在頭髮遮蓋下的陰影中看不真切，直到王子走近了些，才見小梅使勁甩開手，猛然推了律師一把，惡狠狠地吼道。「你滾出去！」

律師狼狽地倒退兩步，忿忿不平地回嘴。「我不過是想訪問一些淘汰者，出自尊重才問的你，你有必要這樣嗎？」

「**淘汰者**。」小梅怪腔怪調地學著他的語氣諷刺道。「我說過很多次，我不會讓你把我們當成作秀和利用的籌碼！**滾！**」

「作秀又怎樣籌碼又怎樣？你要理解，只有讓外面的民眾更了解你們、才能夠消弭隔閡，你們若想從這樣的日子中解脫，就得靠我來幫你們向外界傳遞消息啊！」

「**幫我們**？」小梅怒極反笑。「我告訴你最後一次，我們不需要任何人，尤其是你這種人的幫忙。

你這個……」她拾起對講機，用眼神示意王子跟上，輕蔑地拋下一句。「**背叛者**。」

她句末的尾音殘留在空氣中，王子跟著她走遠了些，才回頭看了一眼。就見律師安靜地站在原處，目送他們的背影離開。

幾次三番見著律師，都是在這樣混亂的情景下，王子不禁對這人起了好奇。記得曾聽人說他有在經營自己的社群，便試著上網用關鍵字「律師　隔離區」搜尋，立刻在熱門推薦上找著了他的頻道，得來全不費工夫。

影片很多，題材大多不脫隔離區、淘汰者、法律、民主和人權等，追蹤人數相當驚人，約有全國人口的百分之五。王子挑了幾隻播放次數最高的影片，大致釐清了這人是人權律師起家，現職為專接淘汰者上訴案件，抗辯其品行正常、應改判為正常人的辯護律師。自五年前開始，細算起來，也就是在老師被關押入玻璃屋內的後一年、開放民眾可進入隔離區參觀那時起，律師便投入了大量的心力在經營頻道上，經常申請進出採訪拍攝，只道要呈現真相給閱聽人接收。

申請進出隔離區的手續繁瑣且審核嚴格，多數民眾均無法過審，但透過他的影片紀錄下小部分隔離區內的真實情況，偶爾運氣好能找上幾名淘汰者訪問，雖只能得到些不痛不癢的內容，卻也揭開了神祕的面紗，足以滿足觀眾的好奇心。並在影片中時時批評政府，總對鏡頭拋出一個個問題供人思辨：清洗政策究竟是善法還是惡法？這些本會對社會造成極大危害的淘汰者是否應該被隔離？透過清洗政策可以為國家省下極高的社會成本，可這樣的作法是否值得？淘汰者都是些什麼人？是殺人犯、精神病患、吸毒者，還是你我身邊可能出現的人？他們是否真的造成社會的動亂不安？裡面、外面，究竟哪裡才是適合這些人的歸宿？政府是否在做對的事情？人民又該如何思考？

爭議、大膽、極富有話題性，口條清晰具說服力，外型也出色，的確各方面都是民眾所喜歡的，能夠在短短五年內便累積這樣的網路聲量，並不算意外。

接下來的一段時間，王子幾乎將律師頻道中所有上傳內容都看過了，透過律師的視角，他能以另一種角度來審視種種問題，以不同的身分反思，並期望自己真正能做到每支影片開頭，那以黑底白字呈現出的兩行句子：**不為君王唱讚歌，只為蒼生說人話**。

可即便如此，王子聽著他那隱藏在懇切語調後所傳遞的內容，卻總感到熟悉，因而隱隱有些說不上的不安，極其輕微，極為易碎，方能在指尖碰觸些頭緒便又消逝於指縫，很快便能拋在腦後。

他並沒有花費過多心神在這些似有若無的情緒上，而是繼續和老師的往來。受到各方影響，他逐漸改變了，老師也更願將重要的事物託付給他。他們一起規劃教材，一起討論安排新進人員的去處，王子儘量提供任何所需的資源，老師談述裡面的景況，王子告訴他外頭的局勢民意，老師則交換談說自己的看法。

這還是人生中第一次，王子不必在人前隱藏自我，老師總是尊重著他所有因強迫症而引發的執念，他隨時可以消毒，若想洗手則水龍頭就在走廊盡頭，有任何不安及想檢查的物件，也都陪他一起反覆檢視，直到執念稍微褪去。每每如此，王子總有些不好意思，而老師則總溫和地笑著說，沒關係的，他陪著他。

他們也並不總是談論政局和管理情勢，有時只是隨口談天，什麼都說，說喜歡的書，說自己的童年，說對於未來的想望，漸漸對彼此有了更多了解。在遇見老師、遇見了這個受困於瘋狂世界中唯一清醒的靈魂後，王子才意識到，自己今生或許可以換個活法，或者說，換個追求的目標。

於是他幫著擋下了不少政策，那些本該在清洗部通過的法案，全被他以王子的身分施加壓力，在內部會議便擋了下。他幾乎一有放假、或者隨便丟張公出單便往裡面跑，反正他是王子，沒人敢查他瀆職不力。他嫌一點一點地帶物資來不方便，索性將座車開上自己專屬的往返渡輪，以車為單位地運送，後有一日，甚至載了兩張組合式的扶手椅來，一張拆開了往玻璃幕裡遞零件、一張則是放在走廊上，宣布這是自己的寶座，誰都不讓坐。

他不再試著想要融入正常社會，而是試著和這樣的世界對抗，以活成自己的模樣。因為有他在。

而老師，老師雖然總是一如既往地笑著，似乎沒有任何改變，可王子仍能從他眼尾的細紋和唇邊的弧度判別出細微的鬆動，並為這樣的變化而開心得像個傻子。

他從未想過會有這麼一日，自己竟會將老師視為知己，認同他的理念，並真心將自己視為其中的一分子。

「謝謝你送了對講機給我們，讓梅梅省下不少麻煩。」老師笑著道。「從前的我總是在等，等她來也等你來，現在至少能夠省下一部分的等待。」

「那我是不是也得給自己準備個無線電？」王子也笑著。「讓你能將另一部分的等待也省去？」

「喔，那倒不必。」卻不想老師搖了搖頭，望向他的眼神晶亮。「等待雖難耐，像是一顆心懸著總沒有著落，可卻也十分美好，因為每一分每一刻，都像是你即將出現前的序曲，縱然漫長，卻也怡人。」他說。「所以，謝謝你，給了我這樣等待的美好。」

老師笑盈盈地直視王子，直到二人的唇邊都漾起了柔軟的弧度，誰也沒有先轉移開目光。

自從知道了老師的父親、也就是雪球的真實身分後，王子便試著從政府的舊檔案中，去尋找那段在這世上早已被塵封、而今只存在於他與老師心中的故事。

至於總統、那親手獻祭了自己好友的拿破崙是否還記得？王子沒有資格詢問，更是不敢想像。

這份工作無異於海底撈針，既得避著旁人耳目，又怕留下紀錄而不能使用電子搜索，只能土法煉鋼地用紙本檔案尋找；公家的資料裡找不著，他又轉向總統的私人書房，終於不負苦心，讓他在擱置於其中的一本《理想國》裡找到了。

那是一張當時還未成為總統的拿破崙、和當時仍懷揣希望的雪球的合照，照片已經泛黃，書本上也積累了厚厚的一層灰，顯然是經年未有人再憶及這段往事。

照片上的二人不過二十多歲模樣，誰都沒有看鏡頭，而是朝同一個方向燦爛地笑著。雪球的眉眼與老師簡直是一個模子刻出來的，頭上戴著一頂傻呼呼的蛋糕形狀慶生帽，呆呆地比著一個勝利的手勢，而他身旁的拿破崙則是酡紅著臉，拿著一瓶已喝了大半的紅酒，正搭著他的肩膀要給他滿上。桌上還擺有一個缺了一大角的蛋糕，那些奶油顯然是被抹到了他們臉上，兩人都狼狽的不行，卻笑得像是世界盡收掌中。

照片的背面只落款了日期，除此之外再無其他資訊，王子不敢在書房裡久待，只用手機翻拍了照片的正反面，便按灰塵的位置小心翼翼地擺放回原處，再次將這段往日埋葬。總統依然是總統，而雪球也依然失去了拿破崙。

王子不敢向任何人提起此事，更是不敢推測為何多年後，總統仍收著這張照片。那是一種無濟於事的緬懷、還是於心有愧的歉疚？又或者，那是為了自我提醒？提醒自己曾經為了理想、為了大業，為了成全自身的野心，他付出過什麼樣的代價。

而隨著照片後方所載的那個日子即將到來，或許是出自補償，或許是出自愧歉，也或許只是單純想讓他開心，王子將凝固了雪球笑意的那半邊照片列印出來，放進一個精巧的相框裡，買了一個蛋糕，並想辦法找到了與照片上相同的一瓶波爾多紅酒。

他把所有人都遣走了，包含滿臉不快的小梅在內，獨身一人將蛋糕、酒和那只相框帶上樓，珍而重之地遞給老師。「今天應該是你父親的生日。」他說，又小聲地補充了一句。「你肯定很想念他。」

老師緊緊攥著那個相框，沉默良久才帶著鼻音向他道謝。「謝謝你，小王子。」

「**謝謝你**。」王子加重了語氣強調。「你為我所做的一切，都遠比這些要來得多。我從未有過歸屬感，一直跌跌撞撞地在尋求自我認同，直到你改變了我的人生，讓我成為這裡的一分子。」他看向老師，再次輕聲道。「謝謝。」

王子開了紅酒切了蛋糕，卻苦惱於該如何從傳遞口送給老師而不至打翻，最後只能妥協，毫無情調地以便當盒和寶特瓶為容器湊合。二人對斟對飲，老師像是興致很高的樣子，和他說了許多以前的故事，目光相對之際，他們的眼睛裡都閃爍著精光，誰都沒有忍住地笑了起來。有什麼不一樣了，而後一切都不一樣了。

直到夜幕低垂，他們將那瓶酒喝完了，王子才起身告辭，卻一下沒站穩摔回了扶手椅中。老師噴笑出聲，對他滑稽地舉了舉手中的寶特瓶，仰頭喝乾了最後一口，嘴角的笑意歪歪斜斜。「那麼，今天謝謝你了，……」

王子有些微醺，一時沒能思考，打斷他道。「你其實可以喊我——」至少在這個晚上，在這一刻，在他才真心向這人表示了感謝的當下，他不想再以這個身分被面前的人稱呼。

卻不想老師打斷了他。「**小王子**。」王子愣愣地看向他，卻見老師已經恢復了素來平靜的笑意，不讓他完成那個句子，只是溫和地道。「今天真是謝謝你，那麼時間也不早了，你也該離開了。再見，小王子。」

王子停頓了下才緩過神，帶著些惋惜地向他點了點頭。「那我走了。」

老師笑著向他揮揮手。「路上小心。」

在王子轉身後，老師目送他腳步不穩卻仍試著挺直肩脊的背影離開，好一會都沒有動作，良久才扯了扯嘴角，卻發覺自己的笑容是那樣僵硬，彷彿他已在方才的談說中耗罄了全部笑意，又或者該說，一旦認知到自己接下來該怎麼做，便提前失去了所有笑的能力。

他看向床邊擱著的那只相框，又安靜地垂下視線，明白自己即將失去的，是多麼重要的東西。患有強迫症、親手送上的禮物，和自承是他們的一分子，這都還不足夠。自己必須想個辦法，讓這位天真的小王子，更親近他們這一方。

而古往今來，最容易成功獲取信任的作戰手段是什麼，他早該知道。若非刻意迴避，他本不該是這樣遲鈍的人。

直到天邊泛起淡淡的白暈，他才再次試著微笑，這次成功了。他便維持著唇邊這抹平靜的笑意，良久才拿起對講機，輕聲說了些什麼，再抬眼望向窗外時，日出的第一道曙光驀然映射入眼底，明晃晃的光線令他頭暈目眩，刺激著幾乎泛起淚水。

王子之後幾次再來，老師已經恢復了和最初一般的姿態。王子也說不上是哪裡不對勁，卻能感受到，老師待自己不同從前一樣親厚了。

是出自不甘心、更是不願失去唯一可說真心話的港灣，於是老師越是淡漠王子便越是憤懣，恨不得扯下他那副平靜笑容的面具，變回另一個自己所熟悉的模樣。

如此焦灼不安的氣氛看似雲淡風輕得不值一提，可也確實隱隱浮動在空氣中，惹得人心煩氣躁。王子試過溫言以對，也試過直面挑釁，可無論何種方式都未能動搖老師平靜笑意的弧度分毫。

這樣的日子持續了好一陣子。一日，王子來時，只見小梅安靜地站在長廊上，像是在等待更像是在守護著。王子向她微微頷首，望向玻璃幕內卻不見老師的身影，定睛一看才發現原來人躺在床上，緊裹著被子側縮成一團，仍在睡著。

過去也不是沒有和小梅獨處過，可當下都有任務在身，至少不會落得無話可說的窘境，而今這麼沉默地並肩站著，王子正自尷尬地思忖是否該坐下、又或者是該先行離開，才聽小梅終於開了口。「你可能得再等一等，讓他多睡一會。」

「這都中午了，他可真能睡。」王子笑道。這話本是欲緩解安靜的氛圍，可卻在脫口後才猛然想起，過去無論自己何時前來，這似乎還是這兩年來，自己第一次見老師休息著。

聞言，小梅斜睨了他一眼，神色複雜。「他每天只睡四個小時。」說著，她垂下眼，語氣再淡漠都能聽出其中的痛苦意味。「你以為要管理這裡，管理**這樣**一個地方，他得要付出多少心力？」

王子沉默了下，看著老師大半都埋在被子裡、只露出小半張臉的蒼白睡顏，一時有些難受，良久才小心翼翼地開口，像是深怕驚擾到熟睡著的他。「他看起來很疲倦。」

小梅瞅了他一眼，沒有立時答話，過了一會才不甘願地道。「還好，有你在。他最近開口閉口談的都是你，有你陪著，他很開心。」

不知道自己心中這充溢著的究竟是何種情緒，王子幾次想開口卻終究默然無話，而小梅看著他始終未自老師身上轉移開的視線，微微皺了下眉，才突然道。「一直沒有機會說，這段時間給我們帶的東西幫了不少忙，謝謝你。」

這還是她第一次向自己道謝。王子驚訝地瞥了她一眼，點了點頭。「別這麼說。」

「以後可能還有許多得麻煩你的地方。」

「應該的。」

「其實老師有件事一直想請你幫忙，但怕你為難，所以沒敢提。」

「請說。」

「想請你把手機借給我們，孩子們都是在裡面長大的，這一生都沒見過手機和網路是什麼，但是，要按老師的計畫，終有一天是想讓他們回歸社會的，我們都希望能讓他們將來不至脫節太多。」見王子遲疑，小梅迅速地補充道。「我聽說你和那些高官用的網路都是國家特殊開發的系統？應該不至於被監看、也不會被發覺？你若覺得不妥，或是有什麼機密資料，可以先刪除，自然了，也會消毒過再還給你的。」

話都說到這個份上了，王子沒有了拒絕的理由，掏出手機遞給她。結束了這個話題的二人重又陷入沉默，好在沒過一會，老師就醒了。他先是裹著被子翻滾了兩圈，才露出一顆頭來，像個人型的壽司卷，迷糊地眨了眨眼，隨著視線逐漸聚焦於面前的王子身上，他瞇起眼，緩緩地綻開一個渙散的溫軟笑意。「你來啦。」

「不再睡一會？」王子止不住唇邊上揚的弧度，向前一小步輕聲道。

「不了，已經夠了。」他掙開被子下了床，孩子氣地揉了揉眼睛，試著撫平睡翹的頭髮。「我睡了多久？」

「還不到四小時。」小梅接過話，敲了敲玻璃。「你給我把外套穿上，真不怕感冒啊。」

老師對她做了個鬼臉，卻仍乖乖地拉過一條毯子搭在肩上，又轉向王子。「來很久了嗎？」

王子微笑著搖頭。這樣不帶有防備心的老師，他很久都沒見過了。「不很久，大概半個小時吧。」

他溫聲道。「天氣冷，你先喝點東西。你這裡還有熱水嗎？要不要讓廚房再燒一點送來？」

「不用了，我這裡還有一些。」老師晃了晃手邊的保溫瓶，倒了一小杯出來，雙手捧著茶杯，小口小口地喝完了，才抬眼看向王子，不好意思地笑道。「真失禮，就這麼讓你們看著我睡覺，梅梅也真是，怎麼不叫我起床呢？」

小梅嘴上不饒人，打趣道。「還叫你？你都睡到打呼了，我能叫得醒你嗎？」

他們都笑了起來，氣氛一度柔軟，直到走廊盡頭傳來細微的輪子吱呀聲，打破了這份珍稀的平和。小梅第一個反應過來，回首瞥了一眼，警告地喊了老師一聲。

另二人同時朝聲音的方向看去，就見來人不過十八、九歲年紀，是個蒼白的少年，身後還跟著一名秩序組員。少年的雙腿膝蓋以下全是空的，褲腿孤零零地晃著，正用細瘦的手臂一點一點推動簡陋的木製輪椅向前。

老師驀然白了臉，向小梅遞過一眼，才不自在地笑了笑，開口招呼。「翊澤，怎麼來了？」

「來交上個季度納尼亞的帳。」被稱作翊澤的少年淡淡地回答，而小梅則是往旁邊挪了一小步，恰恰站在王子與翊澤中間。

「就這麼點小事，怎麼讓你親自跑一趟了。」老師笑道，取出他遞上的帳本。

「斯忒諾學姐說，這邊有很好玩的事情，讓我一定過來看看。」他說著，目光先是掃過老師僵硬的笑意，又轉向小梅，越過她上下打量了王子一眼，不懷好意地笑了起來。「我要不親自跑這一趟還不知道呢，果然有趣。」

一旁的王子全摸不著頭緒，只是覺得這少年的名字聽著耳熟，又見老師警戒的模樣，這才想起從前聽他和小梅對話時提過兩次。那時的他們也總像很抗拒這個名字，卻不想竟會如今日一般不安，只見兩人都蒼白著臉，竟被面前這個比他們都要小上十來歲的少年給嚇得連肩背都染上纖薄的顫抖。

小梅大抵也知道僅憑自己這身量是擋不住什麼的，便放棄了想將王子護在身後的徒勞舉動，走上前打圓場笑道。「行了，翊澤，你帳既然交了，時間也還早，就和我走一趟吧。我那裡正好有樣東西，要請你幫我帶給姐姐。」

翊澤沒有反對，只是最後瞥了王子一眼，才向老師點了點頭，隨小梅一同離開。他的輪椅刮在地板上，發出細微得令人焦躁難耐的聲響，直到那聲音已消失在走廊盡頭，也仍像是割在人心上一樣令人不安。

待得他們遠去了好一陣子，老師才微不可見地舒了口氣，緊繃著的肩背卻未見任何放鬆之態，王子低聲問他。「你還好嗎？」

「還好。」一聽他問起，老師立刻換上了一副完美的笑容，幾乎可稱得上是毫無破綻，可王子並不買帳，直勾勾地望著他。老師在他這樣不知放棄為何物的目光中，終於還是敗下陣來，輕聲坦承。「好吧，或許不那麼好。我很緊張。」

「緊張？」王子不明白，就那麼一個失去了雙腿的蒼白少年，究竟哪裡值得在隔離區內擁有絕對權力的老師感到不安。「為什麼？他不歸你管理嗎？」

「技術上來說，算也不算吧。」老師垂下眼。「納尼亞裡的人，尤其是**他們**，總讓我感到害怕。」

「納尼亞？從前也聽你提過，我以為那裡也歸你掌管不是嗎？」

「是啊。」老師自嘲地笑了笑。「的確是，只可惜有些事情，即使是我，也不能完全掌控。」

「所以那是個什麼樣的地方？為什麼會讓你這麼害怕？」

「你不會理解的。」老師說著搖了搖頭，避開他的視線。

「試試看？」可卻不想王子不依不饒，立刻接口道。「你不試著說怎就知道我不會理解了？你既然總說我是這裡的一分子，怎能如此自說自話地拒我於外呢？」

聞言，老師顫抖著抬眼望向他，良久才終於開口，語氣中委屈和恐懼的意味溢於言表。「小王子，還記得納尼亞嗎？穿過一道門便可到達的不可思議王國？曾經我父親在裡頭製出了潘朵拉的盒子，後被人無心打開，以致災厄降臨，尤其納尼亞，更是成為一切罪惡的發源地。那裡是我無論再恐懼、再不願，卻也不得不寄予希望的地方。」

「我害怕什麼？我害怕很多事情喔，小王子。我害怕全然的憎恨而失去信念，我害怕為達目的的不擇手段會泯滅人性，我害怕渴求復仇的心會斷送希望。」他停頓了下，安靜地看了王子一眼。「還有，**你**也讓我感到害怕。」

若說老師前段打啞謎一般的語句便足夠令王子困惑，後邊這句話更是讓他一頭霧水，只能聽老師繼續道。「小王子，你這麼時時來看望我，給我送東西來，甚至把自己視作我們的一分子，我真的很感動。可我不僅擔心你在外面的立場和處境會因此而受影響，我也害怕你在裡面被視作異類，會有人因為我和你之間的關係而對你心懷怨恨，見你以王子的身分在外過著正常人的生活、因而憎惡你為叛徒。想到可能傷害你，想到我**會**傷害你，我，」老師的聲線破碎，聲音漸弱，將每一個字都說得很輕，像是小心翼翼到連說出口都恐懼可能成真。「我真的很害怕。」

那些忽冷忽熱，若即若離，偶一為之的親近柔軟而後又將自己推拒於外的轉變，在這一刻，王子終於理解了。

在這世界上，竟有個人願這樣為了他著想，不為他的身分、不為他的前途名利，也不為培養他成為一個他並不想成為的人，而只是如此純粹地為了他，為他這個人的存在，而喜悅而擔憂著。

他的心裡充斥著一種溫軟與悲涼並存的熾烈情感，火燒火燎地從胸口一路傳遞到眼角，一面為著竟有一個人願意如此為自己付出而感動，另一面卻是為著都事到如今了、自己竟仍心懷退卻之情而自厭。

從未有人如此對待過他，他也從未以這樣痛苦的方式，去感知過這一份溫柔和自身的無能為力。

「你不必害怕。」甚至在他自己能反應過來之前，王子便已上前一步，堅定地對老師道。「這條路或許很辛苦，很難走，很漫長，但我陪著你。」

「你說什麼？」老師不可置信地問。

「這條路，」王子再次強調。「我陪著你走。」

「我唯一所願，就是終有一天，或許你能讓我不必再絕望地將納尼亞當成自己的最後希望。」老師並沒有直接回答他，只是垂著臉低語，話聲很低很輕，才又抬眼望向王子。「可就算有你陪著，**就是因為**有你陪著，我還是害怕呢？」

在這一刻，王子記起了自己所有退卻的理由，將得要把正常人的身分給捨棄、被曾堅信不移的信仰給厭棄，就此被貼上淘汰者的標籤萬劫不復。他也想到了總統和其所能的手段，想到曾經和如今仍然受困於此的雪球、老師和每一個人，想到這些一切都是因面前這人、和自己即將給予他的承諾而起。

他什麼都想到了，卻仍然違抗了所有理智，開口坦承道。「**我也怕啊**。」他狀似豁達地聳了聳肩。「那麼，或許，我們也可以一起害怕？」

王子的話方脫口，便見老師眼中漾起了無比絢爛的光芒。「謝謝你……」他停頓了下，終是沒有說出任何稱呼，只是燦爛地笑了起來，再次道。「謝謝。」

在王子的背影消失於長廊盡頭的那一刻，老師所有的顫抖、期待和可憐兮兮的模樣，與他眼底那珍稀而帶著笑意、長久以來都未曾點亮過的光芒，也隨之漸漸逝去。他安靜地站在原處好一會，直到小梅上樓才打斷了他的思緒。

「翊澤呢？」他的聲音平靜得聽不出情緒。

「拿了些新的藥給他，送他回納尼亞了。」

「你姐姐有說什麼嗎？」

「姐姐在忙，我趕著回來，沒說上話。」小梅簡單地道，沉默了一瞬，才帶著心疼和埋怨地瞥了他一眼。「別讓姐姐知道不是容易得多嗎？你這又是何必。」

「不也挺好的嗎。你姐姐突然讓翊澤來這一趟，雖說令我們措手不及，可這意料之外的插曲效果卻是挺足的。」老師輕鬆地道，刻意忽略了小梅的臉色，又問。「那你有看到他，小王子，他離開時的神情如何嗎？」

「……很開心的樣子。」

「是嗎，那很好啊。」至此，老師眼底的光已全數消亡，他溫和地笑了笑，眼底卻全無笑意。「差不多可以進行下一步了，注意著點，準備下去吧。」

在那次的對話後，王子能明顯感受到，老師對自己的態度又有了轉變。先前那若即若離的退卻都像是未曾發生過，他變得更依賴自己，大大小小的事情都願和自己分享商議，只要見著自己便總會燦爛地笑起來。

藉著這樣難能可貴的親近，王子幾次三番想讓他以名字稱呼自己，並或拐彎或直接地試著套出老師的真名，卻都被他一口一個小王子給笑著敷衍過去了，總是不肯鬆口。

而相較於在隔離區內的平靜從容，王子在外頭的世界倒不那麼輕鬆。自打升上副部長之位後，多少雙眼睛都盯著他看，他必須做出些成績來，方能承擔起一切。他所帶領的團隊研擬了多種方案，王子即便有意攔著，卻也不能太過惹眼，幾次推拒和壓力之下，終於還是拍板通過了一項補充條例。

在條例生效的那日，王子沉默地進了隔離區，見到小梅也失了寒暄的禮儀，只是按照慣例將手機交給她，便拖著沉重的步伐上樓。

是為著繁忙，也是為著羞愧，他有段時間沒來了。他安靜地站在玻璃幕前，看著老師背對自己坐在床上，自那方小窗灑落進來的陽光將他的身形鑲上了金色飾邊，沐浴在晴好陽光下的他伸展著身子，手腳柔韌而修長，如同定格在油畫上一般。

王子沉默地站了好一會，老師才發覺他來了，連忙跳下床，迎上前輕快地笑道。「什麼時候來的？怎麼也不喊我一聲？」見王子情緒低落，垂著臉不說話，老師皺了皺眉。「怎麼啦？」

起先王子不知該如何、更是不願去言說自己所犯下的罪孽，老師並不逼他，卻也沒有以新的話題填補空白，只是溫和地等待王子開口訴說。

他所經手通過的這條補充條例，是強制所有孕婦須於懷孕十四週內，進行完整的胎兒產檢，如有異狀則應立即進行人工流產，如若不聽勸告，執意生下孩子，則不僅孩子出生滿三日便會被送至隔離區、連同這對基因不良且判斷失常的父母，都應一同接受審查。

王子不敢面對老師的反應，良久才終於抬眼望向他，可卻不想，當真正對上老師平和而不帶一絲批判意味的視線時，王子反倒再也無法遏止自己的痛苦，像是寧可他狠狠斥責自己一頓，總好過現今只能交由自身良心來裁判而更加難受。

「我怎麼能做出這樣的事？我到底有什麼資格這麼做？就憑我是王子嗎？可我又不想再做這個王子了！那麼，既不容於正常人之中、又傷害了和我同樣是淘汰者的我，到底是什麼人？」

「你就是你。」老師安靜地說。

面對老師的安撫，王子卻是氣不打一處來。自己才是這個真正意義上的淘汰者，可卻不僅偽裝著身分在外享盡榮華富貴，甚至憑著這張假面具而做出這些不容於人的罪惡。而老師？他卻是個真正的正常人，可不但不願離開、還甘心犧牲自由而為眾人付出，這樣的他，這樣自以為是、站在高點、無私奉獻，像個完人一般的他，又怎麼可能明白自己這樣矛盾複雜、自我憎恨，總想著要掙脫一切卻又渴望融入人群中的痛苦和無奈？

在他能反應過來之前，他已經將這一切深埋於心底、扭曲而憤懣的情緒全數宣之於口，狼狽地吼叫完後，王子望向老師波瀾不驚的面容，只覺得自己在這人面前是那樣破碎，終是挫敗地扒過頭髮，自暴自棄地蔑笑道。「我說你也真是，請問我們偉大的、無私的、了不起的老師，你到底憑什麼覺得像我這樣的人，像我這樣一個自私醜惡的人，應該要幫助你？」

「璽君。」

卻只聽老師溫柔的嗓音響起，輕輕地喊了他一聲，而驀然被這麼稱呼的王子愣愣地看向他。這彷彿是自打有記憶以來，第一次有人直視著他、而非他王子的身分，這麼純粹而滿懷情感地，以他的名字輕喚他。

只見老師上前一步，把手貼上玻璃幕，看向王子的眼神柔和卻不容質疑，而在這一瞬間，王子也顧不得這樣有多骯髒，這上面沾附了多少人觸摸後的病菌，待會他又會怎麼用酒精和肥皂把自己的指紋給洗到泛白磨平，他無法思考，只能跟進，順著老師的動作把手貼上，讓他們的手心隔著玻璃相抵，幾乎能感受到彼此的溫度，卻終究只是錯覺。

「看，璽君。」老師笑著說。「我們真的有那麼不同嗎？」他的眼底眨動著溫柔的光芒，將每一字都說得無比鄭重。「我的名字，是**以諾**。這是即使連梅梅在內，誰都不知道的，我的名字。」

在這一刻，名為璽君和名為以諾的這二人，都放下了端了一輩子的身分，在彼此面前，他不再是王子，他也不必是老師，終於能夠真正為自己活一回。

「你到底憑什麼覺得我會幫你？」王子又重複了一次，話語中卻失去了那份挑釁的意味。

「因為我以為你也喜歡我啊。」老師偏了偏臉，微笑起來。

此話一出，王子方才所有因柔軟和喜悅而感受到的溫暖，在這一刻被兜頭兜腦地全數澆熄，他深信不疑的教育並沒有辜負他，恐懼、噁心和厭惡的感情可說是反射性地油然而生。王子慌了神，衝口而出。「我才不是同性戀！」但他的手卻沒有移開。

並沒有被這直白無禮的語句給冒犯，老師只是笑了笑，視線向王子身後飄忽了一瞬，眨了眨眼，像是縱容著一個無理取鬧的孩子，漫不經心地道。「是嗎。」

他的笑意仍然溫柔，眼神中卻帶著不容分說的銳利，湊上前一步，將額頭抵上玻璃，平靜地微笑著，耐心等待遲疑著的王子終於移動，無能為力地學著他的動作，二人額頭相抵，掌心相貼，彼此之間的距離縮短至僅剩一片玻璃，看似無比貼近，卻終究無法觸及對方的世界。

他們的目光相對，被玻璃的折射給蒙上了一層溫柔的幻覺，各懷情緒，卻誰都沒有先移開眼神。老師過了一會才勾起嘴角，小小聲地說。「這不急，璽君，我們以後的路還長著呢。之後還有很多時間，我們再慢慢說。」

老師在王子暈沉沉地轉身的那一刻便斂下了笑容，那些曾純粹溫暖的心緒被他藏的很好，只是平靜地看向王子剛走、便出現在自己面前的小梅。「拍到了嗎？」

「拍到了，我反覆確認了，角度抓得很好，已經用克里斯的帳號上傳，加了密碼鎖死後登出。」

「安全嗎？」

「沒問題。克里斯說了，王子的手機網路是國家特殊開發的系統，縱然是把照片傳到他的雲端帳號上，也不會被國安局審查，不必擔心。」

「手機裡的檔案呢？」

「在還給他前就全刪了，王子不會發現的。」

「那就好。」老師下意識地摩娑著手心，淡漠地道。「這可是我們最大的籌碼，可務必不要讓人事先揭了我們的底牌。」

語畢，他緊緊抿起唇，像是言盡於此，更像是欲費盡全副心神方能克制自己。而小梅不捨地看向他，張了張嘴似乎想說些什麼，卻終究只是看著他痛苦的側顏和緊繃的肩背，沒有說出口。

第四章

地獄是太晚發現的真相。

——湯瑪斯・霍布斯

自那一句令人心慌意亂的喜歡後，老師說了這不急，以後再慢慢談，事後也果真遵守諾言，並沒有拿這事給王子壓力，再沒提起過。只是雖嘴上不說，老師對他卻表現得越發依賴。而看著老師的態度從最初那樣高高在上的莫測高深、後變得漸漸信任而待己親厚，再成了如今這般純粹溫暖的親近意味，王子只覺得自己心底的角落，也不自禁地隨著他的笑意柔軟了下。

王子從不喜歡自己的名字，又或者該說，他以前是很喜歡的。曾經，小小的他為了自己所擁有的名字、和身為父親之子而感到驕傲，直到再長大一些，所有人對他都改了稱呼，他才意識到，曾經身為璽君的自己已經消失了，他只能拋棄自己的名字，以王子的身分走下去，如此，方能找到在這世上的立足之地。

或許，正因如此，即便承擔王子之名對他而言是多麼痛苦，可若要他再做回那被忘卻了的璽君，他更不願意。

他從不喜歡這個名字，這個打一出生起就預示著他必將成王稱帝的名字，這個代表著他還不是王子、尚未擁有被這個世界所需要的理由的名字。直到那一日，那個人眉眼彎彎，笑意滿盈，溫柔而純粹地喊出了他的名字，他才終於可以不必是王子。

在老師，不，在以諾面前，他可以做回璽君，再不必擔心遭人厭棄，不必拚盡全力才能爭取到立足之地，不必在這世上流亡，永無歸屬。

可仔細想想，或許也不全然如此。

王子會在每回進來時，給老師帶束花和一盒巧克力，即便總被老師帶著笑意地埋怨，讓他還不如帶種子和食物來給農場和食局要來得更實際，他也依然故我。除了依言額外補貼好的食材給食局外，王子也另外準備了上等的食材專給他，後發現全被老師分了出去，王子沒辦法，不願再讓他吃那麼糟糕的伙食，便總刻意挑在吃飯時間帶著精緻的餐盒進來瞧他。

見老師的物慾不強，王子又換了個方法，改送書投其所好，知道他最注重教育，也著意準備了可用作教材的資料給他。只要老師提上一句隔離區中短少什麼資源，隔次王子便一定會給他帶來。老師生活素來清簡，王子便挑了最好的日用品替他裝點布置房間，想方設法的，就是要讓他過上更好的日子。

而無論嘴上再如何埋怨著讓他別總買這麼多無用的東西，可老師每次都會笑盈盈地向他微彎下眉眼，眼底眨動溫柔的光芒，像是很開心的樣子。王子看著他的這份笑意，也總會跟著微笑起來，滿是踏實的安心。

只要他開心了，他就會繼續喜歡自己，只要這份喜歡繼續存在一日，自己就仍能保有這個容身之處，只要自己仍能容身於此，便不必害怕再次回到流亡的日子。

王子是明白的，一旦失去了這個人對自己的情感，他便將失去一切經營至今的歸屬。於是一方面雖想著要逃離、另外一方面又總想著要更努力地贏取老師的青睞。

要不他還能怎麼辦呢？即便沒能認清自己的心緒，他依舊只能被動地接受下這份喜歡。

若非如此，他將再次孤身一人地流亡。

大抵是因為二人的關係不同了，比之以往，現在的老師更常和王子談論起未來和理想。

老師的目標很簡單，他想要解放隔離區，想讓每個人都不必受這樣痛苦的拘束，想給大家好好做一回人的機會，可奇怪的是，與此目標相對的、更明確的手段，老師卻一次都沒有提起過。

他只是這麼告訴王子。「你很重要，你知道嗎？」他總這麼說。「我所有的希望全都在你身上了，璽君。」

「你不該把所有的希望都放在我一個人身上。以諾，我無法成為你的英雄。」是一種無聲反抗，更是一種自我厭惡，王子沉默了下，才主動向老師提議。「你聽說過外面有個律師嗎？他時不時會進來拍攝影片放上網，在網路上人氣很高。」

「聽梅梅提起過幾次。」老師漫不經心地翻著帳本。「他怎麼了？」

「或許我們可以，我是說，我可以去找那律師，和他合作？」王子老實地道，期望能藉此多個人來替自己承擔一部分名為希望的壓力。「我們需要援手。若想達成目的，只憑靠我是不足夠的，我們不能孤軍奮戰。」

不想，他的提議竟引來老師笑彎了腰，只見老師笑得太過，差點沒拿穩手中的本子，過了一會才喘上氣。「你不是認真的吧？」

「你什麼意思？」王子語氣不善地反問。

「你的天真總是能令我驚喜，我從未想過你竟會如此單純。你竟然真的認為他可以成為我們的援手？你以為他是什麼人？你覺得**他**會幫忙我們？」他搖了搖頭，嘆息著笑道。「別傻了啊，璽君。」

「你認識他？」王子抓住了他語句中的重音。

「他是個很聰明的人。」老師淡漠地回答，說著抿起唇，拒絕再做出評價。

見他態度如此，王子倒也識相，沒有繼續追問，只是強調道。「總之，你不能總把希望放在我一人身上，僅憑你那沒來由的情感和信念、便擅自決定了我就是你所有的指望，這不公平，也不足夠。我們需要更多籌碼，才能成全你的理想。」

老師安靜地接口。「**我們**的理想。」

王子愣了下，才快速地重複了一次。「是，我們的理想。」

順著王子應承自己的回話，老師難得迴避開視線，看著窗外灑落進的陽光明媚了一室，連帶著給二人的神情都淬上溫柔的假象，他沉默了好一會，才淡淡地開口。「你若想要籌碼，我可以給你。」

話聲方落，他便拾起對講機喊小梅上來，在等待的期間一語不發，甚至吝惜給予王子一個眼神。直到小梅出現，他才看向他們，面上的笑容一分不錯。「梅梅，幫我個忙，帶小王子去納尼亞。」

面前的二人同時愣住了，老師卻像是視若無物，逕自道。「你要籌碼，我給你。就像我說過的，我父親當年所製造出的東西，就像是潘朵拉的盒子。而在我們這裡，同樣也有這樣一個地方，蘊藏著災禍和厄運，可卻是傾注了我們全部可悲的絕望與希望。」他垂下眉眼，任憑陰影投射在臉上。「那個地方，就是納尼亞。而我們，也並不是孤立無援。」

王子過去曾幾次三番向老師問起過那神祕的輪椅少年和納尼亞，老師卻總諱莫如深，隱晦地三兩句帶過，如今竟突然下了這個指示，一旁的小梅聽著，急切地搖了搖頭，正想說些什麼，卻被老師打斷了。「帶他去吧，梅梅。小王子現在可是我們的一分子，也該是時候讓他看看納尼亞了。」

小梅沉默了下，沒有再反抗，逕自轉身離開。而王子詫異地看向老師，只見他鼓勵地向自己微笑。「快跟上吧，小心點，可千萬別在納尼亞裡迷失了方向。」

王子跟著小梅穿過了主建物，來到了後方的建築裡。這還是他第一次來此，以前僅有聽小梅遠遠地指著提過，道那裡是獄舍和病舍所在的位置，卻從未真正讓他踏足。

這所謂的病舍，其實也就只是由舊式的監獄改造而成，鐵柵欄的小房間上方釘著大片的破布遮掩著給予最後一絲無濟於事的隱私，小梅不打算多做介紹，王子只能自己觀察，大致辨認出重症病患是五人一間，輕症的安排在一大通鋪房中休息，孩子們則是單獨待在一起，幾名胸口前別著十字胸針的人們快步穿梭在長廊上。

他們拐了個彎，來到另一條走廊，明顯要比方才那裡更加吵雜，空氣中也瀰漫著一股糅合著消毒水和人體排泄穢物的異味。這裡的病患全是一人一間，不僅沒有給予屏障隱私，鐵門也都上了鎖，有人用力地捶打欄杆發出刺耳聲響，有人靜靜地蜷縮在床上發呆，有人喃喃自語著要殺了所有人。

二人走到長廊底端，小梅向站在一間病房前的守衛點了點頭，守衛行了個禮，雖狐疑地瞥了王子一眼，卻還是為她開了門。

那房內的病患正一面瘋瘋癲癲地拍手唱著兒歌，一面踢著腿在糊了一地排泄物的地上跳著不成調的舞。王子渾身僵硬，可面對一室的髒污，小梅卻像是視若無睹，連眉毛的弧度都未曾變過，逕自走了進去。房內另一側的牆上有個一指寬的小縫，一扳開便是一個內嵌的把手，再使勁往外一拽，竟被拉開了一道足以通過一個成人的門，製造得極為精巧，縫隙小得幾乎看不見，一旦闔上了更是與牆上的汙垢融為一體，竟全看不出破綻。

門內有一盞小燈，足以令人看出前方是向下的螺旋樓梯，牆面上有數道深淺不一的刮痕。樓梯並不深，約莫一層樓的高度，他們安靜地走到底，盡頭是另一扇門，門上開了方小窗，生鏽的鎖早已被破壞。

二人站定在門前，卻未動作，小梅緊繃著肩背，並沒有看向王子，只是突然開口。「等會進去後，別離開我身邊。」

待王子答應了，她掏出一個作工粗糙的花形木髮夾別上，這才提起門環敲響。小窗被拉開，一名大漢看向他們，對小梅似仍抱有一定程度的尊重，卻不像外面的人一樣恭敬了。他瞄了王子一眼，不客氣地開了口。「他是誰？」

小梅淡淡地說。「是客人，老師讓我帶他來看看。」

顯然老師的名號在這裡也不如外頭管用。大漢面無表情地雙手抱胸，不打算放行，小梅看著，只能再補充了一句，並用手指敲了敲自己頭上的髮夾，是一種提醒，更是一種警告。「姐姐，也會想見他的。」

聞言，那人放下了手，忙給他們開了門。

王子本以為憑藉在清洗部閱讀到的資料，和過去三年來時常出入並加以了解，自己對隔離區雖稱不上瞭如指掌，但也應有一定程度的認識，可他卻從不知道，這裡竟還有這樣的地方。

進門後，穿過一排房間，拐了個彎，他們竟來到了一個寬敞的空間，擺有幾張長桌，上面推滿了陳舊的器材和紙頁，約有十來名戴著布口罩的男女穿梭其中，拿著缺了角的試管檢視，低聲討論著什麼，儼然是個小型的實驗室。王子目瞪口呆地看著一切，一時竟分不清這究竟是什麼地方。

設立在關押著最瘋狂、最汙穢的病患房裡的出入口，深藏於暗不見天日的地底，竟隱藏了這樣一座實驗室，這就是被老師戲稱為納尼亞的地方嗎？

正自想著，卻只聽身旁的小梅深吸了一口氣，王子轉眼望去，便只見她的臉色蒼白，他不明就裡，忙向她靠近了一步，可小梅卻沒有理會他，只是綻放出燦爛的笑意，排開他上前一小步，挽住了一名迎向他們的女子，撒嬌地笑喊。「姐姐。」

那名被小梅喊做姐姐的女子穿著一件白大褂，將近四十的年紀，額頭上黥著編號27290，許是久在地下未見陽光而顯得蒼白，微捲的長髮及腰，眼睛狹長鋒銳。只見她親暱地攬住小梅，笑道。「怎麼來了也沒讓人通傳一聲，等很久了嗎？」

「沒事的，我也剛到。」

「好久沒見你了，前兩天才想著要讓人去喊你一聲，沒想到你就自己來了。」女子瞥見小梅頭上的髮夾，驚喜地道。「你戴上了？喜歡嗎？」

「姐姐親手做的，自然喜歡了。」

「喜歡就好，喜歡的話姐姐下次再給你做。」她拉著小梅的手，笑盈盈地說。「今天怎麼過來了？」

「來看看姐姐，另外，」小梅停頓了下，小心翼翼地道。「老師讓我帶他過來轉一圈。」

「喔？」饒富興味地拉長了尾音，女子挑了挑眉，這才轉向王子。「原來這就是我們傳說中的王子殿下。」

「是。」在王子來得及應答前，小梅率先搶白，有些急切地道。「姐姐，這幾年很多藥品和物資都是。」

「早聽說老師藏了個人，上回翊澤向我回了話我還半信半疑，沒想到啊，竟真是如此。」女子兀自笑著打斷了小梅，才大方地向王子道。「我是斯忒諾，小梅的姐姐，老師的搭檔，納尼亞的白皇后。」

名叫斯忒諾的女子支開了小梅，見小梅明顯不放心，又打趣笑道。「怎麼，怕姐姐吃了他不成？」

小梅搖了搖頭，卻仍不動作，斯忒諾只好放軟了聲音哄她。「沒事，不是你說了嗎，老師想讓他轉兩圈？我不過帶著他四處看看罷了，你去和翊澤聊聊吧，我保證，等會一定把這位王子殿下毫髮無傷地還給你，一根頭髮都少不了，嗯？」好說歹說，又行了個童軍禮，終是騙得小梅勉強地綻出笑意。

待把頻頻回頭的小梅送走了，斯忒諾臉上寵溺的笑容立刻斂了下，她掃了王子一眼，淡淡地開口讓他跟上自己，領著人走進一間簡單的辦公室，並沒有招呼他，逕自坐下了，真如高高在上的白皇后接見臣民一般。「真是意外，沒想到他竟真肯讓你來見我。」

像是要彌補這所謂意外之前的空白，斯忒諾問了王子不少問題，有的關於他，有的關於老師，也有的關於**他們**。王子雖明顯能感受她語氣中審訊和打量之意，可畢竟不知其底細、也不知她究竟了解多少，便也不敢掩飾，老實地一一回答了。

幾輪問答之後，斯忒諾才像是滿意了，笑道。「好啦，都是我在發問也不合適，你呢？有沒有什麼想問我的？」

雖是滿腹疑問，可王子不敢問太出格的問題，只謹慎地開口。「你剛才說，你和老師是搭檔？這是什麼意思？」

「說是搭檔或許有些太輕描淡寫了呢，不如說我們是共犯，要來的更貼切一些吧。」斯忒諾看似緬懷地笑了起來，目光卻冰冷而幽深。「很多年前，那時我們都還很年輕。我和小梅剛被送進來，正自茫然無措地面對自己被淘汰了的事實，就在此時，命運再如何殘酷卻也垂憐，讓我們遇見了他。」

「在這個地方，有太多事情都得依靠實力才能解決了。男人憑靠著力量任意妄為地搶奪一切，所幸，我擁有著女人天生的優勢，能夠存活下來，也足以維護小梅無須和我過上同樣的日子，而老師所擁有的知識更是其他人所沒有的，足以庇護小梅不使她受苦。」

「可是這樣的日子太難過了啊，難過得讓我生氣。老師同意我不願再受制於人的想法，於是我們計畫著要掌權。那時的老師問過我，什麼力量最為強大，強大得足以使人聽命於你？我說**拳頭**，而他告訴我，不，是**籌碼**。如今想來，他還真沒說錯。一但想清楚這點了，接下來如何取得政權就更簡單了，首先不著痕跡地製造問題，再假意幫著他人解決這些問題，如此不斷反覆，漸漸地，旁人自然會信服於你。」她意味深長地笑了。「說起來，就和我們偉大的總統大人差不多呢。吃一塹長一智，老師大抵便是從他身上得到的靈感。」

「那麼問題就來了，我們的王子殿下。」斯忒諾直視進王子眼底，一字一頓都帶著不懷好意的笑語。「現如今，你的問題是什麼？又希望由誰解決了、以向那一方臣服呢？」

在小梅將王子帶走後，斯忒諾等著探子回報，確定了王子已出隔離區、而小梅正在視察行政組，這才動身前往主建物。

她到時，老師正坐在扶手椅上看書，一旁的矮桌上放了一組骨瓷的茶具和香氛蠟燭，只聽她帶著諷刺的嗓音笑著響起，打破了一室的沉靜。「你這裡倒是做了不少改動，變得挺舒服的呢。」

其時太陽已有大半被隱沒，只有零星的夕日光點隨著搖曳的燭光落在他手中，似血一般的顏色。老師平靜地熄了燭火，放下手中的書，這才抬眼望向來人，以完美的微笑相對。「斯忒諾，好久不見了。」

「果真是和你生分了，我記得從前你和小梅一樣，是喊我姐姐的。」斯忒諾大搖大擺地在走廊上的扶手椅坐下。

「斯忒諾。」老師的笑容一分不錯。「真對不起，請起來，那是小王子的椅子。」

「小王子？」斯忒諾裝模作樣地驚呼道。「我可聽說你是喊他名字的不是嗎？怎麼，小王子是你對他的愛稱、還是你並沒有像你表現出來的那樣同他親近？」

「請起來，旁邊還有椅子。」老師並不理會她，只是重複道。

到底是搭擋，又或者該說共犯，斯忒諾自然也不會被他嚇住，反倒更肆無忌憚地翹起腳，挑釁地笑道。「看你這麼護著他，得虧你捨得讓他到納尼亞來，你就不怕嗎？」

「請問我該怕什麼呢？」

「自然是怕你親愛的小王子見了我會有危險啦。」

「你不會的。」

「不會？我可真不知道你這是太高估還是低估我了。」斯忒諾似笑非笑地道。

「低估也好，高估也罷，」老師則是聳了聳肩。「總之你若是把人嚇跑了，恐怕就再沒有人能這麼頻繁地給你送藥送物資了。」

「這樣啊，那看來我還是再考慮考慮吧。現在的生活雖稱不上好，可比起我們剛進來那時得靠張著腿四處睡，以性愛來換得我們姐妹倆溫飽、換得爬上那時最有力量的王者枕畔以得庇護，換得讓小梅不必跟著這麼做。和那時比起來，的確是要好得很多的。」

聽她這麼輕描淡寫地提及了往事，饒是老師再堅強都不免鬆動，眼神黯淡了一瞬，小心翼翼地道。

「所以，我們已經前進很多了，不是嗎？」

而斯忒諾直勾勾地望著他，一字一頓地道。「**還遠遠不夠**。」

他們都安靜了下，或許是在緬懷昔日，也或許是在想望未來，滿腹心事，各懷情緒，斯忒諾過了一會才慢悠悠地開口。「但是說起來，我們剛進來那年，小梅才十五歲，卻已吃盡了這一生都不該嚐過的苦。當年你雖只長她幾歲，可我見你深諳此地的生存法則，於是將她託付給你。而看看你現在所成就的，到底也學會了如何操縱和踩著他人的真心往上爬，的確和以前相比，是前進了不少。」她輕撫扶手椅的絨面布料，燦爛地笑了起來。「如今看來，當初把小梅託付給你，真是找對人了。」

面對她亦褒亦貶的稱讚，老師的笑容倒沒有任何波動，只是安靜地接口。「而無論是當時還是現在，無論是昔年的身不由己，還是如今的悠然自得，沒有讓你親自撫養梅梅，而是交由我來代為照顧，真是，太好了呢。」

他這麼話中有話，斯忒諾聽著倒也不惱。「也是啊，我唯一的軟肋就是我這唯一的寶貝妹妹，難免會為她做出許多瘋狂的事情，可你呢？」她笑了起來。「除了你的梅梅以外，是否還有人會讓你頭腦一熱地做出有違理智的決定？比方說，在確定一個人是否全然臣服前，便讓他來納尼亞見我？」

老師的臉色倏然慘白，只能奮力挺直肩背，緊緊地抓著椅子的扶手，聽斯忒諾意味深長地道。「要我說啊，親愛的，一個人可是有一條軟肋就足夠了。你要是太過心軟，有了更多弱點，那麼就別怪任何人，別怪**我**，找著了你的痛處便往死裡踩。」

老師安靜地看著她，在無比緊繃的同時竟也有些想笑的衝動。他突然很想問問斯忒諾，是否還記得瑪撒這個人？但他無須問出口也知道，斯忒諾是絕對不會記得的，向來在不擇手段地榨取完可利用的價值後，她便會毫不留情地將人丟棄。當年的瑪撒如此，現在的王子也不應有任何不同。斯忒諾從來都沒有改變過。

太陽已經完全消失在地平線後，黑暗像是足以令人窒息，二人沉默無話，最後這樣焦灼的氣氛還是被小梅給打斷了，就見她在走廊的盡頭探出臉，柔柔地喊了一聲。「姐姐。」

斯忒諾一見她，立刻堆出滿臉的笑，拍了拍椅子的扶手。「小梅來啦，快過來坐。」

小梅卻搖了搖頭。「這是那個王子的椅子。」

斯忒諾拿她沒辦法，只能起身攬住了她，老師心疼地看著小梅明顯有些緊張的模樣，卻不能多說什麼，便只聽小梅笑道。「你們剛才在說什麼呢？」

「也沒什麼，敘敘舊罷了。」斯忒諾笑道。

「是啊，說了些以前的事情，不知不覺就這個時間了。」老師也跟著粉飾，以眼神向小梅示意別再多問。

感覺著小梅在自己臂彎中的僵硬，斯忒諾靜靜地看著她的側顏，明白無論如今的理念再怎麼分歧，可老師的確曾是她們的一道光，即便未能將自己從黑暗中拯救、可至少能夠網住了小梅不讓她一同沉淪。

僅憑這一點，自己便虧欠於他。

於是她沉默了下，轉向老師道。「這樣吧，看在你多年來這麼照顧小梅，又曾和她一起喊過我一聲姐姐的分上，就讓我給你一個忠告吧。」

「願聞其詳。」老師平靜地說。

「真心這種事情，要給值得的人。我們倆對小梅付出的真心，小梅不會負了我們。可你若貿然將這樣寶貴的真心給賠付出去，那麼最終將心碎絕望的，也只會是你自己。」

老師沒有答覆，斯忒諾也不逼他，只是轉向小梅，親了親她的額頭。「走，和我回去吃飯？」

小梅快速地瞥了老師一眼，想盡快將人帶離開，笑著答允了，只道會另吩咐人把晚飯送上來給老師，便拉著斯忒諾離開。

二人方轉過身，尚未走遠，卻聽老師輕輕地喊了一聲。「姐姐。」

斯忒諾沒有回頭，只聽老師安靜地道。「謝謝你的忠告，但我懂得分寸的。真心什麼的，這對我而言太過奢侈了，我沒有這樣的本錢。」她聽著，不禁笑了出聲，擺了擺手，頭也不回地走了。

直到她們的身影消失了好一會，老師才撫上自己的嘴角，意外地發現自己在無意識下，竟微笑著。

是啊，畢竟有什麼理由不笑呢？一切不都在他的計畫中嗎？他什麼都預料到了，以傾心為名製造出王子的淪陷，派王子前去納尼亞引得斯忒諾的動搖，他早知道了事情會如何發展。自打這個渾身都是破綻的小王子出現在自己面前的那一日起，他便步步為營小心策劃著，要讓這道途往自己目標的方向前進。

可直至今日，他才意識到，他唯一沒有算計到的，便是斯忒諾口中的那一句真心。

真心這樣過於奢侈的本錢，他沒資格擁有，更是沒有能夠失足的底氣，他早該明白。

所幸，既然未曾擁有，也就不會被納入計畫中，更是不會輕易丟失。

如此一來便容易多了呢。他輕笑起來，哼著歌重新燃上了蠟燭，一口喝乾早已涼透了的茶，任憑清苦的底蘊縈繞在口中，靜靜地看著小小的火苗微不可見地搖晃明滅。

他在等，等待苦澀的意味過去後，會有甘甜的尾韻出現。他便只盼著這一點了。

於是他繼續看著火光在自己眼底染上喜慶和不詳並存的紅，繼續品味著冰涼的酸苦隱隱透出的韻味，繼續等待著。

接下來的很長一段時間，在老師的一手安排下，王子在往來之中，對納尼亞也有了更多了解。這樣一點一點展現的過程比起入杯即能醉人的酒香不同，更像是茶葉於水中徐緩綻開釋出的茶色，悄無聲息，日漸月染。

王子在這個過程中得到不少訊息，他這才知道，原來醫療組的人數不只帳面上所記的、自己原先所知的那二十人，其實另有三十來人作為研究員，全被編制於納尼亞底下，只在帳面上被掛在病舍之中。且實際上，不只醫療組和病舍、連獄舍都歸納尼亞掌管。

在提及此事時，老師似乎對這個安排挺不以為然，卻又沒有明確表現出來，只是淡淡地告訴王子，不只醫療組、病舍和獄舍，連明面上直接隸屬於自己所有的秩序組，當年也都是在斯忒諾的一力促成下建立成的，是以即便編制上歸自己掌管，實則是聽令效忠於兩方。

「我們那時剛建立起政權，根基還不穩，斯忒諾便堅持要設立親衛隊。我告訴過她，親衛隊和警察制度是兩個概念，我們不該專門豢養一票人只為對我們效力，可她不聽。」老師的目光幽遠，像是在敘述一段不願回首的往事。

而另一頭的斯忒諾在和王子談說這段往日時，則是哼笑著直指老師就是過於軟弱了，即便嘴上說著不想在二分法的世界裡做回正常人，但他如此不懂得反抗、只想著怎麼做好人，想著讓所有人將來能回歸社會。說到底，他仍然想出去，想活在他們的世界裡，想做個正常人。可卻不知道，這就是他最大的問題。

「我告訴你吧，他就是太天真了。為民服務的警察制度，他是在逗我嗎？他是怎麼想的？以為可以用愛和勇氣來統治一群被淘汰了的瘋子和罪犯？自然是要建立起只屬於我們的親衛隊，才能保得我們平安，鞏固我們的政權永遠不倒。」斯忒諾語帶輕蔑地說，毫不掩飾自己的不屑之情。

而王子並不知道，分處於玻璃幕內和納尼亞中的二人，在向他談及這段故事時，竟不約而同地想起了當年的一場對話。

「**總之**，我話就說到這，我不贊同設立親衛隊。」當時的老師雙手抱胸，薄唇倔強地抿成一道細線，彼時還年輕便是有能夠倨傲地堅持己見的盛氣。

「**總之**，我話也說到這，親衛隊我是設定了。」當時的斯忒諾學著他的語氣諷刺地說，又強調道。「這不只是為了我，也是為了你和小梅，我必須這麼做。」

「要保護梅梅多的是法子，不必用這一個。」他並不吃動之以情這一套，繼續板著臉反對。

「按我說，這就是最好的法子了。」她聳了聳肩，指向老師桌上放的那本《動物農莊》。「拿破崙在剛掌管曼諾莊園時，不也是抱了九隻小狗去養大嗎？唯有如此，方能保障其政權雋永不衰。」

「可我們不是拿破崙，」聞聽此言，老師的臉色微微發白，以一種近乎乞求的語調，期望能喚醒面前的人。「我們也不想成為像**他們**一樣的人，不是嗎？」

「是嗎？真意外呢。」斯忒諾卻只諷刺地笑了起來。「我還以為那是你最想要的。」或許是從這一刻起，又或許是自更早開始，他們便注定分道揚鑣。

而後，關於老師的無力反對和斯忒諾的一意孤行，就都是後話了。只可惜他們分明都想起了這段對話，卻沒能讓王子知曉，而是讓他繼續沉浸於自己對於那往日瞭如指掌的可笑幻覺中。

「斯忒諾說，你最大的問題就是想讓大家回歸社會，也就是說到底，你仍然想做個正常人。」王子老實地向老師轉述了她的評價。

「誰不想呢。」老師淡漠地看著他，諷刺地低語，王子沒能聽清，他卻沒有了再重複一次的雅興。

「而按我說，她最大的問題就是沒有信念。」

「怎麼說？」

「自打她們進隔離區，她把梅梅託給我照顧，後又要求我和她一起改變現世，逐漸取得他人信任後發動政變一舉奪權，整頓所有人的生活重新分配資源，接著又遇梅梅染病，我外出談判而被關進這裡，她重建納尼亞，這麼多年來，所有事情樁樁件件地應付下來，她從來沒有改變過。她和奪政那時，仍是一樣的人，一樣是那個在掌權後，當我重新問她什麼力量最強大、強大得足以驅動所有人因渴望更好的未來而努力時，回答我：**復仇**，和**憎恨**的那個人。」老師輕聲說。「可我不相信，璽君，不相信她說的那兩種力量，便是構築起我們所有人的價值。說我天真吧，即便被地獄的焰火灼身，我也依然嚮往天堂，我相信，那最強大的力量，是**信念**，和**希望**。」

「斯忒諾把她所有的復仇和憎恨都植入了納尼亞，而我，我則把我全部的信念和希望都給了你。」他向他溫柔地微笑。「璽君，謝謝你，謝謝你讓我們相遇。」

斯忒諾的復仇和憎恨是什麼？老師的信念和希望又是什麼？王子並不明白，也沒有人願讓他知曉。就像他曾問過多次，他們在納尼亞裡所進行的研究實驗究竟為何、那偶爾會被送至納尼亞的新進淘汰者又是為了什麼，一切對他來說都是謎團，無論是待他親厚的老師、或是總有些輕蔑的斯忒諾，理念上嚴重分歧的二人在這事上倒是出奇的默契，端著同一副諱莫如深的笑容，什麼都不肯透露給他知道。

王子知道，這背後肯定有更深的隱情，這個謎團不僅只包含納尼亞，而是連同整座隔離區的一切，甚至終有一日會將自己給一併牽連進去，方能成全他們那樣以憎恨為名的信念，和終能復仇的希望。他知道，可他也只能等待了，等待老師領著他走入迷霧中心，緩慢地揭示真相。他相信老師，相信他的以諾的判斷。

更何況，現下的他，還有其他更應謹慎面對的煩惱。

五年了，確切地說，自從他與總統進入隔離區、並在此遇見老師的那一天起算，已經有一千七百八十二天過去了，而自打他升任清洗副部長後，除了第二座核廢料貯存場竣工、和通過了幾個不痛不癢的補充條例外，他並沒有能拿得出手的優異成績。

總統相當不滿，再三向清洗總長施壓，清洗總長又向清洗部長施壓，清洗部長不敢向王子施壓、卻也不得不給個交代，終究只能老實招認了，只道在這段期間以來，大部分清洗部的施政，都被王子一意孤行地攔了下。

總統大為震怒，急召王子回府訓問，見王子低垂著臉一語不發，更是光火，摒退了左右，只留下他一人問話。「你說，這是怎麼回事？」

「我只是覺得有更好的方式。」

「那你說，是什麼更好的方式？」

「我覺得，或許，」王子不敢明說，只小心翼翼地試探著。「重新評估隔離區的存滅是必要的。」

「存滅？你什麼意思？」

「我近來一直在想，就這麼二分法地把人區分成是否被需要的，此一作法究竟公不公平。」

「公平？你傻啦？人生本來就不公平！你忘了我們整個政權的根本，就是建立在你所謂的不公平上！你成熟點！」

「倘若這就是我們的根本，那或許我們的政權也不是正確的！」

聽他這麼說，總統怒極反笑。「仔細聽聽你自己說的話！你覺得你這是在說什麼？你可別忘了你我是誰！什麼不正確？若這樣的政權不正確，那你我又是什麼人！」

是啊，他們到底是什麼人呢？若是可以，王子還真希望總統能告訴自己。

見王子倔強地撇開臉的模樣，總統心頭火起，提高了音量向他怒喝。「我是這個國家的總統，你是這個國家的王子！你最好給我好好記著自己的身分！」

身分這詞一出，王子只覺得再也承受不住這個詞句背後所代表的意義，他抬臉直視總統，堅定地道。「正是因為我知道自己的**身分**，所以我才該為蒼生發聲、而不只是為我們這樣的君王唱讚歌！」

大抵是因爛熟於心，在他能反應過來前，便已經將律師影片上每回都會出現的那兩行大字道了出口。總統聽著頓了下，嘴角竟揚起一抹玩味的微笑，低聲自語道。「你看了他的影片啊。」

「您知道他？」王子愣住了，反問一句。

「怎麼能不知道呢。」總統淡淡地說。「我可真沒想到，那些影片所洗腦的對象，最終竟包含了你在內。」

「我並沒有被他洗腦！」

「我想也是。」哼笑了聲，總統冷冷地看向他。「我看你並不是被那律師給洗腦，而是真被隔離區裡的那淘汰者給迷得不辨是非了！」

此話一出，王子瞪大了眼睛，什麼都說不出口，只是又驚又懼地看向總統。不明白他是如何知曉、又究竟知道多少。

「你大可不必再裝，早有人告訴我了。」

「不是那樣的，父、總統，我不是……」王子蒼白的辯解全數被吞沒於總統冰冷的視線中，試著想解釋，卻又不知能說什麼。

「怎麼？你還不打算承認嗎？」

「真的不是那樣的，請您明白，那不是我的本意。我並不明白，其實我自己也還在、我們並不……」

「早有人向我呈報，貯存場的人看到過多次你和２７２９１出雙入對。」王子蒼白的辯解被全數吞沒於總統冰冷的視線中，並不待他磕磕巴巴地說明清楚，總統再次打斷了他，恨鐵不成鋼地哼聲道。「不僅跟個淘汰者過從甚密，現在甚至還為了個女人改變想法至此，我說你還有沒有點出息！」

２７２９１。

２７２９１。是小梅，不是以諾。王子驀然鬆了口氣。可他卻不明白自己真正想隱瞞保護的，究竟是他們的感情、老師的安危，還是他自己的身分。

於是王子安靜了好一會，只能強自冷酷地道。「不，不是這樣的，總統。我可以很肯定地告訴您，我對那名女子並沒有非分之想。我之所以會與其往來接觸，全是為了能更了解隔離區裡的狀況罷了，僅此而已。」

總統雖明顯不買帳，但仍暫且放過他、且看他到底有什麼好辯解的，而王子思忖著，揀選了些無傷大雅的事情，試著讓總統明白，隔離區內是有規矩制度的，他們並不如外頭的正常人所想那般過著自生自滅的日子，他們有想法，有系統，有希望——聽到希望一詞，總統極其輕蔑地哼笑出聲——地組織聚落，甚至可以說是個小型的國家社會。他說了好一會，才終是坦承道。「而在了解後，我認為，他們不應該就這麼被人遺棄。」

「而很明顯你的**認為**，正是大錯特錯。」總統淡漠地接口，雙手抱胸似笑非笑地看著他。「王子啊，我跟你交個底吧。你有沒有想過，為什麼我和清洗總長要起用現在的清洗部長、這個庸懦而不足以擔負重任之人，作為如此重要的部門首長？」

「原因很簡單，因為我想著終有一日，我要名正言順地踢開他，把你提拔上來。」再如何平靜的口吻都隱藏不了總統語氣中的自豪意味，他直勾勾地看向王子，更像是看著一幅完美構築的藍圖，眼神中滿是驕傲。「副部長，部長，總長，最後到我這個位置，我親愛的王子，一步步走著，你注定將成為君王。」

「而身為一國之君，真心什麼的，是最不要緊的。」總統的眼神幽深，像是在看著沒有落點的遠方。「唯一要緊的是，你可以利用誰的真心，來讓自己得到什麼。」

「再過不到三個月，隔離區的設立就要滿二十五週年了，這可是個大日子。在那之前，你務必要做出點成績來。通過一項法案、刪減一樣預算，或者單純表態你對隔離區的計畫——隨便你。實際的作為只是小節，我真正在乎的是，你得給我個准信，你能對得起你的身分，讓我知道，這決意重用你的判斷，是正確的。你必須記好自己是誰，記好你是我們國家的王子，記好你將來注定要成為什麼樣的人。」

王子對於納尼亞的恐懼尚未明朗，總統又明裡暗裡地發了不少話，令他做什麼都綁手綁腳的，再加上老師將整座隔離區的指望都壓在自己身上，更是令他喘不過氣來，格格不入的難受和所有責任加諸於身的壓力令人心神俱疲，他亟欲為這些情緒找個出口，哪怕那是直接通往地獄的道途亦再無暇顧及。

奇蹟似地，他的救贖出現了。在與總統那番談話後不久，當他再次進入隔離區時，王子遠遠地看著律師灰頭土臉地被一群淘汰者趕出主建物，向自己的方向走來，心中燃起了希望的火苗。

在二人擦身之際，王子正欲開口，卻只覺得掌心中多了一張薄薄的硬紙片。二人目光交會，只見律師對他眨了眨眼，微微一笑，一句話也沒說地離開了。

那是一張名片。王子捏緊了手中的紙片，大跨步上樓，不由分說地將那張名片貼在了玻璃幕上。

「他是我們的解法，以諾。」

他既無法背負起外界給自己的期待，同樣的，他也無法承受老師加諸於己的指望。這樣的責任過於沉重，他得找個人和他一起挑著，而最佳的人選，便是眼前這位和隔離區站在一起、時時為了這些受苦受難的人發聲，如今又主動前來接觸自己的律師了。

近來律師所發布的影片中提到過多次，為什麼他們要讓這樣不民主的政府統治？人們應聆聽自身內心的聲音，決定自己想成為什麼樣的人，而不是被政府拋出的一個個決策趕著東奔西跑，只顧眼下生活，卻永遠看不清不遠處的將來所等待著的，又是什麼樣的未來。所有迷惘的、受苦的、徬徨的人們啊，站起來吧，為了自己出聲吧，你們是想安逸的過日子、還是想為自己要過什麼樣的人生而勇敢地選擇一回呢？

和律師結盟，這將是他們眼下最好的方法了。王子心神激盪，向老師敘述這一切，他多麼希望終有一日他可以不必再逃，不必再這麼流亡著找不到歸處地過日子，可以和他一起正大光明地走在陽光下。

然而，面對他這一回的提議，老師卻沒有發笑，只是耐心地聽他說著對於未來的想望，唇邊掛著一抹安靜的微笑，像是在縱容著一個無知的孩子，並非輕視，而是憐憫，和羨慕他仍能擁有相信天堂存在的這份天真。

直到王子察覺他的目光有異，原本慷慨激昂的話聲漸弱，最後終是被掐滅，老師才大發慈悲地接口填補上空白。「你應該不是真的那麼蠢吧，璽君。」

王子惱火地問。「我怎麼就蠢了？」

而老師一字一頓地反問道。「看看我，看看我身處在什麼地方，然後告訴我，你覺得以你們政府的作風、以你父親的手段，他們怎麼可能容許你口中這樣一位大咧咧地宣揚革命意識的不肖之輩存在？讓他來挑戰他們的權威和名望？你覺得這有可能嗎？你不是不知道你父親的手段，難道不覺得這背後全是陰謀嗎？」

王子沉默不語，良久才艱難地問。「什麼陰謀？」

「喔，這很簡單啊。面對這樣一個老是打著真理公義的旗號，在許多事上與政府唱反調的人，要換了我是政府，與其視其為麻煩，倒不如將其看作是一枚大好的旗子。你細想想，你才是那個在政府工作的人，這會是怎麼運作的道理？」不待王子回話，老師又逕自道。「我們需要援手，這事用不著你說，我比你要更清楚。你想，在最一開始，連你、當時那樣搖擺著舉棋不定的你，我都尚且視為援手和希望，若今日那律師真如你所說，是那般偉大堅定地幫助我們，這樣的人才我怎有可能不用？可你覺得為什麼我不信任他？為什麼這整座隔離區裡竟沒有一個人肯給他好臉色？為什麼你父親會容許他的存在、甚至讓他能夠回回申請了進出都通過？」

「這背後有太多可能的原因了。你該細想，一個像他一樣的人，這麼聰明、這麼圓滑、這麼懂得為自己著想的人，他會怎麼選擇自己的陣營？」老師垂下視線，搖了搖頭，聲音很低很輕，像是在對自己訴說。「人啊，活在這世上太苦了。若是想為了自己活一回，為了自己去選擇於己有利的一方陣營，我都能理解的，不怪任何人。」

只覺得他這話中帶話的似是暗指自己。王子別開眼，過了一會卻只聽老師溫柔但不容拒絕地喊了他一聲。「可是璽君，你聽我說。」

王子這才不甘願地抬眼望向他，只見他已起了身站在玻璃幕前，王子便也跟著站到他面前。這一回無需誰先動作，即便方才還那樣語帶機鋒地來回攻防，眼下的他們卻像是知曉彼此心意一般，默契地伸手貼上，隔著玻璃相抵。

手心所能觸碰到的分明是一片涼意，可王子卻起了他們真正以掌心相貼的溫暖錯覺，老師平靜而滿懷情感的嗓音順著這份虛假的暖意傳來，細細密密地熨貼了他所有不安。

「璽君啊，」他嘆息著輕聲道，向王子露出一個微小的笑意。「縱然我說的那樣豁達，可卻也沒能像表現出來的一樣通透。我多麼希望到了最後，你能夠選擇與我站在同一邊。」

以溫和的微笑向王子下了最後通牒，警告他不許去和律師聯絡後，他們又談說了好一會，老師才將人送走了。他又兀自沉思了一陣，才對著空氣開口。「出來吧，我知道你在那。」

小梅這才從走廊的盡頭現身，低垂著臉走到老師面前，卻不說話。老師也沒多說什麼，只是將茶葉放進茶壺裡，注入熱水，坐回扶手椅裡等待。見她仍不說話，他瞥了她一眼，淡淡地問。「喝茶嗎？」

「你這是為什麼？」小梅沒有理會他，只是小小聲地問。

「我自有我的打算。」

「為什麼？為什麼不讓他去聯絡他？」

「因為不信任。」他的嗓音依舊平和得聽不出情緒，只有話聲方落便緊抿起的嘴角洩漏了心跡。

「不信任王子？」小梅皺了皺眉，卻只見老師垂下眼瞼，沒有回答，她不禁愣住了，不可置信地問。「你這是不信任他？」

是啊，能怎麼信任呢？到底所謂正常人的標籤，是太過令人渴望的誘惑了。他不怪任何人，可也不能輕縱了給予信任，斯忒諾說得對，真心不該被賠付，信任亦同，這些都過於奢侈、而今他沒有失足的本錢。

過了很久，直到壺裡的茶都被晾涼了，老師才開口，終於沒能維持住那份笑意。「天黑了，去睡吧，梅梅。」

在老師的安撫下，王子像是暫時吃了顆定心丸，雖仍然抑鬱不快，可至少不再那麼慌亂了。

但這樣的平靜日子未能持續太久，律師近日又上傳了一隻新影片，只聽他沉重地提及一個最新的社會事件：一名曾因強姦罪入獄的男子，在假釋期間又以極其殘忍的手段姦殺了兩名幼女。而在被法官判定為心神喪失、應予以淘汰之下，那人竟在法庭外，對著記者夸夸其詞，只道終有一日隔離區這樣的制度會被廢止，當年的監獄關不住他，隔離區也休想，總會有那麼一天的，他終會再回到社會上。

「這讓我不禁開始反思，過去的我時時說著希望政府解放隔離區、不再以這樣的方式隔離淘汰者，這樣的想法是否過於幼稚？在那其中，有多少人是像這名殺人犯一樣罪無可赦、不知悔改、永無教化可能性的人呢？**真到了這一步，你們不覺得，或許現行制度才是最好的嗎？一旦解放了隔離區，這些人，就會再次回到社會上。**」

聽著律師這麼說，王子心中一硌，沉默地關了影片，不敢面對若真迎來這樣一天，只怕如今與老師站在同一陣線的自己，在此情此景之下，也將難辭其咎。

他靠在長廊上，隔著一小段距離看著老師的笑容。就見老師正吹著自己前段時間送給他打發時間的口琴，領著玻璃幕前的孩子們唱歌；王子不禁微笑了起來，而老師抬眼對上他的視線，一時停不下吹奏的曲調，只眉眼含笑地望向他。

這段日子來發生了太多事情，他們都是難得能這麼緩口氣，擁有溫暖而放鬆的一方光景。

王子不想打擾他們，便向老師點了點頭，暫且先離開。他手邊帶了點老師指定要給納尼亞的東西，突然想起老師先前提過小梅這兩日舊疾復發，決定別勞煩她，索性自己送去。

現下的他早無須再有人帶領，輕門熟路地穿過了病舍，剛走到拐角處的走廊上，便聽納尼亞入口處的房間傳來吵嚷。王子眼見由兩名穿著白衣服的納尼亞人領頭，另三名秩序組員硬是架著一名日前才被送進來的死刑犯欲走下樓梯，那囚犯掙扎著，力度過猛竟連三人都制不住他，眼看就要被他掙脫，卻在此時有人探出手來，以臂彎勒住那囚犯的脖子，使其昏厥過去。只見伸出援手的人，竟是病房裡那曾看似瘋癲無狀的病患，可眼下卻狀似神智清明，與人應對如流。

殿後的翊澤向前滑動輪椅，探了下囚犯的脈搏才開口指揮。「趁他現在還沒醒，快先帶下去，綁好了別出什麼岔子，按學姐的吩咐，直接注射d-3，紀錄數據後再與前天帶下去的那個實驗者對照。」

穿白衣的二人答應了，扯著奄奄一息的囚犯走下樓梯，只見那名囚犯無力地用指甲刮撓過牆面，像是種可悲的困獸之鬥。王子愣愣地看著，卻在此時和那名瘋子、不，該說是那沒瘋的人對上了視線。那人立刻警告地喊了一聲。「翊澤先生！」

翊澤回首，看著臉色發白的王子，先是皺了皺眉，才不懷好意地笑開了。「哎呀，這麼混亂的場面竟被您看到了，多不好意思。王子殿下怎麼來了？」

「我來送點東西。」王子僵硬地回答。

「是嗎，多謝了。」翊澤一派輕鬆地招呼他。「那，一起進來吧。」

假瘋子幫著翊澤把輪椅搬下樓，便逕自回到病房裡繼續拍著手唱歌，王子安靜地跟在翊澤身後，終於明白了那樓梯過道上的指甲痕是怎麼來的，又看著翊澤手和軀幹並用，一階一階熟練地下了樓再奮力爬上輪椅的模樣，一時只覺得有些噁心。

隨著翊澤的帶領，他們進了實驗室，看著其中一間房裡已有幾人聯手將那昏迷了的囚犯固定上檯子，旁邊有人正準備著藥劑。王子站在走廊上沉默地看著，直到斯忒諾出現了，無比自然地接過他手裡的袋子，他才終於回過神。

「謝謝你啦，正好我們的針頭要用完了，好在有你給送來。」斯忒諾笑道，瞅了眼王子面如死灰的模樣，很輕鬆地笑了起來，毫無半分惋惜之意地道。「沒想過這麼快就讓你知道的，真是不巧。」

「你、你們，」王子忍下了想吐的衝動，質問道。「你們這是在幹什麼？」

「不幹什麼呀。」斯忒諾噴笑出聲。「這可是你親愛的老師教我的呢，比起拳頭，更重要也來得更強大的力量，就是籌碼了。你瞧，這就是我的籌碼啊。」

「拿囚犯來做人體實驗？這算什麼籌碼？」

「**不只是**拿他們做人體實驗。」她平靜地道，十足諷刺地斜了斜嘴角。「怎麼？都到了這一步你還不明白嗎？王子殿下，早在十年前小梅生那場病時，我便看到了曙光，要不是她那一病，我竟不知道老師還背著我把這樣一個好地方給藏起來了。你想想，有了這些病毒，我可以製造出多麼偉大的籌碼？可千萬別小看了這些病毒，王子殿下，這可以是籌碼，可以是武器，也可以是希望。」她的眼神發光，一字一頓都帶著笑意。「這可是**你們**送給我們最好的禮物了。」

「所以，確切地說，對於這些病毒，你打算怎麼做？」

「喔，很簡單啊，病毒這東西所製成的生化武器，乍聽之下雖駭人聽聞，可其實並沒有你想像中的可怕，它的效率太低、致死率不可控、範圍有限且容易自傷，並不適合用於大規模的戰爭。」她瞥了王子一眼，冷笑道。「所以，放心吧王子殿下，我們並不打算對你的國都發動戰爭。」

「但是凡事要換個角度看，就會有不同的結果。若是換作一群只顧不擇手段地表明自身立場和尊嚴、甘心玉石俱焚、誓死也要達成目標的聖戰士而言，這可是再好不過的武器了呢。」斯忒諾用夢幻的語氣說著，如同正為了不久後的將來，那樣近在眼前的勝利而唱起祝歌。「昔年我們偉大的總統大人以此病毒操縱讓自己上位，而今我則會用同樣的病毒、加以強化後讓他徹底垮台，你仔細想想，王子殿下，這該是多麼詩意的結局啊。」

一旦解放了隔離區，這些人，就會再次回到社會上。

聽到這裡，王子再也忍不住那般排山倒海席捲而來的噁心暈眩，偏頭彎身吐了一地，在斯忒諾鄙夷的勝利目光中，他狼狽地倒退兩步，也顧不得什麼收拾殘局，逃難一般地拔腿狂奔。

王子下意識地回到了主建物的頂樓，用力拍打玻璃，也顧不得這話是否沒頭沒尾，只是激動地直衝老師吼。「你知道嗎？你知道嗎？你知道她要這樣做嗎！」

大抵是已有人前來報過信了，老師並沒有絲毫困惑，只是平靜地望向他。「是的，我知道。這下你也知道，我說那些被捨棄而送進納尼亞的人，是為了什麼了。」

「你知道你還……」王子倒退了一步，不可置信地道。「所以這一切，這一切，也都是你想要的嗎？」

「不是的，璽君，你應該要比誰都理解我。」他溫和地說，起身走到王子面前。「這並非我要的。」

「那你到底想要什麼！你一直掛在嘴上的希望又是什麼？你、你和斯忒諾，你們不都是一樣的嗎！」

「不，不一樣。」老師堅定地道，直視進王子眼底，一字一頓地說。「因為有**你**。璽君，我想要的就是你，我的希望就是你。」

「**我到底能是你什麼希望！**」

「**因為你是王子！**」老師也提高了音量，壓過王子的怒吼聲。「不過五年時間，現在你已位列副部長，副部長、部長、總長，這麼一步步走著安排著，你覺得你父親這是在期待什麼？自然是期待終有一日，你會承襲他的理念繼承大統。而到了那一日，到你能作主的那一日，你便可以不必再受制於人，做到你父親當年未能向我父親信守的承諾，真正做回你自己，也就是到了那個時候，我們就可以出去了。我一直、一直以來，都在等待著這一天。」

老師一字一句看似說得在情在理，可這一切卻都是個死局。他並不知道，王子要想成為君王，最迫在眉睫的，便是在一個月後的二十五週年大典之際，王子必須針對此事明確表態。自然了，也是只能表一種態度。

早有人替他選好道途，只待瞧他是否願意親手獻祭這些人，以換取走上這條康莊大道。

可王子不想犧牲他們，也不想繼承大統，更不想做什麼救世主。「我不知道我是否能做到。」

老師的聲音冷酷，意味著警示和恫嚇。「你必須做到。我說過的璽君，你是我唯一的希望了，因為有你在，我才不必將自己的信念全壓在納尼亞上。我自然渴望和平，可你要知道，和平是太過奢侈的想望了，若到了最後走投無路，再沒有辦法的話，我也沒有了能阻止斯忒諾的理由，只能任她這麼做了。」

「可或許她不會真的這麼做呢？」王子不敢面對又無力前行，只能再一次可悲地選擇了自欺欺人的逃避，帶著破碎的微小希望道。「病毒戰啦、恐怖攻擊什麼的，都太過極端了，這並不現實，她不可能真的那麼不擇手段吧？」

「**她就是有那麼不擇手段！**」卻不想他所有早已破敗卻仍不甘地死揣著的希望，在這一瞬被老師怒吼著全數粉碎。「你以為她是什麼人？她是怎麼進來的！你根本不了解、為了達到目的她可以做出什麼事情來！」

老師告訴他，斯忒諾和小梅姐妹二人自幼便被生父性侵施暴、甚至強迫較年長的斯忒諾賣淫以賺取酒錢。斯特諾受不了這樣的生活、更是恐懼待小梅年紀再大一些、也將被逼著走上與自己相同的道路。於是她帶著小梅逃離，一面繼續下海賺取生活費、一面拚死咬牙考取了醫學院，立志從此要給寶貝妹妹過上好日子，讓她能平凡快樂地過一生。

只可惜向來天不遂人願，在小梅十四歲那年，她的同學不知自何處得知了她有個妓女姐姐，幾個少年在放學後將小梅堵在陰暗的死巷中。起先只是輕佻地嘲笑羞辱、再來玩笑著讓她表演脫衣舞，最後遊戲終於失控，渾身佈滿施暴痕跡的小梅被遺棄在暗巷的垃圾堆邊。

斯忒諾並不是沒有想過以正規的法律途徑發洩她的恨意，她花光了所有積蓄請來最好的辯護團隊。但歷時一年的官司痛苦而折磨人心，細挖掘出那日的每一個細節，以斯忒諾私下的職業試圖暗示小梅也是同一類人、是個合意性交後反悔誣告的婊子。最後再以未成年且仍有教化可能為由，輕放了那些不配為人的少年，全部人加起來只判了不到一年的刑期，甚至得以緩刑。他們毀了她們的人生，可就似一切都未發生過一般。斯忒諾終於失去理智。

她將聚集於廢棄倉庫中喝酒的少年們反鎖在內，用一把火乾淨俐落地燒了，一不做二不休，又帶上小梅回去向生父尋仇。被下了藥喪失行動能力的生父滿臉是血，卻嗤聲嘲笑她若當真下手殺了自己，那麼可是重罪，像她這樣的瘋子必將成為淘汰者。

可她不能留下小梅一個人，若自己真被送進隔離區，留下小梅一個人在外面，又有誰能保護她呢？

於是斯忒諾將手裡的刀遞給小梅，緊緊拉著她的手，不顧小梅哭著反抗，領著她把刀尖抵在生父的頸動脈上，逼迫她下手。「你必須這麼做，你一定要和我在一起，」她懇求道。「要不我會保護不了你的。」

就這樣，斯忒諾與小梅分別被以多條殺人罪和殺害直系血親尊親屬的罪名，宣告無教化可能性，一同送入隔離區內，從此成為淘汰者。

老師以再平靜亦掩飾不住其中痛苦的顫抖嗓音敘述了這段過去，向王子道。「這下你明白了吧，璽君，她**什麼**都做得出來。你以為在最初我是為什麼要讓你去納尼亞見她？因為我沒有辦法憑一己之力阻止她！她對於復仇的渴求和執著都太強大了，我必須藉你的存在來向她表明態度，讓她知道我有在計畫著，我有在努力我們都在努力，在試著把結局導向對大家都有利的道途！」

「璽君，終有一天你是會登上高位的，你會繼承你父親的位置，你可以解放隔離區，我們所等待的，就是那一天。你以為我是為什麼要讓你去納尼亞？因為只有去過了納尼亞，真正見識過了恐懼為何，只有這樣唯有這樣，你才會嚮往和平，才會朝我們的目標前進。」

老師直視進王子眼底，放軟了語調輕聲誘哄。「是的，**我們**的目標。璽君，這是我們說過的不是嗎？這是我們的理想，我們共同的理想，我們要成為自己，終有一天我們要走在陽光下。」

「你不止是我唯一的希望，也是你自己的。璽君，你所信任的許多事情，到頭來也只不過是你父親一手打造的陰謀罷了，都到了這個時候你還要執迷不悟嗎？別傻了，你終究是得做出選擇的，問題只在於你是否有勇氣，即便身處在再如何惡劣的情境下，依然拚了命地選擇為自己而活？」

所有的一切都亂了套。不僅總統發了話要他表態這事壓在心上，早知道納尼亞裡藏有玄機、卻不想竟是這樣瘋狂的執念，而本以為能全心信任的老師，竟也瞞著自己牽涉其中、甚至一直在暗地裡操弄擺布著自己的這份輕信以達成目的。

若是連老師這顆定心丸都失去了，他便再不知道什麼是能相信的了。

心神俱疲的王子終於被逼得無路可退，為求脫身，只能慌不擇路地往最近的出口鑽，哪怕這道途的盡頭便是地獄的焰火灼身，也再顧不及其他。

他翻出了律師塞進他手裡的那張名片，播通了電話。

如意料之中，律師答應了會面，並體貼地將碰頭的時間訂在了午夜，以儘量降低被人發現的風險。王子依約前往他的事務所，原先預期以這麼一位將泰半時間花在了淘汰者權益上的人權律師，其經濟狀況理應不甚理想，可卻沒想到，他的事務所竟位於高級商務大樓的頂層，擁有實木桃心的門、搭配厚重得完全聽不出腳步聲的地毯，和足以容納十數人的會議室。

王子端詳著牆上律師與私人遊艇的幾張合照，雖有些詫異，但仍有禮地稱讚了句，而律師則哈哈大笑道。「您可能難以想像，我的客戶為了能維持住正常人的身分，究竟願付出多少代價。這邊請，殿下。」

律師將王子引進了會客室，又準備了咖啡回來。待他坐定後，王子才率先開了口，為自己從前砸了他相機一事道歉。

「啊，是有這事呢。」律師笑了起來，連連向他擺手。「都多久以前的事了，您要不提我早忘了，沒事的，您千萬別放心上。」他笑道。「說起來，和您真的很有緣分呢，幾次碰上面都是在隔離區裡，一直沒機會說上話，今日總算能有幸一聚，謝謝您願意聯繫我。」

「這是我的榮幸。」王子點頭回禮，既然律師自己先提到了隔離區，他便也順著繼續道。「你這麼一說，的確是經常見你在隔離區裡，你主要都是為了拍攝影片才進去的嗎？」

「您知道我的頻道？」律師十分驚喜。「是的，我自九年前創立了頻道後，便立意要為隔離區內的淘汰者發聲。我說這話您可能會不開心，但我並不認為我們政府的做法是正確的，就算那些淘汰者有罪、有些人甚至是罪無可赦，可這麼做也仍然不公平。」

他們針對淘汰者的處境和隔離區的存廢進行了一番討論，衍生到政府的舉措是否具其應有的正當性，再向下延伸談至彼此真正的想法。律師極富人格魅力，溫和又幽默，在對話的過程中始終微笑著與王子視線相交，王子逐漸卸下心防，在他詢問自己為何時常往來隔離區時，甚至全盤托出，向其坦承了自己的強迫症，只隱去了老師的真實身分、道自己有名重要的人在裡面，並訴說了自己夾在兩種身分和兩邊立場下的痛苦、矛盾和無能為力。

律師聽著，輕輕嘆了口氣，伸出左手在王子手邊的桌面上輕拍了兩下，示意鼓勵安慰，無名指間的戒指隨著這樣的動作硌出了輕響，只聽他溫聲道。「起先給您名片時，只是想了解像您這麼身分尊貴的人，為何會經常出現於此，卻沒想到您竟隱藏著這麼難受的情緒，這真是太不容易了。」他用滿懷情感的嗓音訴說。「我可以理解您的，殿下。」

他這些理解該是多麼膚淺啊。王子搖了搖頭，自嘲地笑了。「你和**那個人**一樣，都是能夠站在道德至高點、做著和自身利益無關的犧牲奉獻的完人呢。你們不可能理解的，理解我是個多麼卑劣懦弱的人，有多想為了自己而活卻又沒有勇氣打破安穩現世。」

「**71108**。」沒頭沒腦地，律師突然說了這串數字，唇邊漾起了一個苦澀的微小笑意，輕聲重複了一次。「71108，這是我的戀人被送進隔離區時得到的編號。我的戀人啊，枉費一心信仰上帝，卻在一次事故中脊柱骨折，導致全身癱瘓，可仍平靜地接受了被淘汰的結局，說這是上帝安排的命運。」他說著，壓下了嘴角邊的冷笑。「但我不信命，我不服。我時時往來進出，和每一個淘汰者打探，就是為了找到那個人。之所以為了看似非我族群的淘汰者發聲，其實也只不過是因為終有一日，我們還要再見上一面，生要見人死要見屍，我與那人，連死亡都不能將我們分開。」

「殿下，我並非完人，也無需矯情做個聖人。我所做的一切，全是為了自己，並不比你高尚到哪裡去。」他柔聲道，嗓音縹緲，如同夢一般。「你若還記得，這樣的我甚至還被人稱作是背叛者，不是嗎？」

王子的確記得小梅當時那語帶輕蔑的一句背叛者，可卻不明白為何律師會被冠上這樣的稱號，安靜地看向他等待解答。而律師卻中斷了他們視線的交會，只是沉默著看向遠方，右手輕輕地撫在自己的左手臂上，話聲淡漠。「**背叛者**啊，大抵是因為在我的戀人被貶為淘汰者後、我卻仍然對其懷抱愛意一事，這本質上便足以令我也一同被評為淘汰者吧。他們覺得，我應該要和他們一起以淘汰者的身分待在隔離區內，可我卻不僅隱藏著自己在外假裝成正常人模樣，還虛情假意地說要為他們發聲、卻沒有真正一起站在相同的處境下受苦，這一切，在他們看來，全只是我自命清高的自以為是罷了。」

「認不準自己定位、夾在中間兩邊為難、只能給些無濟於事的施捨幫助，還有個重要的人身陷其中，我說過的，殿下，我可以理解您的，我們倆非常相似。被視作背叛者縱然並不好受，可更重要的是，你必須自我釐清，在此刻你真正願意站穩腳步，為之奮鬥的，究竟是哪一方。」律師說著，猛然攥住了他的手腕，無視於王子驚愕的視線，眼神堅定而帶著笑意，一字一頓地道。「我很期待，在你想通了之後，會和我選擇同一方。」

送走了若有所思的王子後，律師把一口也沒喝的咖啡連同杯子一同摔進了水槽裡，從冰箱取出冰透了的啤酒，旋開音響，輕鬆地哼著歌翹著腳，仰頭一飲而盡。

空調不夠強，室內浮動著微小的情緒而略顯悶熱，他鬆了鬆領口，又捋起袖子以緩解這樣的煩躁感，露出了左小臂上以加粗黑體黥上的、每個數字都有拇指高的編號：**71108**。

他漫不經心地微笑起來，只覺得背叛者這個詞彙壓在舌根帶來沉重而苦澀的幻覺，愉快得甚至笑瞇了眼，幾乎已經忘記了自己方才所編造出的故事有多麼感動人心。畢竟，若要欺騙世人，就必須得裝出和世人同樣的神氣。[8]

而他這麼偽裝著騙過世人多少年了，如今只需對付一人，自然是手到擒來。

他們的這位王子殿下當真如傳聞一般迷惘好騙，真是太容易了。

待又喝完了一瓶啤酒，律師才將酒瓶以投籃的姿態投入垃圾桶中，畫出完美的弧度，順著玻璃碎裂的聲音站起身，對著尚未被日出染上光芒的落地窗調整了下衣領和袖口，將那五個斗大的數字遮掩好了，這才微笑起來，撇了時鐘一眼。他還有時間。

完成了這場精心策劃的會面後，在得前去向背後的主使者回報之前，他還能先去另一個地方。

前一天和律師的會面聊得晚了，王子結束了隔日的工作，疲憊地返家，進行完例行性的消毒和洗滌後，才剛走出浴室，便意外地見總統坐在書房裡，冷漠地看著他，正是等著自己的模樣。

他自住的宅邸裝設有最高級的安保系統，任何人未經他同意都無法進入，總統是怎麼進來的？

「總統。」他愣了下，忙行了個禮。「怎麼突然來了也沒和我說一聲？我好事先安排啊。」

啊，自然了。見著總統淡漠的目光掃過自己，王子這才想起。總統就是君王，自然擁有可以通往任何地方的鑰匙。

總統走到他身邊，不由分說地一把拽起他的手腕，在王子來得及出聲反抗前斜了斜嘴角，帶著嫌惡

---

8 莎士比亞作品《馬克白》，第一幕第五場，出自馬克白夫人之口

地輕聲自語。「我從前竟沒有察覺。」他摔開王子的手，沒有過多的表情，只是淡淡地拋下一句。「我看你洗手洗得很勤哪。」

這一句不帶批判、並未明挑，而只陳述了事實的話語一出，王子只覺得眼前失去了所有光亮，就如墮入了廣無邊際的黑暗之中，正欲開口求情分辯，卻只聽總統平靜地道。「強迫症嘛，我最近想過了，不是什麼了不得的大事，起初本就只是針對一人設下的防堵，現在也沒必要繼續。我和清洗總長討論過了，考慮很快會將此解禁。」他停頓了下，意味深長地說。「**但，也或許不會。**」

「然而，有些原則問題，是無論如何都不能被改動的。」總統冷冷地瞥了他一眼，越過他向前走，撇下最後一句。「下星期就該是二十五週年大典了，究竟要選擇哪一方，我的王子，你要好好想一想。」

直到總統的座車駛遠了，王子仍止不住地全身顫抖，所有的謎團都串在了一起：為什麼自己在看著律師的頻道所講述的論調時會隱約感到熟悉不安？為什麼整座隔離區的人都不待見律師、而小梅更是直接喊他為背叛者？為什麼老師再三強調了讓自己不要信任他？

總統就是君王，擁有了可以通往任何地方的鑰匙，包括人心。

「你所信任的許多事情，到頭來也只不過是你父親一手打造的陰謀罷了。別傻了，璽君。」

原來老師說的是對的，他早該相信他。這一切都是總統處心積慮之下的必然結果，他永遠逃脫不了。他不能再執迷不悟、不能再這麼安逸地繼續過上兩面為難的日子了，他必須站穩腳步，必須選擇一方為之奮戰。

第五章

我建議你還是去打仗，別去愛人。至少在戰爭裡你不是死便是活，但是在愛裡，你既死不了也活不好。

——阿道夫・希特勒

經過那日和總統的對話後，王子身邊便多了批二十四小時輪班的隨扈，只道是為了即將到來的二十五週年大典，他身為王子必須有人護衛著。王子心知肚明，名為護衛，實為監視，都是一樣的。

他並沒有反抗，平靜地接受了總統的安排，忙於打點週年大典的工作，接見各方代表，親自處理大小事宜，確保務必處處完美不出任何紕漏，表現得和素日一般無二，絲毫不失王子風範。

總統倒是很滿意的樣子，可王子已經快要承受不住了。

因著各式各樣的緣由，王子有段時間沒進來過隔離區了，老師倒是平靜，面對來自小梅的小心試探和斯忒諾的直面質問，他都不予回應，什麼也沒表現在臉上，仍能維持著溫和的笑意，靜靜地等著。他等了這麼多年，他早已習慣了。

終於在週年大典的前一天，王子近日的乖順表現有了回報。他藉著提前數日至軍營部署，甩開鬆懈了對自己看管的隨扈們，溜進了隔離區。在事隔多日後，終是再次隔著玻璃幕站在老師面前，安靜地凝視面前的人，卻什麼都說不出口。

「你來啦。」老師平靜地招呼了一聲，沒有表現出特殊的情緒，只在放下茶杯時稍微磕出了比平時更響的聲音。他走上前，卻失去了素日的笑意，二人沉默良久，誰也沒有先開口，老師上下打量著他，才垂下眼瞼輕聲道。「你瘦了。」

「工作忙。」王子啞著嗓音回答，見著老師膚色蒼白如紙，本就單薄的肩背越發消瘦，他難受地道。「你也是。」

「簾捲西風，也不是什麼大事。」他淡淡地說，才向王子艱難地微笑，柔聲道。「你進來一趟不容易吧？」

「工作忙。」實在是找不出別的理由，也不能直接明言總統對自己的監控，王子只能蹩腳地重複了一次，欲蓋彌彰地解釋道。「太忙了，現在才有辦法來看你。」

「這樣啊，那就好。我還以為，」老師停頓了下，有些不好意思地向他笑了笑。「我還以為你是為了上次的事不開心，再也不會來了。」

「不是的，你別這麼想。我只是……」

「工作忙，我知道的。」老師替他完成了拙劣的藉口，又小心翼翼地抬眼望向他。「璽君，你要明白，我只是想慢慢讓你知道，並用比較溫和的方式給斯忒諾造成影響，以此讓我們的目標得以實現，並不是刻意想瞞你，也不是想逼著給你壓力。」他垂下臉。「你……不怪我吧？」

難得見老師對自己示弱，王子忙搖了搖頭，上前一小步道。「不怪你，你說的沒錯，有太多事情都是我想錯了方向，我該更相信你的。」

聽他這麼說，老師皺了下眉。「出什麼事了嗎？」

王子並不打算讓老師知道，全因自己違背他的警告擅自去見了律師，才引來這後續的諸多煩惱，便只故作無事，輕描淡寫地道。「沒什麼啊。」

可他回答得太快反倒洩漏端倪，老師不讓他躲過，繼續追問。「你在害怕？為什麼？」

打一開始，王子便不敢告訴老師自己被總統逼著表態一事，如今，在明天便該是最後期限之際，更是怎麼都說不出口，再加上律師這個混亂的元素牽涉其中，他一時無法說明，只能避重就輕地敷衍過去。「真沒什麼，你放心。」

他執意不說，老師也只能柔聲安慰他。「會沒事的。」

他是什麼都不知道才能說得這般輕巧。王子搖了搖頭，苦笑了下，沒有心力再多回應，便只道自己不能久待，得走了。

「那麼，明天還來嗎？」老師偏了偏臉，微笑著問他。

「明天一整天有活動，恐怕有困難。」

「是嗎，我明白。」老師耷拉下眉毛，雖明顯地表現失望，卻沒再多說什麼。

而見他即便沮喪卻仍如此識大體的模樣，王子頓了頓，才又道。「我明天一早過來，看看你再走。」

老師終於又展露笑意，而縱使心事重重，見了他的笑，王子在不自覺中也漸漸柔軟了唇角。

他們便這麼相視而笑，奢侈地揮霍最後一段平靜安穩的時光，渾然不知這段對話被靠在長廊盡頭的斯忒諾盡收耳中。

老師是有耐心，可她不一樣，她可沒他那麼好性子。這麼多年過去，她已經不想再等了。

她走出主建物，驀然被日頭晃了眼，不禁瞇了瞇眼睛，抬頭看向陽光，若有所思地停留了一會，才乘著這樣好的風光回到暗不見天日的納尼亞，取出自己傾注全部心力精心製作的那份回禮，微笑了起來。

吩咐翊澤打點好餘下的事情，又藉口支開了小梅，這才獨自去見了老師，腳步輕快得甚至哼起了歌。

是時候了。

一直到斯忒諾最後闔上眼的那一刻，她也仍然沒能辨認清楚，在那個當下，究竟是什麼驅使了她終是下定決心，是時候該這麼做了。

或許是因為天意讓她聽見了那兩人的對話，或許是因為得知了王子近日接二連三的受挫想趁勝追擊，或許是因為克里斯今日下午剛巧也在，或許是因為王子答應了明日還會再回來，或許是因為預演大典從外傳進來甚至足以響徹納尼亞的國歌，或許是因為那天早晨她發現小梅的眼角竟出現了皺紋，也或許不因為什麼，只為了那一日，陽光晴好。

她先是和老師不著邊際地談說了幾句，才故作不經意地問。「說起來，你還記得我和小梅已經進來這裡多久了嗎？」

老師警戒地瞥了她一眼，才平靜地回答。「沒記錯的話，有十八年了。」

「確切地說，是十七年又兩百七十九天。」斯忒諾糾正他，才笑著繼續往下道。「或許起先，我們為了活下去便都已竭盡全力而無心顧及，可在真正冷靜下來後仔細一想，才會記起原來那樣意欲復仇的恨意始終都在，沒有一日忘卻過。」

「那你想怎麼做呢？」老師溫和地問。「你上回不是已經給小王子提了醒嗎？後來不僅我也給了他壓力，克里斯也設計著踩了他一腳，我們的計畫雖然緩慢，可不都確實地、一點一點地在向前推進嗎？」

「那是**你的**計畫，不是**我的**。」

「所以呢？你還想怎麼做？」

「我想要更多。」

「斯忒諾。」老師輕聲喊她。「我知道你總覺得我的作派消極，覺得要待小王子成王那日才能解放隔離區，得等上太久了，可我們也沒有其他辦法了，不是嗎？」

「方法是有的，只是你不肯用。」斯忒諾哼笑一聲。

「方法是有的，只是我**不能**用。」老師強調道。「那太危險了，要想和平，必須付出些代價，我知道你有不滿，也知道你始終為了復仇而計畫著，但請你理解，我也有我的規劃。我們有克里斯，有小王子，終有一日會成功的，請你相信我，別輕舉妄動好嗎？小王子現在已經承載了過大的壓力，若再逼他恐怕只會有反效果，再給他一點時間不行嗎？為什麼不再等等呢？」

「因為已經等得太久太累了。」她沉著臉道。「和平從來不是我的目標，我也不願意再等了，他不會幫我們的，我們只能自己成全自己。」

「他會的。」老師堅定地道。

「你的天真總是可愛得讓我想把你抱進懷裡摸摸頭呢。怎麼？他們把你關在玻璃屋裡十年把你也給磨得軟弱了嗎？」斯忒諾冷笑著諷刺道。「你真以為他會幫助我們？他終究不是我們的一分子。」說著，她危險地瞇了瞇眼，提醒道。「別告訴我，你忘記了你父親當年是如何抑鬱而終的。輕易交付了真心和信任，導致最終落得滿盤盡輸的局面，這樣的蠢事有個傻瓜幹過就足夠了，不需要你重蹈覆轍。」

「我沒有一日忘記過。」老師繃緊了肩背，面無表情地道。

「你沒忘就好。」斯忒諾涼涼地說，從口袋裡掏出一個巴掌大的小木匣放入傳遞口，待老師取出打開，只見裡面是一顆用彩紙包裝的小圓球。老師正想拿起，斯忒諾連忙制止了，也不明說原因，只是笑著解釋道。「那是塊巧克力，怎麼樣，很浪漫不是嗎？明天你就把這送給王子殿下吧，就當是給他的祝賀。畢竟，我們偉大的總統大人的政權，也等同於他父親為他打下的江山和立定的根基，就要滿二十五週年了呢，這可是個大日子，要不送上禮物反讓人說我們失禮了。」

「斯忒諾，這是什麼？」老師把小木匣闔上，安靜地問。

「潘朵拉的盒子裡裝著什麼？」她反問，又笑著道。「很簡單啊，這可還是你教我的呢，是**信念**，和**希望**。」

「你把這給我，是想讓我做什麼？」老師驀然慘白了臉。

「喔親愛的，還不夠明顯嗎？明天王子殿下來時，你和他親親熱熱地說上兩句體己話，哄哄他讓他開心，依著你今天向他裝可憐的那賣乖樣，『你……不怪我吧？』『明天還來嗎？』」斯忒諾學著老師稍早說話的口吻，怪腔怪調地道，滿意地斜起嘴角。「以王子殿下那樣容易自滿的英雄主義個性，他肯定吃這套，會毫無遲疑地，吃下你親手奉上的巧克力。」

「你和他之間有玻璃幕擋著，外面則由我負責，你不必擔心。保險起見，我會把小梅留在納尼亞，也會確保王子殿下在離開時道途順暢、絕不會遇見我們的人。而從他吃下巧克力算起，到他走出主建物、再離開隔離區，前後用不上二十分鐘，我們的計畫便成了。」

「一旦他走出隔離區，回到他們的理想國，在軍營裡隨便和個軍人說上話，再接見些為了大典而前來的高官貴人，接著作為儲君、和我們偉大的總統大人同桌共食，這麼一個一個地傳下去，」她的聲音絲滑，如同魔鬼附在耳邊的低語，帶著不懷好意的輕笑。「**賓果**。」

早知道她一直以來計畫如此，可老師卻萬沒有想過，她竟欲以這樣的手段來執行。他什麼都說不出口，只能蒼白地不住搖頭，而斯忒諾冷漠地凝視著他，強硬地說。「這是我們最好的機會了，我們必須這麼做。好好看著這地方，看著我們，是時候該停止你的婦人之仁了，認清現實吧，這是我們唯一的希望了，**他**是我們唯一的希望了。」

「如同我之前告訴王子殿下的，我並不打算發動戰爭，我只打算派個人去表明我們的立場和態度，我要在這個特別的日子做出聲明，讓他們知道，我們並不是束手無策，不能也不應就這麼被無聲無息地淘汰。你不是告訴了你的小王子，你想藉由他來給我造成影響嗎？那麼恭喜你，你做到了。早在你讓他來見我的那日起，你就該知道，我會把他納入我們的計畫中。他的確給我造成了影響，讓我不禁想知道，你那老是掛在嘴上的計畫和籌碼，是否依然如舊。」她輕快地笑了起來。「是時候該來驗證你和你的小王子是否忠心、又是對誰忠心了。」

「你無須考驗我，這和是否忠誠無關，我不會這麼做的。」老師過了一會才找回自己的聲音，搖了搖頭堅定地道。

「喔？為什麼不呢？」斯忒諾偏了偏臉，故作疑惑地問。「你還記得瑪撒是誰嗎？我真希望你記得，那該是多麼美好的往日啊。當年我既可以犧牲掉瑪撒來驗證我們的政權穩固，現在我也一樣可以賠上王子殿下來達成我們的目的，他們對我來說，並沒有任何不同。」

「這和當年不一樣！」聽她提起瑪撒，老師的瞳孔縮小了一瞬。「你這麼做根本於無益大局、也無法解救大家出去，還會帶來不可挽回的後果！你以為當政府知道了病毒是出自我們之手時，他們會怎麼做？分明還有別的方法，你又何必急於用這樣的手段！」

「**因為我等不下去了！**你老是要我等，但憑什麼讓我等？」斯忒諾提高了嗓音。「認清事實吧，我們想要的從來都不一樣。你想出去、想融入他們的社會，想當個正常人，想保有那天真到愚蠢的希望，可我？我要的，只是復仇。」

「你既說了我們想要的不同，那也無須再說了。」老師語氣強硬地道。「你知道我的，我是不會這麼做的，你又何必白費口舌。」

「當然了，我的確知道你有多麼婦人之仁，也知道你不願這麼做，所以如此貼心的我啊，早安排好了，就讓我來幫你多加上一個動力吧。」她無比自然地接口，向老師手裡的小木盒抬了抬下巴。「明天可是個大日子，我們都已經是罪人了，可萬不能再讓人給扣上不懂禮數的罪名，自然是要準備周全了。所以，為避免你手上的這份禮來不及送到，同樣的一份賀禮，我在今天下午，也交給了克里斯。」她滿意地看老師一瞬間白了臉。「王子殿下戒心強，隨扈多，克里斯或許沒法在他的飲食裡動手腳，但讓我們動動腦，克里斯可以怎麼做？啊，是了，只要聽說是他最信任的老師授意、只要是為了你和小梅，我們克里斯什麼都能做到。所以他何不自己將巧克力吃下去呢？他吃了，隨便晃上一圈，再有機緣和王子殿下碰上面，握個手，說上兩句話，那麼結果不也一樣嗎？賓果。」

「所以，無論你再如何抗拒，不管你有多不想看到這樣的結局，這一切注定是會發生的，你的小王子終將獲得如此下場，就只看你是否要將克里斯一起賠上。」

「**你明知道！**」老師終於失了冷靜，摔下手中的小匣慌亂地抬臉。

「知道什麼？知道小梅喜歡克里斯？知道你和王子殿下的關係？」斯忒諾輕鬆地笑了起來。「但那又怎樣呢？對我來說，都是一樣的。犧牲掉王子殿下根本不值一提，倘若要賠上克里斯確實是可惜了些，可我相信，事情是不會走到那一步的，你也是不會讓我失望的，不是嗎？」

斯忒諾離開了。離開前不忘提醒他，一切都安排好了，待得事成，便會讓克里斯趁亂將小梅接出去，可在那之前，她會將小梅帶去納尼亞保護著；作為替代，明天會另外派個人來陪同他，一起見證這偉大神聖的一刻。老師心知肚明，名為陪同，實為監控，都是一樣的。他竭力控制住自己，淡漠地拒絕了，只道至少讓自己在最後能保有一點尊嚴。

天已經完全黑透了，連月光也被罪惡給隱沒，像是連最後一絲無濟於事的光芒都不肯施捨予他一般。老師安靜地坐在原處捧著小木盒，用力得連指尖都泛白發青亦不自知。

他想起當年斯忒諾一意孤行地養起了親衛隊，以維持他們的政權穩固。但那時的斯忒諾仍是擔心，縱使以恩威並濟的方式得以掌權，可他們這權力的核心即便加上小梅，一共也就三人，難保哪一日若有不臣之人叛變，他們是否能夠周全。

於是，在一日的例會上，只見人群中猛然衝出一人，嚷著沒人聽得懂的話語，揮舞著長棍直向台上的老師奔去。總跟在身邊的親衛隊此時卻不見人影，老師認出來人名叫瑪撒，是個精神病患，不及細想，忙將小梅和斯忒諾一同護在身後，狼狽地格擋了幾下。可卻不待他有更多動作，只見台下的群眾不約而同地一擁而上，怒吼著制服那暴徒，欲護得他們最敬愛的老師安全，很快將瑪撒給打得奄奄一息。

親衛隊這才姍姍來遲，老師向所有人道了謝，表示例會過兩日再開，讓他們都散了。而始終掛著一抹奇異的微笑的斯忒諾這才出了聲，命親衛隊把只剩半條命的瑪撒給拉下去，隨便找個地方埋了。

老師首先回身查看了小梅無恙才放下心，並主動捲起袖子讓她檢查、笑著安撫她自己沒事，又轉向斯忒諾點了點頭。「你還好嗎？」

「我很好，從未有過的好。」斯忒諾一派輕鬆地笑了起來，拉過仍驚魂未定的小梅摟了一下，讓她先去休息。待目送小梅走遠了，她才繼續道。「這下我總算可以安心了。」

「怎麼說？」

「總算是確認了，就是沒有親衛隊在旁，僅憑著那份對你我的忠心和擁護，我們也永遠不會被拉下台。」

老師何其了解斯忒諾，自是一瞬間明白了，今日的這齣好戲全是她一手安排作為忠誠度的測試。他想到方才被親衛隊像垃圾一般拖走的瑪撒，一瞬間只覺得無比的冷，不敢相信面前的人竟可做出這樣瘋狂殘忍的事來。

「怎樣？」正輕鬆地伸著懶腰的斯忒諾注意到他的視線，不解地皺了下眉。「怎樣？你可千萬別因為他名叫瑪撒[9]，便想拿『不可試探主你的神』[10]那套來堵我。若不試探，他們怎會知我們的力量？**我們**，又怎知自己擁有的力量？」

是啊，他早該知道的，不是嗎？斯忒諾從來都沒有改變過，一直以來，為達到目的她總是不惜任何代價，她向來都是這樣不擇手段的人。對她而言，犧牲掉王子和犧牲掉當年的瑪撒，並沒有任何差別。

可對自己來說呢？

老師便這麼安靜地坐在原處，死死地握著那所謂的希望像是攥著自己的心，直到掌心被壓出深深的印痕，整個人僵硬冰涼，都沒能回過神，不敢讓自己清醒地面對即將到來的一切。

窗外投射進第一道曙光，映著他蒼白痛苦的面容在玻璃幕上，倒影猶如預示亦如警告地回望著他，一語不發。

---

9 以色列人進軍迦南時，在一地安營，該地無水，民眾圍攻摩西，責備其將大家帶出富裕的埃及，在這裡渴死。摩西遵照耶和華指示，以杖擊石，磐石中流出水來。摩西給該地起名「瑪撒」，意思是「試探」，聖經中常以瑪撒作為以色列人違背上帝的例子。

10 《馬太福音4:7》耶穌對他說：「經上又記著說：『不可試探主你的神。』」

這世界就這麼不完美，你要想得到些什麼，便不得不失去些什麼。[11]

隔日一早，天還沒亮，王子便依約前來。他走到玻璃幕前，只見老師慘白著臉，面無表情地兀自發愣。即便自己就站在他面前，他卻像是看不見似的，視線沒有落點，彷彿在看著更遙遠的地方，看著那些無可奈何的遺憾，看著終是沒法實現的夢。

他像是很痛苦，也像是很害怕。王子從未見過他如此，急切地敲了敲玻璃，輕聲喊他。「以諾，以諾？」

老師這才回過神，一看向王子，眼底便泛起了一層薄霧，肯定是睜著眼發了太久呆。他伸手揩了揩眼角，試著不露痕跡地招呼。「啊，你來啦。」

「我來了。」王子答應了一句，細細端詳他。「你沒事嗎？」

「我沒事的，從未有過的好。」老師快速地回答，卻避開了目光。

「你的臉色怎麼這樣差？」自然是不會輕易被他給敷衍過去，王子皺起眉。「你怎麼坐在這、也不披件外套？你怎麼了？你一夜沒休息嗎？」

「睡不著。」他輕聲說，攥緊了手中的盒子。

王子注意到他的動作。「那是什麼？從前似乎沒見過。」

老師卻不說話，只是靜靜地看著面前滿臉寫著擔憂和不捨的人，這才發現王子瘦了，也憔悴了，五年的時光無情地抓撓過他的眼角，連同在皺緊的眉心也添上了紋路，再不似初見時那般意氣風發的模樣。

他一路走來處心積慮地想操控這個人，然而機關算盡，卻是沒有算到彼此眼底的那一分真心。

11 出自柏拉圖

他說過的，他不是拿破崙，也不想成為像他們一樣的人。即便是當年的瑪撒，他都尚且不忍以那般不堪的手段捨棄，更何況他對他而言，自然是不能和瑪撒相提並論。

他便這麼安靜地看著王子任憑時光流逝，過了很久才終於輕輕地開口。「璽君，你知道，在每個故事裡，往往都會有個英雄、和跟在英雄身邊的另一個人嗎？英雄總是勇敢無畏、奮不顧身地迎向所有危難，就是賠上自己也在所不惜；而那另一個人則是比較精明、也比較自私一些，做任何決定前肯定優先考慮自己的利益，大難臨頭之際會不管不顧地轉身就跑。」

「打從我第一天見你起，我便對你有許多計畫，想讓你成為我們的希望，我們的英雄，我對你總是有許多期待。」老師放下了那個小木匣，迎上王子的目光，聲音沙啞破碎。「可到頭來我才發現，我只希望你成為那另一個人。」

聽著這樣沒頭沒尾又似意味深長的話語，王子是一頭霧水，看著老師痛苦的眼神又感到心浮氣躁，上前一步想要撫去他所有傷感，卻終是無法真正觸及他的世界，只能挫敗而無力地道。「以諾，你這是在說什麼？到底出什麼事了？」

老師卻沒有理會他，只是又逕自陷入了長考，王子縱然有些無奈，卻又不願逼迫他，只能靜靜地看著他，等待他願意繼續往下說的那一刻。

在半晌後，他們之間那僅懸一線搖搖欲墜的易碎平衡，被一個腳步聲給打破了。老師和王子同時看往聲音的方向，就見一名親衛以過分小心的姿態端著一個托盤向他們走來，上面放著一疊茶點、一個馬克杯和一瓶瓶裝水，向二人頷首道。「兩位肯定都還沒用過早飯，這是斯忒諾給二位準備的一點心意。」

有人前來打破難捱的沉默，王子鬆了口氣，向老師笑道。「正好，你精神不好，先喝點咖啡暖……」

可在他甚至沒來得及伸手去接托盤前，便被老師猛然爆出的怒吼給打住了動作。「**璽君！你退後！不要接近他！**」王子被他這麼一喊，嚇了一跳，本能性地倒退了一步，就見老師已經迅速地移動到玻璃幕前，用力地拍打玻璃，鐵青著臉衝來人厲聲喝斥。「**你幹什麼？誰讓你過來的！退下！都反了是不是！立刻給我退下！**」

無論是王子還是那名親衛，都是第一次見向來溫和的老師如此失控。王子無措地向玻璃幕靠近了一步，整個人擋在老師身前，倉皇地問。「**以諾？怎麼了？怎麼回事？**」

老師卻不理會他，只是逕自向親衛吼道。「**你去告訴她！你回去告訴她我會自己處理！用不著她來插手！**」

難得見老師動怒至此，那名親衛遲疑了一下，終於還是領命，向老師點了下頭，端著托盤一語不發地退開。

直到那人離開了，他們都沒能回過神，良久王子才強自冷靜下來，看向老師。只見老師依著方才的動作，幾乎是連手帶人地貼在玻璃上，臉色慘白得連嘴唇都顯得青紫，單薄的身子止不住地打顫，總是笑彎的眼睛如今像是因極度驚恐而瞪大。王子不捨地微彎下身對上他的視線，待得老師渙散的目光緩緩聚焦，終是抬眼望向自己時，王子才露出一個微小的笑容，示意安撫。「嘿，沒事了。」

卻不想老師驀然紅了眼眶，痛苦地嘶聲道。「不，不是的。」

王子皺起眉，看著他眼底的脆弱只莫名地心頭有火，語氣不善地問。「到底出什麼事了？從一早見你你就不對勁，方才又鬧了那麼一齣，你要不要告訴我這究竟怎麼回事？」

他的眉他的眼他日漸卸下的心防和日漸深刻的溫柔，他的痛苦憔悴和即便被自己騙得團團轉但仍想保護自己的那份傻氣，他的矛盾掙扎與自身難保之下卻依舊分神給予的擔憂不捨。老師靜靜地看著王子，知道終究是要瞞不下去了，知道斯忒諾的人就在樓下盯著，知道自己必須在此刻做出決定。

並非天命不予，而是斯忒諾實在等不下去了。

面對現實吧，他做不到狠心賠上他，卻也沒有能力保住他。

老師終於開口，痛恨自己的無能為力。「你知道剛才他端來的那是什麼嗎？」

「不就是簡單的早點嗎？」

「那你知道這又是什麼嗎？」老師指了指身旁的小木匣，見王子一臉茫然，他微笑著垂眼，帶著傷人傷己的意味。「兩個東西是一樣的，都是斯忒諾精心為你準備的點心，也是來自納尼亞給你們準備的回禮，承襲著我父親生前遺留下來的那份願景，或許你可以稱之為第二代潘朵拉的盒子。」

「你的意思是……」

「你應該還記得的，斯忒諾的**復仇**和**憎恨**。」話一脫口，王子遺失的那一塊拼圖鑲嵌回了圖面上，終於拼湊出那駭人心神的現實全貌，隨著他的眼神自不解至明瞭，而後一點一點地被恐懼侵蝕，老師點了點頭，輕聲證實了他未能脫口的揣測。「是的，她準備好了。」

「斯忒諾說了，今天是個大日子，在這個特殊的紀念日上，她給你父親準備了一份大禮，一份有如天意、恰如其分、又或者該說是完璧歸趙的禮物。」老師道，扳著手指向他細數。「所有的軍人、各級部會的人員首長、你們核心的幕僚總長，乃至於你父親，現下全為著慶祝這已屆二十五週年的罪惡日子而齊聚一堂。只要一人感染了，一傳十，十傳百，一旦病毒開始擴散，用不了一天時間，甚至在第一個帶原者都來不及出現症狀前，你們國家的權力中心，最引以為傲的青英政府和軍事機構，全將在無知無覺中淪陷，我想，這樣的後果該會是如何，你應該能夠想像。」

即便親眼見識過斯忒諾的手段，即便老師早警告過自己她為達目的將不擇手段，即便早該明白他們與自己終究不是一路人、自己早應做好心理準備，可事到如今，王子卻仍自欺欺人地搖著頭。「不，不可能的，你們不可能真的這麼做。」

老師無視了王子的垂死掙扎，他已經無路可走了。眼前等待著他的只有兩個結局，不是親手獻祭王子，就是只能眼睜睜地任由斯忒諾把王子給推上祭壇，總得有人動手。而無論如何選擇，他都保不了他、還得搭上小梅和克里斯，無論如何選擇，王子都勢必將成為這場精心策劃了多年復仇之下的祭品。

但老師拒絕選擇，他相信除了斯忒諾攤在自己面前的這兩條道途以外，他仍能走上第三條路，他必須這麼相信。雖然時機尚未成熟，可他們已經沒有奢侈地等待下去的從容了，他只能賭一把，將自己至今所有錯手投注了的真心和信任全數推上桌，作為最終的籌碼，將自己的結局交給命運，不，交由面前這人予以發落。

「璽君啊，你是知道的，要按我的性子，按我以前對你的規劃，我肯定是希望你能成為這個拯救我們的英雄，所以若是斯忒諾想借了你去成全她的計畫，我不會、也不該拒絕，甚至應該心甘情願地、親手幫助她達成。」老師輕聲道，深深地看著王子。「可現在不一樣了，一切都不一樣了。我希望你能做那另一個人，希望你能安全無恙，希望你在拯救我們的同時也能保全自己。」

王子無法呼吸，顫抖著手扯開領帶，一句話都說不出口，只能任老師繼續講述著對於自己的安排。

「你不必做個英雄，你只需去告訴你父親，你知道這一切的真相，知道他是怎麼以病毒操縱人民的恐懼成為君王的，知道他是如何上位的，知道他是怎麼犧牲了踩著我父親的理念和屍體向上爬的。璽君，別按斯忒諾的計畫帶著復仇的憎恨出去，帶著希望和信念，去用真相向你父親談判，作為交換，請他廢止清洗制度，解放隔離區，讓我們不再是淘汰者。如此一來，他不惜一切手段也要掌控的政權，只需對一小小制度做出妥協、不會受到任何影響，而我們，**我們**，也終究可以如理想中的一般活在陽光下，這難道不是個雙贏的局面嗎？」

他說著，伸出手貼上玻璃幕，滿臉滿眼都是溫柔而滿懷期望的笑意。「璽君，是時候了，決定該怎麼做的時候到了。你不能總這麼兩面三刀，總想著要雙方討好以保住容身之所，你必須做出決定。你不只是我們唯一的希望，你同時也是你自己、和外面那個世界的希望，你可以結束這一切的。」

「是時候決定你要加入哪一邊了。」言說至此，他停頓了下，直視進王子眼底，輕輕地說。「璽君，請你，請你留下來，留在我身邊。」

清晨的寒風料峭，即便將窗戶掩得嚴實仍然自縫隙中不屈不撓地侵入，吹得人心底發涼眼角生疼，猶如那些一點一點地被吹散的年華所留下的烙印和紋路，不著痕跡卻細細密密地將人收羅其中，直至感受到那般纖薄的鈍痛時才會發覺自己已無路可逃，只能在冷風中漸漸僵直死去。

老師的手仍不依不饒地貼在玻璃上，即便王子若有所思地避開了視線，他的目光亦不曾轉移開來，直到王子僵硬地扯在領口的手指終於有了動作，緩緩地鬆開了衣領放下手，老師鼓勵地對他綻放微小的笑意，止不住眼底漾起的光采，卻不想王子的手劃過了玻璃，輕輕地擦過指尖，未有停留。

老師眼睜睜地看著他們的手這麼隔著玻璃錯開，只見王子面無表情地掏出手機，當著他的面播通了電話。

「部長？是我。隔離區內出現持有危險武器的不法分子，立刻派三隊人馬進來，全員配備防毒面具，到主建物外和我會合，未經號令，不得擅自行動。」

他做出了決定。

這是一個天空晦澀的早晨，即便如此，初透的晨光仍舊設法穿過了雲層和窗戶灑落在他們身上，連同殘酷的寒風都被包裹上了一層細膩溫軟的錯覺，可就似過去這數年的大夢一場終將醒轉，在那轉瞬即逝的溫柔之後，只留下了寒徹骨髓的疼痛。

這是一個註釋，是一樣提醒，是一種殘忍的叮嚀，他們終將失去彼此。

老師的手自玻璃幕上滑落，不可置信地看向王子，神色是從未有過的痛苦和倉皇。而王子則無動於衷地回望，終於做出決定的他感到從未有過的輕鬆，同時也是未曾懂過的無力。

被背棄了的信任，被踐踏了的真心，和所有未能消化而死死刺在心口的情緒刮得老師全身顫慄，幾次試著開口卻發不出聲，只能這麼讓嘴巴滑稽地一張一合，自喉頭至眼眶都酸漲得令人幾欲崩潰，過了一會才終於能控制住自己，啞著聲音虛弱地質問。「你怎麼能這麼做？」

「我為什麼不能這麼做？」王子死命壓抑著心口複雜熾熱的情感，神色淡漠地反問。「是你讓我做出決定的不是嗎？**我決定了**，我想做個正常人。」

他做出了決定，他不願與這些不擇手段、甚至計畫欲將自己作為犧牲品的瘋子為伍，他為了自己選擇於己有利的一方陣營，他想當個正常人。他**要**當個正常人。

老師所有再也無能偽裝的平靜終於潰堤，怒聲控訴他是個背叛者，王子則面無表情地反駁他並未背叛真正的自己人，老師指責他不該這麼選擇，王子則提高語調宣稱是他告訴自己人生太苦了、該去為了自己活一回，老師諷刺他即便犧牲了同類作為投名狀也依然做不了正常人，只能以背叛者和淘汰者的名號一輩子藏身於黑暗的陰溝中苟延殘喘，這又是何必呢？而王子則冷笑著回敬他一生只能被拘在這座精美的牢獄中，以為管理了一群瘋子便能為君為王地做著春秋大夢，又是何苦這般故作清高呢？

二人言詞交鋒，互不相讓，語氣越發毒辣尖銳，過分了解對方便是能夠以最刁鑽的方式找著痛處死命踐踏，以觸及彼此的死穴為一種傷人傷己的勝利。

最後王子慌不擇路，脫口怒吼。「什麼正常人什麼淘汰者？**是你把我變成這樣的！**總統和專家們其實早在研擬要把強迫症給解禁，若不是有你，我其實是個正常人！從頭到尾我都不該被淘汰！唯一不正常的地方就在於我根本不該喜歡上你！你既讓我決定，我就做出了選擇！現在還不算遲，你既然可以把我給變得不正常，我也可以再把自己給導正回來！」

這是他第一次承認了自己的情意，只可惜了，竟是在如此不堪的時分吐露真心。

在他吼出這句話的瞬間，他能看到老師眼底有什麼本就已經顫巍巍地僅憑一絲信念在支撐著的東西也碎掉了。王子立時就後悔了，但他不能低頭，不能認錯，尤其不能坦承，這樣明知順風而行的選擇儘管可以讓他保住性命，可卻還不如直接殺了他要來得更加容易。

王子不敢面對他，率先避開了目光，可卻終究沒有忍住，悄悄地用眼角的餘光看向老師。或許是這樣斜著眼偷瞄的角度，或許是玻璃室裡大片大片的慘白光源投下的暗影，或許是因他自己也模糊了視線，在這一瞬間，他竟以為老師哭了。

王子慌了神，焦急無措地抬臉，可卻在他們目光相對的那一刻，他所有未能組織的話語，全粉碎得不留痕跡。就見老師沉默地看著他，臉上的表情不是哭卻也沒有在笑，而更接近是全然的空白。他們安靜地望著彼此，交會的視線中流轉著曾揮霍了多少時光才堆砌起來、而今卻僅用一句話便成功摧毀的情緒，他口乾舌燥，他欲語無能，誰都沒有先移開視線，像是深怕破壞早已不復存在的平衡。

良久，老師才終於撇開臉，垂眼歛眉，輕輕地苦笑起來，再看向王子時，已經恢復了與平時一般的淡漠神色，嘴角歪歪斜斜地掛著一個破碎的微笑，眼中卻像是有什麼東西死去了似地毫無笑意。

「這樣啊。」老師的臉色慘白，卻像是仍想徒勞無功地維持住最後一分可悲的尊嚴，挺直背脊安靜地說。「那好吧，我想你也是時候該離開了。」

他們什麼都沒有再多說，王子不敢再看向老師平靜得死寂的面容，拖著沉重的步伐，努力走得堅定不悔，卻只覺得每一步都像是踩在自己心口，踐踏著連靈魂都痛，終究沒能隱去其中落荒而逃的狼狽意味。

在王子轉身的那一瞬間，老師的眼淚就掉了下來。

他沒有過於激烈的反應，只是平靜地看著他的背影向前走，沉默地看著他離開，絕望地看著他一步步走出自己的世界，帶走了自己所有的希望、信念和一生一次的情感。

那些寶貴的真心和信任，終究是賠付在了錯誤的人身上。

他猛然回過神來，顫抖著手去抓對講機，幾乎沒能拿穩，好不容易才調開了旋鈕，可小梅人在遙遠的納尼亞，沒能接收到他的無助請求。他對著空無一人的長廊撕心裂肺地呼救，可整棟樓的人都被斯忒諾事先調走了，僅留下他無能為力的哭喊聲在狹長的過道間碰撞得遍體鱗傷。他發了瘋似地用盡全力拍打玻璃，再顧不得體面、失控地又踢又抓，可卻沒能動搖這道將他單獨拘禁著與世隔絕的悲哀屏障哪怕分毫。

直到第一聲尖叫響起，他才終於停下了這樣枉費心力的動作，全身僵硬地定在原處，明白這一聲足以劃破蒼穹的絕望吶喊只是個開端。

來不及了。

老師看不到，但他想像得到。

大隊人馬全副武裝地闖進了隔離區，在王子的引領下，不費吹灰之力便找著了隱密的入口，除去試圖抵抗的瘋子，不過一盞茶的時間，便攻陷了納尼亞。

早知道一旦政府知道病毒來自隔離區內，便會做出派軍鎮壓的手段，老師不是沒有警告過她這個後果，斯忒諾只是沒有料到這一刻會來得這樣早。但她的反應也快，一得知消息便鐵了心，知道克里斯是沒法來了，她只能自己保全小梅。

於是她向旁人要來一把手術刀，微微顫抖著手卻毫無遲疑，親自在最寶貝的妹妹臉上和身上劃下無數道血痕，將人傷得體無完膚後架上實驗台。作為納尼亞的白皇后，她所下的最後一道旨意，是命人即刻寫下預備於今日對小梅進行人體實驗的文件，以玆證明她和自己絕非同黨。

最後在兵臨城下之際，斯忒諾極其輕柔地在滿臉是血的小梅額頭上印了一個吻，在她口齒不清地央求自己別這麼做的虛弱呼喚中背過身去，又對強忍著眼淚的翊澤微微一笑，捏了捏他的手，讓他好好照顧她，毫無懼色地向前走，昂首接受了自己敗亡的命運。

納尼亞淪陷了。

王子告訴了他們部分的真相，只道老師和小梅等人對此次的生化武器全然不知，此事完全是由斯忒諾為首的納尼亞眾人一手主導，和其他人沒有關係。這大概是他那句不堪的喜歡，所能體現出最後的虛假溫柔。

從親自前來審問自己的清洗總長語氣中探出了口風，老師小心翼翼地依著王子對官方的說詞，交出那個承載了斯忒諾一生心血的小木匣，平靜地表示這全是那群人自說自話發動的攻擊，自己及其他人全不該被牽連，好在及時阻止，未造成任何無法挽回的後果，但自己督導不周也有責任，會配合一切調查。如此竭盡全力地，才總算保下了小梅和其他人。

可他保不了斯忒諾。

老師看不到，但他能聽得到。

確切地說，有人想盡辦法也要讓他聽到。殺雞是為儆猴的。他們刻意將審訊的地點設在了主建物旁的空地上，刑求和拷問持續了整整一週。

老師面無表情，渾身冰冷，僵硬地正坐在原處，指甲扣在椅子扶手上抓出了血痕，將每一聲都聽得真切，那像是能撕裂靈魂的慘叫，每一聲都狠狠抽痛在心底。

斯忒諾做人向來狠辣俐落，看事情也總看得那樣透徹，可她卻沒能預料到最後自身的結局竟如此不堪。她有件事倒說對了，輕易賠付上真心，最終將心碎絕望的，只會是他。

可她卻也沒有說對，因為到頭來，心碎崩潰的固然是他、可絕望而終的，卻遠不只他。

他永遠都不會原諒自己。

老師看不到，但他什麼都知道。

斯忒諾被用盡了刑，逕自梗著一股傲氣寧死不肯求饒，據說臨死前，全身上下包含口鼻和下體，均被折磨得沒有一塊好地，卻仍是輕蔑地笑著直至氣絕，死時雙眼圓瞪，終不能瞑目。

她死了，大部分納尼亞人亦被刑求得或死或瘋，軍方搜遍了隔離區，以輕慢殘酷的笑意搗毀了一切取樂，斯忒諾畢生的心血隨著納尼亞付之一炬。

作為持有不法武器的懲處，政府決議取消核廢料貯存的補助，工人們的薪資亦被收回，以後隔離區僅能憑靠政府施予最低限度的物資存活。「本就不該和淘汰者談判條件。」他們語帶輕蔑地道。

老師平靜地接受了一切，除此之外，他也再不能有其他的情緒反應了。

待小梅稍微痊癒後，才領著已經哭得沒有眼淚了的翊澤來見老師。而在老師還沒來得及開口之前，就只見翊澤瘦可見骨的手臂猛地一用力，支撐著向前跌下輪椅，跪趴在地上，向玻璃幕內的老師不住磕頭，力度過猛，沒幾下額頭便碰出了血。

老師連忙跟著蹲下，死蹙著眉輕拍玻璃，低聲喊著欲制止他，一旁的小梅也慌忙地伸手拉他，可翊澤卻誰都不理會，奮力掙開了小梅的手，良久才顫抖著抬臉對上老師的視線，目光中分明滿是不甘和憎恨，卻一字一頓地道。「**學姐死了，我不怪你。**」

聽著這樣字字椎心的話語，小梅的眼淚又掉了下來，而老師只是沉默著與翊澤對視，聽他一個字一個字咬著牙恨聲道。「可你得給我個准信，請你、不，你**必須**答應我，你得讓我知道，我們一定要為她復仇。就是死，我就是死了、賭上我這條賤命，都一定要等到那一天！」

「死是最容易的事情了，活下去承受一切才難。」老師安靜地說，看著受盡了折磨、僅憑著一口惡氣方能苟延殘喘地活下來的翊澤，又看向憔悴地跪在他身旁不住落淚的小梅，他停頓了下，才堅定地柔聲道。「我答應你，翊澤，我答應你，我不會重蹈覆轍。」說著他垂下眼，目光悠遠而滄桑，像是在心疼面前這兩個痛苦的靈魂欲以話語給予安慰，更像是對曾經懷抱真心和信任、那樣天真而不懂得隱飾的自己而感到羞愧，必須狠下心來給予警醒，再不能任這樣不堪的結局加身。「終有一天我們會為她復仇，我答應你，我會為我們所有人討回應得的一切。」

他們最愛戴的王子殿下、總統未來的繼承人、清洗部的副部長、正常人的楷模、國家未來的希望，終於迷途知返，臨陣回心轉意，最後還是選擇了正確的一方，破獲了對方陣營的犯罪計畫，大獲全勝；不僅打下漂亮的一仗，還能以此，將曾經的迷失方向都給包裝成不動聲色的潛伏臥底，堵住了朝中本就不多的閒言碎語，替總統省下了不少麻煩。

總統龍心大悅，認定作為最後推了王子一把的助力，還有律師的一份功勞在，親自接見了他，重重有賞。律師不卑不亢地謝過了。

「多虧你告訴我王子的狀況，才來得及挽回。而今那策劃一切不法行徑的淘汰者首腦雖已被處決，黨羽亦已伏法，但還是不容輕忽。你的身分方便，往來時多留神著點，注意別再有什麼餘孽鬧起來。」

律師領命，彎身退下。在得知斯忒諾的死訊後，他倒默默了良久，簡單收拾了下便前往隔離區。

守衛自是不會攔查，只意思意思搜了身便放行，他擁有最高評級的通行證，一如既往。素來看似手續繁瑣且審核嚴格的申請都只是過場，他所有的通行證都是由清洗總長親自核發授予的，便於他時時出入。如此薄薄的一張紙片上所承載著的，是他多年來苦心孤詣，步步為營，即便賭了命地奮力周全、也不得不在過程中犧牲不少人方能維持住的血淚。

背叛者什麼的，他不曾想過。

在他踏進頂樓長廊的那一刻，只見已憔悴得不成人形的小梅回首看向他，驀然紅了眼眶，跌跌撞撞地撲進他懷裡，痛哭失聲。而他一手緊緊摟著小梅，不自禁地鼻酸，偏過臉去親了親她的額角，另一手則空握著口袋裡的那塊巧克力，不敢使力不敢緊攥，深怕會毀了他們僅存的、在災厄與禍害散去後，仍然停留在掌心裡的唯一一份希望。

他抬臉看向老師，就見老師也正凝視著他，嘴角邊揚著一如既往的溫和笑意，平靜地招呼道。「哈囉，克里斯。」

第二部 闇夜

一個人一但陷於絕望，他便無所畏懼，
甚至準備用他的手撕碎自己受傷的心也在所不惜。
——亨利・軒克維奇

第六章

有些人因罪惡而升遷，有些人因罪惡而沒落。

——莎士比亞《一報還一報》

王子做出了正確的選擇，總統便也信約守諾，以「辦事不力、未及時察覺危險孳生，實見其不適任」為由，順理成章地一腳踢開不中用的墊腳石，將王子提拔上位，升任清洗部長。三十五歲要承擔此位，確實是年輕了些，但他是王子，還立了如此大功，又有誰能說什麼呢？

這是一道嘉獎，更是一種警示，意味著承受了這份以罪惡之名加冕榮光於身的他，就此必得一心一意地效力，再不能以年少無知作為不負責任地迷惘的藉口，再不能做出錯誤的選擇，再不能回到過去。

王子平靜地接受了一切，早該如此。

如今，老師曾賭上了一切才換得的所有資源，皆已不復存在。補助沒有了、工資沒有了，他們僅能憑藉政府的施捨，以最低標準勉強度日，生活過得比外面的監獄還差，定是大不如前。

王子本以為自己早已看得透徹，本以為下定了決心，可終究無法漠然以待。在成為部長後，比之以往僅是掛個名好看的副部長之時，他擁有了更全面的資源得以運用，於是在上任後便於能力範圍內，盡己所能地照顧著隔離區裡的生活。雖說憑他的身分，要在預算和物資上動點手腳都是小事，可為免非議，他不能做得太過惹眼，自然了，也是沒有必要做得過多，便只意思著不讓他們活得比螻蟻還不堪，如此而已。

人啊，還是該被放在適合己身的位置上，這樣才對。他本不該被勉強逼迫著去站在不屬於自己的那一方，各自在應屬的位置上生活，平時獨善其身互不相干，有餘裕了再去幫上對方一把，這樣不都可以過得很好嗎？早該如此。

沒錯，這麼做才是正確的，若能早些如此，誰都不必受傷，他也不必負了他。

國家安全局、聯邦情報局、情報及特殊使命局、祕密情報局、國家調查與安全中心——名字有很多種，端看統治者願讓此機構以何種名號為民眾所知。可無論是中規中矩抑或是變著花樣地命名，無論是強盛抑或是衰敗，無論是高舉著自由民主的大旗抑或是明擺著獨裁專制的政權，任何國家都一定會設立這樣一個組織，以收集和分類國內外所有國家、公司乃至於個人情資為主要任務的組織。

他們國家自然也不例外。自打總統上任後便改革了舊有的制度，重新選拔人員，成立全新的國安局。此機構並不隸屬於任何部會，而是直接由國安局長向幕僚團及總統報告任務進度。

任務的內容大同小異，舉世皆然，以公開或祕密的行動、合法或違法的手段來取得每一筆國家所欲知曉的情報，加以分析再行歸類給相關可用的部會，並打著國家安全的名號進行各式隱蔽行動、政治保衛和祕密任務。若有人質疑起，更是一句話的功夫：我們依法不能承認亦不能否認任何任務細節。National Security Agency，No Such Agency[12]，大抵如此。

「別說什麼侵害人權，我們這不是沒讓人民知道嗎？」在會議中，清洗總長向王子哼笑著低語。「人民需要我們透過這些手段來保護他們安全，但又不想知道自己之所以能享有這份安全，是得付出何

12 美國國家安全局，National Security Agency，縮寫為NSA，經常被戲稱為No Such Agency（無此單位）

種代價。所以，只要他們並**不知道**自己的人權受到侵害，那他們的人權就**沒有**被侵害。」

只要不知道，只要裝做看不到，就不會受傷害。他比誰都該明白。王子淡淡地微笑起來，向清洗總長點了點頭，坐正了挺直背脊，沒有顯露任何情緒。

今日是總統和幾名總長與國安局的例會，按理說，以王子目前的職級尚不夠格參與，眼下難得能位列其中，自然是總統的安排了。以前總統老是將王子給保護得太好，想讓王子對國家、對他們的政權、又或者說，對自己這個父親仍懷抱希望，可如今，王子已不再年輕了，他已經明確地表態，並用行動證明他選擇了將來要成為君王的野心。欲戴王冠，必承其重，於是總統再不顧忌，親手藉由這些機會一點一點地將他拉入泥淖之中，掐滅他所有愚蠢的天真，確保他永不再忘記自己的身分。

這些藏於背後的脈絡和心計，王子都知道，他當然知道。他掛著自嘲的淡漠笑意，迎上會議桌尾端的律師視線，不動聲色地頷首應對他的致禮。大抵，不，肯定就是因為律師的出席，總統才會挑上今日，作為自己首次參加國安會議的安排。

此次會議是由國安局底下的宣傳處進行例會報告，其工作內容說也複雜，包含了各式計畫、隱瞞和輿情管理，說也簡單，終不過一句話：國家的思考方式，就該是人民的思考方式。

又或者該說，人民的思考方式，**只該是**國家允許他們的思考方式。

所謂得民心者得天下，他們現在的政府在上台前便以大數據分析投放訊息，以操縱人民情緒當選，上任後更是不會忘了自己的老本行，多次以控制輿論的方式控制公眾情緒，達成了修憲登基和清洗政策這兩樣大事，並透過情資蒐集制定對策，有效地利用掌握住所有大眾傳播媒體——流水的銀子砸下去，還談何媒體的自我素養和第四權呢？——進行輿情管理和洗腦控制，支配了人民的觀感形式、思考模式和解讀方式。

「輿論的箝制和洗腦的進行，對一個政權可說是至關重要，因為這麼做能夠壟斷真理，建基了制定社會主流價值觀的權力，也就能保障其絕對統治權的道德支撐。」

這一句那人曾說過的話語驀然躍入腦海中，王子用力攥緊了手中的鋼筆，竭力控制著自己連眼也不眨一下，擺正姿態讓人瞧不出他的痛苦，只是安靜地看向總統的側顏。

曾經的他，自幼便是仰望著父親偉岸的背影長大的，後來父親成了總統，總統又君臨天下，即便日後得知其中埋藏了多少陰暗汙穢的祕密，王子心中仍對其懷抱無法磨滅的景仰之情。是以老師曾告訴他的，總統是如何利用控制人民思想以保護政權等言論，他不曾真正相信過。

直到後來王子才明白，只可惜為時已晚，無論對任何人而言都是。

他端正著笑意起身，向領著律師朝自己走來的總統點頭致意，完美地將表情控制得一分不錯，絕不洩漏任何不被允許的思維端倪。

正因為輿情控制便是他們的命脈，僅僅憑靠政府的力量自是不足夠的，還得要透過各方各面的大眾媒體來影響操控人民心智。律師就是一例。

會議結束後，總統親自領著律師上前介紹給他。「這位是７１１０８，我們宣傳處底下最得力的一名特勤。」總統笑著道，眼神中滿是將人玩弄於股掌中的得意。「但我想你們也見過，不需我多介紹了吧？」

「許久不見。」王子淡漠地扯了扯嘴角。

「殿下。」律師倒是毫不尷尬，維持著和前次碰面時一般熱情自然的態度，燦爛地笑著行禮。

「行了，王子，你和７１１０８聊聊，以後我想讓你也接觸些宣傳處的事情，好好掌握住話語權。」總統撇了眼手錶，向站在門邊等候的清洗總長點了點頭，動身離開。

偌大的會議室只剩下他們二人，律師為王子拉開了椅子，請他入座後，才跟著在對面坐定，笑道。

「好久不見了，殿下，還沒來得及恭喜您榮升部長。」

「託你的福。」王子諷刺地道。「我也沒來得及恭喜你，總算是把你最重要的人，７１１０８，給救出來了啊。」

「是啊。」面對這般直白的攻擊，律師並不忙，只是捋起了袖子，向他展示自己左小臂上的紋身。「也的確是在許多年前，在政府給予的機會下，我將７１１０８這名淘汰者、也就是我自己，給救出了隔離區，證明了自己是個正常人。」

王子看著他手臂上的刺青，微微愣了下，而律師則如沒事人一般地扣回袖子，輕鬆地指了指自己眉心一道淡淡的疤痕，道。「對外統一的說法是小時候爬樹摔著留下的，但其實是動了雷射手術給消去編號的痕跡，可我們的政府多貼心啊，大抵是要提醒我必得莫忘出身，所以才給我在手臂上也複製了一份，讓我時刻不忘記自己是誰、又是放棄了什麼才能過上現在的日子，往後又得如何拚了命地證明自己可以作為正常人活下去。」

曾經的律師不過二十五歲，便因患有高功能反社會人格障礙，而遭判定為對社會群體有潛在性的危險，故被預防性清洗。他在隔離區中待了三年後，恰逢政府欲於隔離區內設立貯存場及開放民眾參觀的規劃，政府需要可用之人，因其未實際有過造成傷害的罪狀，且外型出色口條清晰，便被政府選中了，得以有個一表忠心、證明自己是正常人的大好機會。他接受了全方面的改造再教育，消去了額頭上的編號，給予了全新的身分，政府讓他以淘汰者的過去作為交換，必須全心全意地為他們效力，方不會再落入那般的處境。

於是律師的任務就這麼展開了，他在頻道上經營出的形象，看似是敢於和政府唱反調、總為那些淘汰者發聲的人權律師，平時總是口誅筆伐地抨擊政府，打著正義的大旗說些辛辣聳動而吸引民眾目光的話語，可一旦政府有需要時，到了關鍵時刻，便得將話語都順回宣傳處的口徑上，這真假莫辨看似正義無畏的調子，其實都是齣經精心策劃的好戲。其目的一，是為著培養起民眾的信任度，若有人民對政令有所懷疑，便藉由律師之口來說出政府想讓他們聽到的訊息，以達成輿論引導的使命；其目的二，則是經由他的號召力，去掌握那些真正意圖反抗而前來和他接觸的異議分子，將可能的亂源率先扼殺於搖籃中。

「可以說，我前陣子的加薪，正是因為捕到了殿下您這條大魚呢。」律師笑著說。

「只是和其他人不同的是，你之所以能捕到我這條愚蠢地送上門的大魚，其起因並非是我飛蛾撲火、而是你的主動出擊。」王子雙掌撐成金字塔狀，支著下巴似笑非笑地道。「那麼我就不得不問問你了，是誰，讓你來接觸我的？」

「喔，那很簡單啊，自然是我們偉大的總統大人了。」他們的視線交會，王子微皺起眉，就見律師笑著繼續道。「那次給您名片並非只是偶然，而是總統希望讓我來給您提個醒，提醒我們國家的王子殿下啊，終究得要站穩腳步，選擇一方為之奮鬥。」他說著，眼神裡卻毫無笑意。「而看看，這讓我們成就了什麼樣的局面。」

王子安靜地看著他，良久才道。「是啊，就像我說的，託你的福。」

話音方落，王子便起了身，律師也忙跟進動作，王子淡淡地朝他點頭，轉身準備離開，卻只聽律師開口，讓他停下了腳步。「殿下，我說過的，我能夠理解您的。同樣因身不由己而靠攏過那一方，同樣擁有過重要的人，甚至同樣曾錯誤地判斷了、以為自己是屬於那些人的陣營，一頭熱地願為了他們犧牲奉獻，可到頭來，終究明白了那所謂重要的人，還是只有你自己。」律師早已失去了笑意，深沉地看著王子的背影。「所以，當你選擇站回自己真正屬於的一方，並藉此認清了自己和他們終究不是一路人，這個選擇定會令你痛苦、令你迷惘、令你心懷愧疚，可那又怎樣呢？看看自己再看看他們，仔細看好了你們分別站在什麼樣的處境，那些情緒難道不該匯聚成一句**慶幸**嗎？」他停頓了下，終究扯了扯嘴角，再次強調道。「我也是這樣的，殿下，所以我能理解。」

聽他這樣字字直擊自己心底的話語，王子仍然沒有回頭，只是站在原地，像是正自思考著什麼，良久才突然沒頭沒腦地道。「三個目的。」

「您說什麼？」

「外頭有那樣多人可以選，有那麼多**真正的**正常人可以選，國家為什麼偏要挑上你一個淘汰者，冒著風險也要招安你？」這並不真正是個問句，王子自顧自地回答了。「那是因為你所進行的任務，並不只為達成你方才所說的那兩個目的，除了維護安穩的宣傳、和便於捕獲的滲透，應該還有第三個目的吧？因著你的身分方便，往來進出都算是知根知底，所以可以作為安插在隔離區內的眼線監視著，別讓裡面鬧出大亂來。」王子垂下眼瞼，以二人現下的姿態，他看不見律師的神色，只能感覺著他的影子投射在自己腳邊，像是永遠揮不散的陰影一般令人心慌。「我說的沒錯吧？」

「哇，真不愧是我們的王子殿下呢，真是聰穎過人。」並沒有因猛然被說穿了真相而感到無措，只聽律師以刻意驚呼的聲調誇讚道，像是生怕人聽不出他話語中滿溢的諷刺意味似的，臉上也揚起了一個扭曲的笑意。「沒錯呢，我的確是憑仗著曾經也是淘汰者的這一重身分，往來進出收集情資，以便即時反應裡頭的狀況給上級掌握。只可惜呢，就像我說過的，裡面的人將我視作背叛者，並不待見我，因此沒法得到太多情報。說到底，我所得過最具分量的資訊，也就是和您相關的那些了。」

早習慣了這一切都是陰謀，既早該明白，便也沒有了多餘的情緒。律師說的對，自己的確為選對了邊而感到慶幸，只不過在慶幸之餘，仍無法控制地為那被背棄了的老師感到不值。哪怕多麼諷刺的是，自己正也是那負了他的其中一人。

老師說過的，若人為了自己去選擇對己身有利的一方，他都能理解，不怪任何人。當時他們話語中代指的主體是律師，而今王子只想知道，他是否也不怪自己。

驟然湧上的情緒佔據了思緒，王子安靜地站在原處兀自出神，而律師從斜後方瞪視他的背影，卻只見他的眼角緬懷而痛苦一般地微微下垂，緊繃著的下頷線條微動，像是想說些什麼卻終究收了口。律師沉默地看著他，不禁有些鬆動了，輕聲問。「你有什麼想問我的嗎？有沒有什麼事、什麼人，是你想知道的？」

該怎麼問呢？能怎麼問呢？他還**憑什麼**問呢？王子過了一會才找回自己的聲音，輕描淡寫地提出。「似乎有個叫小梅的女子？編號２７２９１？從前好像是裡面的負責人，現在依然如此嗎？」

律師微皺了下眉，才不動聲色地回答。「是，她還是負責人，現在隔離區裡面少了很多人，資源也匱乏，一切都得從頭制定分配起，她身體不好，又是重傷初癒，過得很辛苦。但是她，她還好，還好。」

沒有察覺律師話聲漸弱地胡亂結束句子的異狀，王子在心中盤算著，斯忒諾已死，小梅一個女孩子家，要能夠繼續維持以往的話語權，肯定是因為老師仍在掌權、仍有餘裕庇佑著她，以此亦可推斷，只要小梅過得好，那麼老師肯定也還過得好。

他點了點頭，終究沒有多說什麼，律師卻是眼尖，自他肩背微微放鬆下的模樣瞧出了端倪，必得把握好機會，打蛇隨棍上，趕緊又道。「殿下，要不這樣，以後我私下裡向您報告裡頭的情況吧？」

王子這才回過神來，意識到自己適才的失態，淡淡地微笑起來，應答的嗓音平靜，甚至參了幾分真心的笑意。「怎麼？讓你向我報告了，然後再讓你有機會去參我一本？在你眼中我真就愚蠢至此嗎？」

「不，不是這樣的，我說過的殿下，我能理解的。即便感到慶幸的同時，我們仍然會痛苦、會迷惘、會心懷愧疚，我理解您的。」律師並未因王子的諷刺而退卻，只強調道。「我們都是一樣的。所以，哪怕只是隻言片語，只要能讓您心中好受一些，就讓我為您做這點事吧。」

二人都沒有反應，律師耐心地等待著，手心微微出了汗，而王子沉默了一陣，終究沒有理會他，逕自離開了。

三日後，律師接到來自上頭的旨意，讓他以後直接向王子報告。

律師這才鬆了口氣，明白在這一著棋上，他，不，是**他們**，走對了。

這一切都是老師的安排。

確切地說，無論是他這一次意圖親近的出擊、還是多年前向政府投誠的決定，全是老師在背後安排著一切。

自幼，律師就知道自己和其他人不一樣。他對任何事總是缺乏同理心，甚至樂此不疲地享受他人的不幸。在八歲那年，他便已經能夠在目睹血腥的死亡車禍時，好整以暇地坐在路邊，一面哼歌一面津津有味地舔著棒棒糖，趣味盎然地享受觀察警方撿回血肉模糊的殘肢、和家屬心碎欲絕的哭喊。

好在，他自小便比同齡的孩子聰明得多，早早地便明白了自己這樣的表現將不為世人所接受，是以即便他全不在乎世俗眼光，可為了能讓自己的日子走得更平穩，便仍試著去模仿一般人的情緒和舉措，努力壓抑自己的天性，將正常人這個角色演得天衣無縫。

只可惜啊，有些罪惡是被寫在基因裡、刻於骨血中，如同那羞辱人至極的刺青一般黥上的命運軌跡，縱然他如何苦心孤詣地將自己的演技給磨練得登峰造極，可那些看戲的觀眾卻並不真正在乎。對他們而言，像他這樣的淘汰者，天生便該是低人一等。

所謂原罪，大抵如是。

考取了律師資格的他，本以為能憑藉出色的表現和優異的演技來將先天性的情感缺陷掩埋，自此走在正常人的康莊大道上，卻不想竟不遂人意，清洗部通過了最新的補充條例，規定所有法律從業人員每三年便應接受完整的健康檢查，以確保身心狀態正常。

他在健康檢查的前一天逃跑了，可普天之下，莫非王土，他又能逃去哪裡呢？不過一通舉報電話、兩次審訊會議，三次駁回抗辯再駁回，他便生生被拽下舞台，再無法繼續飾演這個角色，這就是他們的遊戲規則。

乍逢變故，額頭上被黥刺了71108的他平靜地認清了自己的身分。在隔離區內，他不與人來往，也不遵從被交派的工作，除了領取自己分額的食物外再沒有其他動作，偶有看不慣的人上前找碴，便是訴諸拳頭解決，縱然孤身一人無法取得優勢，可也絕不讓對方討了好去。幾次之下，他成了隔離區內出了名的頭痛人物，誰都不待見他，也是誰都想對他使絆子，三天兩頭便是一場打。

被這樣的麻煩驚動了，小梅匆匆帶了親衛隊前來平事，眼見說了兩句不管用，便索性一拳打在了他鼻子上，而他素來也不顧憐香惜玉，反手拽住了小梅，差點沒折斷她的手腕，被旁邊的親衛隊一頓好打，扯進獄舍關押起來。

老師就是在這時候出現的。只見老師逕自走到自己面前，令人開了牢房的門，又遣走了親衛隊，在他面前盤腿坐下，微笑著表示，法學是帝王之術，是制定遊戲規則的根本，也是培養統治者的專業，身為這裡的領導人，像他這樣具有法律背景的人才實在富有價值，必得招至身邊為己所用。

而他雖生性多疑，但到底是個聰明人，小心應付著這名自稱是老師的領導人，知道自己往後若想過上好日子，便得要尋求依靠讓日後的路途更為平順。於是，是出於自保，也是出於打發時光，他沒有拒絕老師的延攬，開始聽從他的吩咐。

「那我該怎麼稱呼你呢？」老師微笑著問。

「隨便你吧，我沒有名字。」

「總是有的，在這裡，無論你想被以什麼名字稱呼都可以。」

「好吧。」他從記憶深處撈出一個模糊的印象。「以前似乎有人會叫我克里斯蒂安。」

「克里斯蒂安嗎？意思是追隨上帝，是個很好的名字呢。」

「上帝？」像是被老師的笑意感染了，他也淡淡地笑了起來。「但我不信這一套，什麼神啊鬼啊愛啊的，沒有任何事情是值得我相信付出的。信仰什麼的，**我們**這種人不該妄圖擁有。」

「是嗎，可我仍然懷有信仰。」老師平靜地接口。「我必須這樣相信，相信我所為之奮鬥的一切價值，相信我固執地遵循的理想，相信終有一日我的希望能夠實現。」

「那很好啊，恭喜了。」他涼涼地諷刺道。「可我沒有信仰，所以或許我也注定要這麼沒有名字地活下去。」

「我們走著瞧吧。」老師安靜地看著他，良久才笑道。「那要不這樣吧，別追隨上帝，放下克里斯蒂安這個名字，改叫克里斯吧，我想這將會是個更適合你的名字。」

他並沒有探問究竟，只是漫不經心地應了下，任由老師為自己冠上這個稱呼。而此後經年，即便必須以律師和７１１０８的身分不由自己地活著，可他仍然記得，他有名字的，他是克里斯。這一點，他沒有一日忘記過。

被賦予了克里斯之名的他，直到很多年後，歷經了一點一點將制度建立起來、小梅身染瘟疫、老師拚死逃出、與政府談判後被關押進玻璃屋內，樁樁件件的事情應付下來，他才終於明白了老師最初那句並非恫嚇、可卻意味深長的走著瞧，究竟是什麼意思。

縱然起初只是因利而聚，但在跟隨老師後，克里斯竟真正開始敬服這位領導人，又在老師的安排下，將他指派去和小梅共同管理事務。兩人自第一次接觸便沒留下過好印象，總是互看不順眼，嘴上永遠不饒人，大打出手也是常有的事，可時日一長，兩個都曾跌跌撞撞、遍體鱗傷的人，到底慢慢理解了彼此的脆弱，看透了對方佯裝出來的堅強，小心翼翼地互相舔舐傷口。曾經衝撞著這個世界試圖得到解法、處處碰壁一再失利的他們，就似完美嵌合的拼圖，終於找著了彼此，俗套而浪漫地相愛。

而在這個世界上，你總得捍衛些什麼。[13]

自當年老師脫逃與總統會面的事件之後，外面的世界乍然意識到，隔離區內竟有這樣足以牽動政局穩定的人存在。單只是將他拘在玻璃屋內是不足夠的，還必須再加上一道防線，找個人來幫忙看管著，如此，便找上了**不那麼不正常**的克里斯意欲招安，開出了他們自認令人無法拒絕的條件作為誘餌——背叛你的一切、出賣你的過去，如此便可證明你是個正常人——多麼划算的買賣啊。

面對這樣紆尊降貴地踐踏尊嚴的提議，克里斯自是毫不留情地讓人滾出去，卻只得到了一個高傲中透著憐憫的視線，彷彿看著一名不明是非、不識價值的孩子，鄙夷地拋下一句，讓他改變心意了就去出

13 出自柏拉圖

入口找守衛遞個話。

克里斯是拒絕得乾脆俐落，可卻不想老師在聽聞此事後的反應也明快確實，立刻開口請求他重新考慮。「我明白的，那些人以這樣羞辱人的姿態，彷彿是在給予天大恩惠，告訴你，只要成為一個背叛者，便能重新做回一個正常人，你肯定覺得很憤怒，我都明白的。可克里斯，拜託你了，請你考慮一下。我知道，我提出的請求非常過分，你若真這麼做了，所要抵抗的不只是壓力、痛苦、還有誘惑，可是克里斯，即便再如何難受，我也不得不這麼請求你，請你為了我們這麼做，這對我、對我們，對勝利而言，都至關重要。」

克里斯並沒有立時回答，而似乎是將這樣的沉默視作了遲疑甚至拒絕，彼時的老師到底還年輕，尚未精熟於操縱人心，即便能夠不卑不亢地和政府談判條件，可在面對至親之人，也終究沒能掩飾自己的慌亂不安，急切地低聲道。「克里斯，你是否還記得？當年我告訴過你，克里斯蒂安這名字的意思是追隨上帝，可我沒有告訴你，克里斯這名字的意思，是背負上帝。」他柔聲道。「我知道的，你並不相信這些，可你是否能夠自己成為背負這份信仰、背負我們所有人信念的指望呢？」

面對他的這番剖白，克里斯只是安靜地望著他，良久才終於慢聲開口。「都事到如今了，你實在不必說這些來試著煽動我的良心和責任感，你是知道的，我沒有信仰。」

老師的眼神黯淡了下，卻仍不死心一般地開口喊他，像是最後的困獸之鬥。「克里斯……」

「我沒有信仰，」卻不想克里斯逕自打斷了他，重複了一次，直視進老師眼中，帶著一種難以言喻的溫柔，平和地道。「但你知道我信仰你。」

現在的他有了小梅，有了老師，有了極其珍貴、願為之付出守護的重要情感，他必須背負起一切。

「**我去**。」

真得到了這樣的允諾，老師反倒退卻了，只覺得自己方才所有試圖操縱人心的小伎倆，在這份堅定的信念前，都顯得那般幼稚不堪。他垂下眼瞼，嗓音顫抖著，第一次覺得自己輸得潰不成軍。「……你不是古利奈人西門[14]，沒有人能強迫你背負十字架。」

「你不也不是保羅？沒人逼著你傳遞信仰而被囚禁。[15]」克里斯聳了聳肩，甚至還有心情玩笑。「總得有人去做這個背叛者，如此便可證明自己是個正常人，這麼合算的一門生意，我可絕不會拱手讓與他人，必須自己背負。」

就這樣，克里斯接受政府的招安，被安排進了宣傳處成為輿情管理的一員，從此以律師的身分在這世上生活。他表面上被包裝成了為蒼生和淘汰者發聲的人權律師，暗地裡則是政府維護穩定的宣傳旗子，可實際上，卻是由老師安插在外面世界收集情資的臥底。

多年來他步步為營，極其謹慎地和老師往來互通消息，雖說在政府交付的任務上有些不得已之處，大調子上只能順著他們宣傳部的口徑走，可素日裡為塑造他與人民同一陣線的偉岸形象，還是能七分假三分真地宣揚對他們**真正**有利的理念；而平時釣出的異議分子名單，雖說得上報給長官，可他也會在能力範圍內篩選下保住那些**真正**的有志之士；並在上級詢問他隔離區內的情報時假意知無不言，實際上則

14 《路加福音23:26》帶耶穌去的時候，有一個古利奈人西門，從鄉下來；他們就抓住他，把十字架擱在他身上，叫他背著跟隨耶穌。

15 保羅歸信耶穌基督後，開始傳揚耶穌的福音，當時由於猶太教領袖及祭司長迫害基督教徒，他們在耶路撒冷抓住保羅，並將其解往羅馬政府，傳聞被軟禁兩年。

是提供了老師想讓政府以為如是的錯誤資訊，他知道自己**真正**效忠的對象，永誌不忘。

王子說的沒錯，他確實有三個目的，只不過藏得太深太好，險些將所有人都騙過了。

而如今，據老師的安排，他最重要的任務，便是捕獲他們的小王子。

有老師在背後出謀劃策，克里斯謹遵指示，小心翼翼地推展計畫。而在他多次以行動和話語一表忠誠的努力下，王子待他雖仍稱不上信任，可也的確是逐漸培養出了默契。克里斯會向王子報告隔離區內的景況，並假作不經意地說起小梅，藉此讓他知曉老師安好；而王子則放心將許多事情交由他操辦，甚至直接將人要來做自己的特助，只是仍然保留了宣傳處經營影片頻道的工作。

每每克里斯向老師呈報外頭的情形時，老師都不曾有過多的情緒反應，鮮少才會開口下點指示，對於王子這人的境況隻字不問。

表面上其實還真看不出任何不同，老師人雖消瘦了些，但笑容卻和從前一般無二，仍然堅持著、在這個即將崩塌的混亂世界所容許的範圍內，儘量微笑著板正背脊，讓自己活得體面尊嚴。

但克里斯看得出來，他不再一樣了。

面對克里斯的報告，他從來都只會問兩個問題。「你的身分安全是最重要的，其他都可放一放，務必記住這點。他，」老師停頓了下，垂下眼瞼，才完成了這個句子。「小王子，還信任你嗎？」

「他大概是把我當成了共同承擔罪孽的背叛夥伴，待我還算親近。」克里斯聳了聳肩。「倒也稱不上信任吧，就是允許我待著。」

「這樣啊，那很好啊。」老師微笑著。「我曾經丟失了的，又或者說是從未獲取過的那份信任，就有勞你來替我圓上了。」

他總像是很平靜的樣子，可克里斯看著卻只覺得他的笑容如面具一般僵硬，彷彿曾經碎裂了而今重新糊上，可無論技藝再如何精湛，都粉飾不了那微小得刺人的裂縫搖搖欲墜著隨時可能崩潰，只要一陣風就能將他竭盡全力偽裝出的平靜和堅強吹散。克里斯想把他黏牢，畢竟他們都心知肚明，若再碎上一次，就將成為粉末，再也無法修復了。

可總在他想徒勞無功地做些什麼前，老師便能迅速地重振旗鼓，無比自然地問出第二個問題。「那麼，強迫症解禁了嗎？」

即便在王子光榮地獻祭了往日、回歸正確一方的那一日起，總統便已授意要解禁強迫症，可大抵是出自於一種自我感動的清高作派，王子竟阻止了，不讓總統解除禁令。

面對總統的不解，他只道這麼做對大局無益，如此政令反覆會造成恐慌動盪、也會失去人民對於這套體制的信任，並平靜地告訴總統會沒事的，只要經受妥善的治療，他終究可以回歸正常。

他既執意如此，總統也不再反對，只祕密地聘請了最好的醫生為他治療，並大力讚揚了他能不顧一己榮辱、而為局勢著想的這份眼界，以此暗示他，距離他成為君王，又近了一步。王子淡漠地謝過了。

只有他自己知道，這麼做，和大局壓根沒有關係，他不過是單純地不願拋開這一重身分罷了。這是一種無濟於事的權宜補償，更是一種無能為力的可悲反抗，更重要的，也是一種警醒，警醒自己曾經為了自保、為了苟安，為了成全自己作為正常人的身分，他付出過什麼樣的代價，背棄了多麼重要的一切，方得今日榮景。

總統給他請來了在精神病學界權威級的醫生專門診治，醫生告訴王子，除了開些藥物給他來抑制下強迫行為的衝動外，應再輔以認知行為療法，方能得到更完好的效果，其理論為讓患者意識到自己的強迫行為，從而去有意識地分析、消化、遏制下執念，而非因恐懼和麻木而不經思考地重複強迫行為。

以此進行了多次療程後，王子的強迫行徑有了顯著的改善，他謝過了醫生，卻不禁想起那人曾經每一分看似溫柔的細心。那時的他總是放任自己、陪伴自己、甚至不遺餘力地提醒自己：記得洗手、記得消毒、記得自己是個有強迫症的淘汰者，永遠記得。

這該是出自於他口中那份對自己名為喜歡的貼心，又或者是他慣用操縱為了將自己永遠留在身邊的苦心，王子不知道，也再沒有機會弄清。

他不敢再回去。在升上清洗部長後，他一次都不曾回去過，任何事情都交由他人或律師代理。日子一天天地過去，他的指尖偶爾會有纖薄的溫度，可這到底無關緊要，他注定是要獨自站在高處，將冰冷的世界緊攥在掌握中，孤獨地被加身的權力和榮耀緩慢凍死。

他還是會想起他，想起那個所有人的老師，而獨屬他一人的以諾。

老師向他說過的，每個人的名字都有其意義在，就像是一種溫暖的嚮往、和一種殘忍的諭示，說著誰也聽不懂的故事，直到結局方能認清全貌。小梅是取自梅杜莎之音，而斯忒諾則是另一名希臘神話中的海妖[16]，就連翊澤，其名字亦有裏助輔佐之意。

那以諾呢？這個名字同時是亞當的七世孫、極受上帝喜愛而偕其同行；也是世上第一位罪惡者該隱的兒子、因而失去了上帝的庇佑[17]。同樣的一個名字卻意味著截然不同的命運，那麼對他來說，他究竟是那得蒙上帝眷顧因而嚮往天堂的美好想望，還是因罪孽加身而被上帝放棄的無力絕望？

王子不敢想像，更是不敢對自己承認，這其中的一線之隔，或許曾經就掌握在自己手中。

16 Stheno，希臘神話中戈爾貢姐妹中的長女，梅杜莎的姐姐

17 《創世紀》，該隱因殺害弟弟亞伯而被上帝放逐，是世界上第一個殺人犯

他總是會想起他，帶著幾分傷人傷己的嘲諷和淡漠。

每回律師來報隔離區內的景況，王子都只能從小梅和總體的情形來推斷端倪，幾次三番想詢問那人是否安好，可終究退卻，不敢輕易洩露自己的心之所向。

但時日一長，隨著和律師的配合多了，彼此也培養出更深的默契，王子終是沒有忍住，趁著一日假作漫不經心地問起。「聽說隔離區裡有個名叫老師的人，你可曾聽過？」

這還是王子第一次主動提及老師。律師表面不動聲色，謹慎地應付著。「似乎是隔離區的最高領導人？我只聽說過，不曾見過。」

「依然如舊嗎？」

「據我所掌握的情報，應該仍是如此。」看著王子微不可見地舒展了眉頭的模樣，律師小心翼翼地道。「您……認識他？」

「曾有過數面之緣，僅此而已。」他苦笑著道。

卻不想這樣淡薄的笑意卻像是激怒了律師，他揚起眉，語調帶著諷刺的意味。「數面之緣？不是吧，我可是聽說那罪大惡極的首腦是被關押在高塔頂，就連尋常的淘汰者要想見上一面都難，怎麼我們偉大的、尊貴的、了不起的王子殿下竟能有和他見上面的緣分呢？」他的目光如劍，銳利地刺向面前毫無妨備的王子。「你和他，究竟是什麼關係？」

是啊，究竟是什麼關係呢？曾錯付了真心的關係、被背棄了信任的關係、說過喜歡的關係、有過一瞬願為彼此放棄一切的關係、最後終究天各一方的關係。

他並沒有被律師出格的態度給惹惱，逕自沉浸在思緒中，過了很久才仔細揀選著用詞，一字一頓地道。「就只是個故人罷了，這所謂的故人，也終究是該留在故事裡的。」儘管再如何試著粉飾情緒，他也終是沒能控制住語調中纖薄的顫音，連忙收了聲，良久才抬眼看向律師，恢復了慣常的漠然姿態。

「而既然說了是故事……」

律師自知踰矩，斂下方才銳利的神態，圓滑地接口，完成了這個句子。「既說了是故事，那自然是聽過就該忘了的。而那故人，也就該是連同故事一併被遺忘的人。我明白的，王子殿下。」

自那日和王子談及了老師之後，克里斯便老是覺得煩躁。王子那樣看似淡漠，可實際上卻不曾遺忘過的態度讓他感到焦炙；另一頭老師那般雲淡風輕，像是對什麼都不在乎了，卻偶爾會流露出的脆弱姿態也讓他感到不捨；而每一次見到翊澤寫滿執念的慘白面容，看著那不顧一切地投入全副心力的計畫，這樣打從心底翻湧而上的恐懼，也總讓他在害怕的同時感到自責。

尤其是像這樣被老師看穿的當下，總讓克里斯感到加倍煩躁。

「翊澤有兩個禮拜沒來向我回過話了，」老師瞥了克里斯一眼，溫聲道。「你似乎也有段時間沒去看他了，怎麼了嗎？」

「沒什麼。」克里斯快速地回答，反倒暴露了情緒。

「是嗎，那就好。」並沒有再追問下去，老師別開了視線，悠悠地道。「也不知道他是否一切都好。」

「你是知道他的，知道他在**做什麼**。」克里斯搖了搖頭。「怎麼可能會好。」

聞聽此言，老師的眼神黯淡了下。「我最近老是想起他剛進來的時候。」

克里斯也記得。那時的翊澤不過十歲，在車禍中被輾斷雙腿，他的父母沒有經濟能力負擔辯護費用、更遑論此後的照護費了，於是不得不選擇放棄，讓年幼的他成為了淘汰者。

他被送進隔離區的那日下著滂沱大雨，驟然失去了雙腿、父母和正常人身分的他茫然無措，自暴自棄地趴在泥濘的地上痛哭失聲。一旁有人於心不忍，想上前將這命苦的孩子抱起，卻被一個清冷的聲音制止了。只見斯忒諾走進雨中，上下打量了他一番，將一縷被淋濕了的碎髮捋至耳後，才淡漠地開口道。「你若要想活命，就自己想辦法向我們走來。」

「他沒有腳，你別為難他。」一旁的人皺起眉頭，出聲勸阻。

「有沒有腳是他的事，而不會縱容了他、以為就因為都是淘汰者，所以在我們這裡可以不必付出任何努力，便能被無條件地接納，是我的事。」斯忒諾冷聲回答，領著所有人轉身就走，只留下他孤身一人趴在雨中，獨自面對命運的殘酷。

隔天一早，斯忒諾方出主建物，便滿意地見他雙手和殘肢上都是爬過來時刮出的擦傷瘀痕，滿身滿臉都滾上了爛泥和髒污，一宿沒睡，狼狽得不行，卻仍奮力以手撐地支起軀幹，坐在主建物外的台階上，眼底染著一股不服輸的倔氣、和渴望活下去的光亮，挺直背脊，等待著她。

斯忒諾很中意這孩子，向老師將人要了來，給他取名為翊澤，命人造了一架輪椅給他。是她親自培育了他學習打造納尼亞所需的一切知識，成為了他的心靈支柱，也是她教會了他，為了活下去，他們應不惜一切代價。

憶及這段往日，二人不約而同地沉默了下，克里斯才低聲開了口。「你在想什麼？」

「我很想念斯忒諾。」老師安靜地道，伸手揩了揩眼角。「還有，和你一樣，翊澤有時候也讓我感到很害怕。」

克里斯愣了下，這回承認了。「他的確讓我有些不安。」他想了想，又問道。「那你呢？他所做的一切，難道在害怕之餘，你不打算做些什麼阻止他嗎？」

老師垂下眼瞼，聲音很輕。「是啊，大抵是因為我已經沒有了立場去制止他吧。」他苦澀地揚了揚嘴角。「付出了那麼大的代價，我終於還是學會了要向身邊的人付出更多信任。曾經就是因為我不信任斯忒諾的計畫和手段，所以才導致我們最終落得全盤皆輸的局面。」他又安靜了一瞬，才看向克里斯。「曾經，在**他**想去和你接觸時，是我制止了他，因為那時的我也並不那麼信任你，對不起了。」

「是嗎。」克里斯聳了聳肩。「為什麼？」

「因為我感到害怕吧。一方面我擔心他可能對你的臥底身分造成不利，但，說實話，另一方面更令我憂心的是，在那個當下比起他、你要來得更像個正常人。」老師輕聲道。「就像我說過的，你所背負的不只是雙重臥底帶來的壓力和痛苦，更多的是一種誘惑。所謂正常人這個標籤，實在是過於蠱惑人心了，所以那時的我沒有全心信任你，我很抱歉，克里斯。」

「你不必感到抱歉，這是個合乎情理的推測。」面對老師的致歉，克里斯倒沒有什麼反應，只是回道。「你只是早該把這份不信任和懷疑的直覺放在你的小王子身上。」

話聲方落，克里斯便知自己話說得重了，可在他來得及後悔之前，就只見驀然白了臉的老師淡淡地笑著，板正了肩背道。「是啊，確實如此。所以，我不會重蹈覆轍。」

克里斯皺了下眉，直覺得那股煩躁感再次湧上，語氣不善地問。「所以呢？你這所謂的不重蹈覆轍，就是選擇相信翊澤？」

「為何不呢？曾經我因為恐懼斯忒諾對復仇的執念、不安正常人世界對你的誘惑，所以沒能及時信任你們，才落得這般下場。現在的我，自是不該、也沒有立場只因害怕翊澤的手段便不信任他。」

「可他這樣的手段，真的是你想要的嗎？」

「我想要什麼並不重要，重要的是能贏。」

他說得平靜而決絕，可克里斯卻仍不依不饒，又問了一次。「你到底想要什麼？」

想要的東西很多，曾經的心願很小，可不論哪一種，他終究都沒有得到。而現在的他，早已沒有資格再去言說自己的心願了，他只能、也只要贏，再無其他。

過了很久，他才輕輕地對克里斯道。「這麼說吧，克里斯，我並不比你更喜歡翊澤的手段，只是那無關緊要，重要的是勝利和復仇，其他的，都不值一提。」

克里斯安靜地看著他，終於將壓抑著深埋心中許久的這句話道了出口。「你知道，**他**問起過你。」

老師倒是很平靜的樣子，波瀾不驚。「是嗎。」

「那你是怎麼想的？」

「那不重要。」

「可我覺得很重要。」克里斯皺了皺眉。「別忘了，我的雲端裡還存著那張照片。這或許是個好時機，你為何不趕在翊澤的手段越演越烈前，先以此作為籌碼、看看是否能改變局面呢？」

「時機尚未成熟，這是我們的命運。」老師說著，並沒有看向面前的他，眼神甚至沒有落點，更像是在看著遙遠的地方，看向那些失去了的往日，看進如此無可奈何的曾經。

良久他才回過神來，向克里斯溫和地微笑。「再對翊澤更信任一些吧，克里斯。」他的語氣平靜，卻透著不容質疑的力度。克里斯分不清他這麼說著，究竟是想讓自己安心、以此脅迫牽制自己、還是想勾起自己直面那份恐懼的自責。「畢竟，還得**多虧了你**帶給他的那份禮物，斯忒諾的心血才能保存下來，成全了翊澤接續下去的計畫。若非如此，我們也無法掌握住這真正能夠取得勝利的籌碼，你說是嗎？」

第七章

在發動戰爭和進行戰爭時，是非對錯是最無關緊要的，唯一要緊的，是勝利。

——阿道夫・希特勒

那是一段傳唱已久的老話了。

起初他們圍追共產主義者，我保持了沉默，因為我不是共產主義者；
而後他們關押社會民主主義者，我保持了沉默，因為我不是社會民主主義者；
接著他們逮捕工會成員，我保持了沉默，因為我不是工會成員；
後來他們屠殺猶太人，我保持了沉默，因為我不是猶太人；
而最後，當他們也向我奔來時，
再沒有人能為我發聲了。

多年來，這段懺悔文在世界各地被民運人士用作口號，警惕他們的追隨者不要漠不關心，不要默不作聲，不要讓無所作為的自己成為加害者及被害者——不外乎是這些可以愚弄人心的訊息，操縱著意識型態為其社會運動立基。

可是啊，要知道同樣的訊息聽在那些既得利益者耳中，卻是恰恰相反的意義。只要能夠確保自己擁有社會所需的價值、站穩光譜上正確一端的腳步，記牢了千萬要和掌握權力的統治者思想相同口徑一致，那麼，你便永遠不需要發聲，也永遠不需要擔心他們會向你奔來。

況且，他們每向一個不符合社會價值的群體開鍘，對你而言，相對所能積累到的好處也就更多；那麼，只要保持沉默便可坐壁上觀，不僅自身權利不受損，還可收穫更好的生活，唯一僅須犧牲些無關痛癢的所謂道德之惡，又是何樂而不為呢？

大抵就是因著人人抱持這般心態，政府的作風也日漸激烈。起初每隔一、兩年才釋出公告新增條例和清洗項目，當社會對清洗群體發出異聲時還會選擇放緩腳步，伺機拋出預編好劇本的一齣好戲，讓該群體頓時成為眾矢之的，堵上那些不關己事才出聲、一損己利便跳腳的道德分子之口；後漸漸轉變為近年來的不加掩飾，肆無忌憚地將所有看不慣的人都加以淘汰。

不正常這幾個字就像是旋轉門一般，將所有不符合理想國美好價值的人都掃了進去。

王子身為清洗部長，自是首當其衝得為這道旋轉門負責，而在總統詢問他近日法案的推行情況時，他在獨善其身地背負良心之惡、和不識時務地滿足虛榮良知之間掙扎良久，才小心翼翼地提議。「我認為，應該先暫緩現行的推展，重新審視評估。」

「為什麼？」總統饒富興味地問。

「因為我，我是說，**有些人**覺得，」他咽了口口水，代換了話語中意識的主體。「這麼做或許不是正確的。」

總統倒是很平靜，只是淡淡地問了一句。「是嗎。那麼我問你，你今天這樣向我回話，是出自你清洗部長的身分，還是你王子的身分？」

他愣了下才回答道。「是出自身為清洗部長的專業考量。」

「那你就不該這麼說。」總統快速地接了話。「我是總統，也是國家所有決策的最高領導人，無論是任何人對這個決定有異聲，都不該是你一個部門首長應該關心的。我讓你怎麼做，你就怎麼做。」

王子微皺了下眉，反問道。「那如果我說，是出自我王子的身分呢？」

「那你就更不該這麼說！」這回總統提高了音量。「身為王子，你應該要知道這一切都是為了我們的江山基業著想！怎麼能因為有些人覺得不妥就這麼來向我回話？簡直不明事理！」

再沒兩年，王子也要四十歲了，該是更合理地成為領導者的年紀；總統年事已高，態度明確，欲培植他繼位，再不會珍視王子曾經傻氣得近乎可愛的天真而有所隱瞞，而是將政策的全部考量、及為鞏固政權而不擇手段的謀劃全攤在面前，開誠布公地讓他知道：要想君臨天下，必然要承受那一點腳底下傳來的血腥氣息。

所以無論是消滅低端人口、或不被允許出現的聲音，這都只是為了他們的城池增添磚瓦罷了，只要最終能使他們握有的一切固若金湯，又何須去在意建造期間所犧牲螻蟻的無謂悲鳴呢？

而今的王子到底已失去了那一分年少時可以直面反駁總統的輕狂和衝動，只淡漠地應承了下。可是他恭順至此，總統也不願輕易放過他，口風一轉，又問。「說起來，我聽說你把71108從宣傳處要了去？怎麼，他可還得力？」

「已經有好一陣子了。到底起初也是您介紹的人，或許稱不上能成股肱之臣，但也還過得去。」王子不動聲色地回答。

「是嗎。我最近忙，也有陣子沒和他說上話了呢。」總統微笑起來，溫和地道，幾乎真的像個慈愛威嚴的父親一般。「我的王子啊，我們現在能夠這樣敞開了心胸說話，我真的很開心，但有時候要是一忙起來，彼此都有些疏離了，不再能夠明白你的心事時，或許我會考慮再次召見你這還過得去的助手，多了解下你近日的態度。」

「那麼，看來我和總統一定得多多交流，才不會讓您浪費時間去猜測，也不需去召見不須見的人。」王子端起微笑，一絲不錯地應對著。

「是啊，你不僅是國家的清洗部長，同時也是我的王子，是我們基業未來的繼承人，你對我來說自是至關重要，定得好好維持住這份關係，也不枉我對你寄予的指望。」總統笑著道，在王子起身告退，背過身時才又開口。「可是，無論再如何重要，有些原則問題是無論如何都不能被改動的，你記清楚了。」

總統說得意味深長，而王子緩緩漾起一個自嘲的苦澀笑意，隨即收斂了下，面無表情地回身，諷刺意味十足地謝恩。

早知道總統肯定會在自己身邊安插眼線，也好在自己雖和律師配合，但也並未真正過分信任他。王子沒有向任何人提起過自己和總統的對話，更不曾在律師面前展露端倪，不願打草驚蛇。卻不想，在他來得及決定該如何處置這事之前，律師倒自己先找上門來了。

只見律師將一份文件放在他桌上，卻沒有依王子的示意離開，而是轉身把門鎖上了，單刀直入道。

「有件事，我想您還是該知道。總統找我去問過話。」

倒是沒料到這一著，王子愣了下，很快又彎起唇。「是嗎？那麼，總統這次又賞了你什麼？」

「什麼也沒有。」面對王子諷刺的語氣，律師倒是一派輕鬆，聳了聳肩道。「我既給不出他想要的資訊，自然是討不到好的。」

「總統找你問話，你沒回答？」王子哼笑道。

「不，我並沒有蠢到以為裝聾作啞就能逃避，我只不過和任何一個成年人一樣，擁有足夠的能力做到避重就輕。」律師立刻嘲諷地回嘴。

「那總統肯定是沒有提供你任何好處來換取情報了？」本就有所不滿，聽著他這般譏刺的語氣，王子更是心下有火，挖苦道。「畢竟你可不是那樣能夠輕易被賞賜收買的人，不是嗎？」

王子是知道的，這些年來，即使是個淘汰者，律師在政府的供養及賞賜下還是過得相當滋潤，現年不過四十歲的他，已能將遊艇當作興趣，不時駕船出海，聽說還曾撞沉過一艘。要能過上這樣的生活，肯定得付出些什麼，比方說，前次向總統上報了王子懷有異心一事，便給他換來了一艘最新款的遊艇。

「好處自然是有給的。總統讓我以後定期向他回報您的近況、對一些事情的態度，還有素日裡我都向您報告了些什麼，以此，自然也會給我豐厚的回報。」律師微笑道。「但**這一次**，我隨便以：『大概是因為殿下打從心裡對淘汰者懷有警戒，是以雖把我留在身邊工作，但也並未真正重用，只是讓我做些雜事罷了，無法提供可用的資訊』為藉口，總之是蒙混過去了。」

「那麼我請問你，**上一次**和**這一次**的區別又在哪呢？」王子冷笑道。「難不成在於我對你那百分之百的信任嗎？」

「喔不，殿下，天啊，當然不。」卻見律師過分誇張地驚呼道。「永遠別相信任何人，難不成您還沒嚐夠教訓嗎？信任這個詞啊，實在太過沉重了，要按我說，只在兩種情形下才可隨便聽一聽。一種是盲目地交付了真心、所以願和對方生死與共，另一種則是因利而聚、故而被綁著福禍相依。」

「前者自是美好得像彩繪玻璃一般，在陽光下會映射出絢麗的光芒令人心往神馳，恨不得自己也能擁有這樣珍稀的情感，可當真正握在手中才會發現是那般尖利脆弱，一不仔細便會在掌心碎裂，讓曾經純粹的所有情意成為彼此心上的一道疤。太容易傷人傷己了，誰都討不得好。」

「而後者呢，雖說著過於現實而顯得難堪，可將醜話說在了前頭倒也實際得多，不僅不必賠付上真心，也讓彼此的關係多了份准信，維繫這份信任的初衷不是虛無縹緲的感情，而是實打實的利害關係。而既然任一方背叛了都得不到好處，自也沒有必要做這樣損人不利己、吃力不討好的事情了。」

律師並沒有理會目光悠遠而後黯淡的王子，逕自道。「所以殿下，我們就直接點說吧，對您、我確實稱不上忠誠，是以您也無須真心信任我。只不過我說過的，我們很相像，所以我能夠理解您，而既然利益相關，我自然也希望您能過得好以繼續庇佑我。您不也是嗎？再也不想回到那樣的境地，不想被人厭棄，不想就這麼無聲無息地成為淘汰者？」他直視進王子眼底，堅定地道。「所以，我們是一艘船上的人，或許說不上是出自忠誠之心，可現在的我，的確是效忠於您。」

習慣了總是和人打啞謎一般彎彎繞繞地對話，突然有這通直白的語句攤在自己面前，王子不禁沉默了下，而律師也並未出聲催促，只是安靜地站在原處，執著地凝視面前的王子，等待著。

他們便這麼靜默著對看了好一會，王子才終於點頭，抬了抬下巴示意他坐下，開口問。「那麼，你對清洗政策目前的推展是怎麼看的？」

「因著我的身分，多少有些不安吧。」

「知道嗎？我也是。」出乎律師意料之外的，王子竟接了口。「不僅是擔心我自己、擔心國家終有一天會因今日的舉措而付出代價，更是擔心那些因此而無端遭罪的人，他們本不該如此。」

「殿下，縱然有所不安，但您不該這麼想的，也別再說這樣的話了，被人聽見了多不好啊。」律師皺了下眉，向前坐了一些，又急又快地說。「這是大勢所趨。您口中的代價，無非就是看著那些被您踩著向上爬所犧牲的亡魂而感到痛苦歉疚，但您的目光從來都不該放在腳底下這些無關緊要的小事上，而是該看向更遙遠偉大的方向。您要知道，這所謂的**代價**換得的，便是未來，您的未來。這是大勢所趨，終有一日，您必然成王。」

王子安靜地看著他，直到這個當下，才真正明白了他方才所說的，那僅是出自因利而聚的信任、和真正交付了理念情感的信任之間，相隔的究竟是何種天差地遠的分歧。

一時只覺得空氣有些凝滯，心上的傷疤疼得他無法呼吸也無法思考，王子只隨便和律師又說了兩句，讓他照自己的指示去做，如此將人打發走了。

王子殿下這次小心翼翼地賦予的信任確實稱不上盲目，克里斯這回倒真是沒說謊，總統的確來找過他，也的確向他問過話，他也的確沒有洩漏任何情報。某程度上來算，他是值得其中一半的信任的。

而另一半不該被全心信任的呢？大抵就是因為他口口聲聲將寬慰王子的話語說得真切，也狀似配著王子的授意，儘量減緩清洗政策的進程，可轉了個身，做的又是另一套，繼續上報更多應被清洗的名單給宣傳處，說到底，之所以會有今日的旋轉門，本就有他的一份功勞在內。

要想瞞著王子殿下進行此事，手段多的是。加大釣魚的力度和範圍、組織線下的祕密集會、寫匿名留言刻意引起爭端、慫恿人上街抗議、把名單洩露給其他宣傳部的人員供其領賞。方法多的是，只要經過幾手，這情報來源便不會回溯到自己身上，他們單純而痛苦的王子殿下也就不會知道，他最不願見的這般情況，正是來自他如今最信任的自己。

不是早說過了嗎？永遠別相信任何人。

輿論引導、和政府在關鍵大事上口徑一致地演戲，和通過多方渠道獲取異端分子的情資，為宣傳處工作的這十年來，交付予他的使命大致如此。在前二項上他表現得極為出色，任誰都挑不出錯處，可平心而論，在第三點上，他可是瀆職了。

如今，既然王子信任他，那他可千萬不能辜負了，必得盡忠職守為國家效力。於是克里斯一反過去的作風，無論是行為上的瑕疵或是思想上的異端，只要被逮住了一點錯處，任何人他都以維護社會安全為由填入上報的清洗名單中，再無絲毫顧忌及憐憫之心。

畢竟，這其中具備專長的可用人才，能夠成為老師的助力；而另一些罪有應得、活該落得如此境地的人，倒也不必擔心會幫不上忙，他們不知道，對於翊澤的計畫而言，他們將會是多麼不可或缺的耗材。

這麼看來，讓這些人待在外頭的世界裡無所作為，豈不是太可惜了嗎？

> 你們問我們的目標是什麼，我可以用一個單詞來回答：勝利。不惜一切代價去贏得勝利，無論道路多麼遙遠艱辛，沒有勝利，就不可能有生存。[18]

外頭的克里斯為著勝利而東奔西走，而身在裡面的翊澤也並沒有閒著，如同他向老師所言，他不擇手段，不惜一切代價，賭了命的，也要贏得勝利，為斯忒諾復仇。

如今，隔離區內物資稀缺，再沒有傻子會常來常往地給他們送上東西，納尼亞更是被整個抄了。可以說，如今的他們，除了那說著都令人想笑的可悲信念外，是一無所有了。

好吧，或許也不是那麼一無所有。

翊澤自嘲地笑了笑，將輪椅停在小梅身邊，和她並肩迎接新一批的淘汰者到來。小梅捏著一張克里斯上回來時交給自己的名單，待秩序組指揮人列隊排好後，開口念了幾個名字，讓這些人出列，才向翊

[18] 出自溫斯頓・邱吉爾

澤點了點頭。翊澤謝過後，向秩序組交代了，讓他們把人帶回納尼亞記錄身體數值。

一旁的小梅死蹙著眉，明顯不贊同他的做法，卻又不敢說些什麼，翊澤並不理會，只是笑了下，奮力滑動輪椅離開。就和第一回一樣，他才不在乎。

自那一日從克里斯手中接下了那珍稀的禮物後，翊澤便明白，如今這顆被自己捧在手中的巧克力，是他的學姐最後留下的、也是唯一的心血。

斯忒諾提前將多一份巧克力交給了克里斯，雖說並非是因料見了結局才提前部署，可到底也在命運的安排下，成為了上天降予災厄後施予的憐憫饋贈，同時也是他們如今唯一的希望。

可要想留住這一份希望，翊澤便得和時間賽跑。他知道，病毒若非附在活體的宿主上，在無生命體中至多只能保持十來天的活性，而自打斯忒諾將東西交給克里斯那日起，已經有十日過去了。

他沒有時間了，必須想辦法保住他們最終的希望。

不，還是說得直接點，希望什麼的，這種老師總掛在嘴上騙小孩的東西都見鬼去吧。自己本就不是什麼好人，更是無需矯情做個聖人，才不在乎什麼希望和信念，他要的，只有復仇，僅此而已。

一旦想通了這點，接下來的決定就不難做了。他向小梅的方向前去，神色孤高堅毅，再也不管不顧了，他就是死，也要保下學姐的畢生心血。

那時的小梅即便身心都嚴重受創、十天的時間尚不足以抹去她的眼淚和面頰上怵目驚心的傷口，可她仍然努力挺直背脊，接著清點活下來的人數和重新安排住所。日子終歸要繼續過下去。

二人尚未來得及招呼一聲，翊澤便拽住了她的手。「我得向你要幾個人。」

「誰？」

「給我那些最罪大惡極、活該落入今日被淘汰的境地、就是成為了犧牲品也毫不可惜的人。」

小梅無法拂逆他堅決的目光，快速地翻閱名單，才指揮秩序組去帶來了三個人。翊澤謝過了，領著人回到殘敗的納尼亞。

這裡早已不是昔日的納尼亞了。他沒有儀器、沒有工具，甚至連人手都不足，唯一所有的，也就只是他們的白皇后所留給這世界的最後一份贈禮。於是翊澤讓親衛隊把人分別押到了房間前，取出巧克力分成三份，將其中一份交給第一名被選中了的實驗品吃下，趁著那人舔吮手指之際，示意親衛將人關進房間裡，囑咐他們必得二十四小時輪班看著，萬不可出岔子。這病毒不會透過空氣傳染，可為了安全起見，他們除了每三天自門縫塞入足以維持生命最低運轉量的飲食外，無論如何不得靠近，無論如何都要把人看好，無論如何都不能讓斯忒諾的心血白費。

承自斯忒諾的教導，翊澤本就沒有太多善惡是非的標準，如今更是失去了能這般奢侈地判定對錯的從容。他只是安靜地透過門上的小窗觀察那在一臉茫然的同時、仍舊為了方才那口久違的甜食而饜足，他們無比珍貴的第一份**耗材**，不禁揚起了一抹燦爛的微笑。

只有這樣唯有這樣，他才可以承襲學姐的遺志。這一次，他不能再向任何人妥協，他就是拚了命，也不會讓任何人，包含老師在內，再次摧毀他們的計畫。

就這樣，和克里斯配合著，翊澤擁有了取之不盡的耗材得以使用。他將克里斯為他準備的人紀錄數值後集中管束著，會確保同時有三名以上的耗材作為活體宿主，並每隔一段時間便將新人送入房間內更替失去效用的耗材，以此方式，總算是守下了斯忒諾留給他們的病毒。

可要想再次為他們偉大的政府準備這份禮物，除了需要用作宿主的耗材外，他也需要屆時能夠承載這份禮物的包裝。二者缺一不可。

如今，他是再也指望不上能以小王子作為詩意的贈禮，更是礙於老師和小梅的面子，不能再次勸誘克里斯充當——更何況，自己可還需要他給裡面送物資呢——於是退而求其次，作為合適的替代品，翊澤又向克里斯提出了一個需求，請他在外頭留意著，多送些青少年進來。

不僅是普通的青少年。他特意強調了，得是那種衝動而盲目的、自以為見識不凡實則極度易受煽動的，對這個淘汰了他們的世界充滿了憎恨和復仇心態的傻孩子。人一旦送進來，便由翊澤親自照顧著，只要在這些年輕的孩子們面前樹立了權威，再時不時對他們說上幾句好聽話，恩威並濟地教育洗腦，灌輸他們是天選之人，將來必成大事、也應為了所有人而成就大事的思想，很容易便能培養出忠誠不二、恨不得以死證明自身信念的聖戰士。

以人傳人的方式土法煉鋼地守住病毒、與此同時又暗中培養著忠心效力的敢死隊；眼見著翊澤即便沒有足夠的資源，可他的計畫仍藉由自己，以這樣瘋狂的方式緩慢而確實地推進著。克里斯不甘心，向老師抗議過幾回，讓他好歹出言勸阻下，可老師只淡淡地道。「由著他去。」

畢竟，還能怎麼勸呢？說到底，翊澤今日會沉淪至此，不也是因為他嗎？他早已失去了這樣的資格，縱然感到不妥，可也只能選擇繼續信任他。斯忒諾說得對，自己要是再這麼軟弱地婦人之仁下去，他們永遠無法得勝。

老師既然都這樣說了，即便語氣蒼白虛弱，克里斯也只能接受。

他並不是沒有想過要捨棄一切，帶著小梅和老師逃走。尤其在失去了王子這個指望、葬送了斯忒諾的性命、而翊澤又越發不受控之下，克里斯再不願讓他們受苦，預備著想帶他們走。可無論計畫得再周全，話到嘴邊又全數吞了回去，他太了解老師了。老師絕不可能丟下其他人跟著自己走，他想要拯救的，從來不只一己之身。

這是老師想要的，而如今要想達成此一目標，他們也的確只能暫且仰仗翊澤的計畫了。於是克里斯一字不提，只是維持住他們現有的策略，依著翊澤的要求給他送人。可卻也沒有放棄過自己的想望，他反覆向小梅敘述逃脫的路線和計畫，讓她務必記牢了，若真到了萬不得已之時，就設法帶著老師逃出來。他堅定地告訴她，他們一定要好好活下去。

就這樣，仗著克里斯的協助和老師的默許，翊澤的計畫推展得更加有恃無恐，並不只一次逼問過老師，何時才能再次向外發動戰爭，以慰斯忒諾在天之靈，老師卻總讓他等。

「時機尚未成熟，翊澤。你既說了是戰爭，那麼就得挑準機會。我們得等到敵方最得意、鋒頭最盛、也是最易因自滿而出現破口之時再行動，在那之前，先讓我們養精蓄銳，待能將施加對方的攻擊威力最大化之際，方能一舉得勝。」老師溫和地說。「我們再經不起一次失敗了，不是嗎？我答應過你，總有一天會成功的，只不過如今時機未到，再等等吧。」

「行，我等。」意料之外的，翊澤竟聳了聳肩，平靜地答應了。「可你要知道，你每多等一天，就是逼著我不得不再多投入一份耗材。我是無所謂，可對你來說呢？」他似笑非笑地勾起嘴角。「你最好仔細想想，這是不是你要的。」

他和斯忒諾越來越像。老師出神地想，也不知是該為這個發現感到驕傲還是懼怕，只是靜靜地看著面前的人，良久才終於開了口，無力地輕聲道。「我知道的，翊澤，再等等吧。」

翊澤過分誇張地向他行了個禮，離開了。而老師沉默地看著他的背影，明白自己如今除了等待之外，也再沒有其他辦法了。這一次，他得縝密地部署，堅定地在計畫中站穩腳步，像前次那樣感情用事地操之過急，導致最後全盤皆輸的局面，這種事情斷不能再發生。

他們再也輸不起了。

日子一天天地過去，他們誰也沒有放棄，儘管五年的時光再如何難捱，也依然只能頑強地以等待來對抗這個世界。人生的態度大抵如此，抱最好的希望，盡最大的努力，做最壞的打算。

終於，他們漫長的等待有了回報，克里斯再次給他們送來了一份大禮。

老師一接獲消息便跳了起身，坐立難安地在房裡來回踱步，最後才竭力克制住了自己，平靜地微笑著，迎接被小梅帶至玻璃屋前的新進淘汰者。他的眼神滿意地逡巡過面前的四人，看著他們額頭上剛刻下而仍紅腫著的編號襯得神色更加迷惘不安，看著他們長年來身為職業軍人的驕傲而筆直的背脊也因突如其來的打擊而挫敗垮下，看著他們就像是看著自己的希望。

他無法忍下自己眼底的狂喜意味，索性便笑瞇了眼睛，溫和地問好，歡迎他們的加入。他所等的，一直等著的，就是這一天。

第八章

而至於你神氣活現地吹噓自己的那些勝利，只不過是自己長期以來的作惡多端尚未收到報應而已。

——凱撒大帝

那是個無論誰都爛熟於心的故事，誰也不知道那顆蛋為什麼會混入池塘邊的巢中，大概是命運開的一個惡劣玩笑，讓醜小鴨被留在了這個格格不入的地方，牠在痛苦中期盼著自己終有一日也能成為那樣美麗優雅的天鵝，而所幸曾殘酷以待、可如今大發慈悲的命運垂憐，嚴冬過去，暖春到來，醜小鴨變成了天鵝。曾經渴望過能融入鴨群的牠，如今則對那些鴨子們不屑一顧，無半分懸念地轉身和天鵝們一起往遠處飛翔，展開了新的旅程，再不會回首看向過往。

多麼哀傷的故事啊。

說起來或許有些幼稚可笑，但老師喜歡童話故事。

他總會朗讀童話故事給孩子們聽，希望能透過這些虛假的幻想告訴他們，總會有幸福快樂的結局，總會有的，你們要等。

只可惜諷刺的是，這樣的謊言說著太過美好，即便一聽便知是假象，依然誘惑著諸多心智軟弱者對之深信不疑，連自己這本該看得透徹的說書人都一頭栽進了欺人的幻夢中，最後只落得傷人傷己的結局。

而不知道為什麼，他今天忽然想起了醜小鴨的故事。

其實確切來說，醜小鴨並沒有變成天鵝。那樣高貴的基因刻於牠的骨血中，牠本來就是天鵝，本就不屬於這裡，只不過是因年少時的迷惘而認不清真正的自我，才短暫地停留。可牠到底擁有天鵝的翅膀，與生俱來便高人一等，終究是要回到真正所屬的世界去。

通篇故事都是以那曾是醜小鴨的天鵝為出發點，在遠走高飛之際自是幸福快樂。而牠在選擇離開之時、和頭也不回地離去之後，究竟是抱持著何種情緒，老師如今已不再在乎了。他更好奇的是，故事中其他看著牠背影遠去的鴨子們的心態，那會是羨慕、是憎恨、還是遺憾呢？是該甘心一輩子守在這小小的池塘中、不去妄想不屬於自己的事物，還是該相信童話故事的美好結局終會實現、而深切希望著自己有一日也可以擁有潔白的羽翼？

可別傻了啊，別相信吧，別再懷抱不切實際的希望啦。說到底，其實他們連這樣的期待都不配擁有。

他們到底不是天鵝。

但是即便如此，鴨子也有鴨子的活法。在偽裝成天鵝的克里斯的推波助瀾之下、折翼的翊澤所籌措的計畫也日漸圓熟。如今的他們不僅握有病毒，也多了更有力的援手，實力緩慢而確實地壯大起來，老師一直在等待這一天。

是以這一回，當翊澤再次問及時機究竟是否成熟了，老師不再以那句模稜兩可的再等等敷衍過去，而是直視進他眼底，沉著地開口，帶著終於守得雲開見月明的苦澀笑意。「就這兩天。」他滿意地見翊澤長年來因憎恨而黯淡的眼神裡燃起了希望的火苗，溫和地笑了笑，又補充了一句。「但在那之前，還有件事要讓克里斯去辦，待得事成，便是行動之日。」

如今他們萬事俱備，只差一步，一個契機，一個在能夠促成大事的同時，也能夠讓他真正泯滅人性和真心，可以做出**是時候了**此一決定的最佳理由。

感情本身就是人類本質上的弱點。[19]

在克里斯敲響王子辦公室的門時，他便知自己今日的這場演出將會左右所有人的命運。他沒有出錯的餘裕，必得完美地一鏡到底，方能得勝。

王子不知他的這些心事，頭也不抬地讓人進來，只交付了幾件工作、又問了些項目進度就讓他回去。克里斯謝別了，在離開時假作不經意地道。「說起來，隔離區裡出了件大事。」

「是嗎。」王子低頭繼續翻看文件，漫不經心地應了聲。「什麼啊。」

「那個叫老師的首腦？他似乎生了重病。」克里斯道，目不轉睛地盯著王子的反應。這回的任務，老師並沒有指示他任何細節，只要能騙過王子，該如何進行、要用何種手段達成，全由他自己拿主意便是。克里斯思考了很久，憑著這五年來與王子合作中對其弱點的了解，終於還是決定要賭一把，再次以此作為欺騙的籌碼。

果真如他所料，王子上鉤了。只見他將手中紙張的邊角都捏出了褶皺，猛然仰頭看向克里斯。「怎麼會這樣？」

克里斯聳了聳肩。「也不意外吧，裡面的環境惡劣，他又是獨自一人被關押了多年，有個七災八難的再正常不過了。」

王子沉默了一陣，才找回自己的聲音。「知道生的什麼病嗎？」

「這我就不知道了，只聽說他病得很重，據說進的氣比出的氣少，應該是快不行了。」

19 出自柏拉圖

聽他雲淡風輕地敘述這足以令自己的世界被磕出裂痕的消息，王子終於沒法再維持住那份搖搖欲墜的平靜，只能欲蓋彌彰地背過身試著隱藏情緒。他沉默著站到窗邊，看向遠方的眼神卻找不到落點，終究只能憋出一句輕聲喟嘆。「這樣啊。」

看著他蕭索的背影，克里斯也安靜了下，才小聲建議道。「您說過，他是個故人，要不您還是去見上一面吧？也算是盡一盡故人的情分？」

憎恨是有的，愧歉也是有的，而情分嗎？王子過了很久才搖了搖頭，幾乎能嚐到唇邊苦澀的笑意壓在舌頭上。「我與他之間，沒有情分可言。」

聞聽此言，克里斯不禁皺起眉，還想著要再說些什麼時，卻只聽王子又開了口，輕飄飄地遞出一句。「帶個醫生進去一趟吧，也算是讓我盡一份心意。」

克里斯的掌心生了汗，只覺得自己這一世都沒有這麼緊張過，他努力控制語氣，佯裝出困惑的腔調。還差一步，**就一步**。「我？帶醫生？可、可是守衛呢？」

王子的嗓音冰冷，不耐煩地接了口。「我交代一聲，把人調走就是了，不是什麼大事。」他停頓了下，強自壓抑下情緒，淡淡地道。「你就當幫我個忙，去吧。」

他賭對了，那一步終於邁出去了。

感謝上帝，感謝神明，感謝一切未知的力量，讓王子殿下在這個關鍵的當下背對著自己。饒是他以雙面間諜的身分潛伏多年，本該能夠練就將所有情緒深藏心中的本領，可現在的他，實在無法遏止臉上那逐漸加深得連嘴角都生疼的燦爛笑意。

老師要知道多年過去後，他們仍然能利用上小王子那一份愚蠢的真心，肯定也會很開心的。

克里斯就這麼安靜地笑看面前人孤寂的背影，可卻在發現王子那故作平靜地垂落在身側的雙手上、竟也染著纖薄的顫抖時，他不禁也沉默了下，良久才找回那份諷刺的涼薄笑意，語調平穩地欠身頷首道。「遵命。」

和前次斯忒諾那只因陽光晴好便決定發動攻擊的興之所致不同，這回的老師沒有了那樣隨性的浪漫，而是步步算計步步引導著，走得縝密而謹慎，讓一切在最終都能走進他所設下的結局裡。

可儘管他費盡心機，令事事如己所料地發展，看似早已預見了所有，卻直到克里斯拿著安全玻璃擊破器站在自己面前微笑時，老師一瞬間竟有些頭暈目眩，似乎在這一刻才真正意識到，要開始了。

克里斯將幾隻擊破器分別交給一旁的親衛隊，交代了用法，雖說安全玻璃受重擊碎裂後也不會割傷人，但為求保險，他還是指揮老師裹著毯子背對玻璃幕，站得越遠越好。老師溫順地照辦了，又囑咐讓外面的小梅站遠些，她卻執意不肯，他們也只能由著她。

等到準備就緒，克里斯一聲令下，他們同時用力擊打玻璃幕的四角，幾下便出現了裂痕，龜裂的痕跡不斷擴大而後匯聚，終是轟然崩毀，克里斯反身將小梅護進懷中，只聽伴隨著清脆的聲響，玻璃嘩啦啦碎了一地。

待得一切歸於平靜，老師任毯子滑落，小心翼翼地轉過身去，可身後卻什麼都沒有。那曾經是他以自由換取而來的枷鎖，習慣著總能從其中倒映自己身影、卻總是逆著光源看不清神情的玻璃幕，就這麼破碎了。

而這一個轉身，就是十五年。

十五年了，他被困在這裡已經有十五年了。站在一地的碎片中，他一時竟有些恍惚，總想再伸手貼上些什麼，卻僅能任由空氣拂過指尖冰涼，他又兀自出了會神，才終於反應過來，看向面前的小梅，對她微笑著張了張手臂。

可真到了這一刻，方才還那樣天不怕地不怕的小梅反而情怯，向前邁了一步，伸出手卻又撤回。老師心下了然，有些難受地笑了笑，打趣道。「怎麼？怕我也跟著碎掉不成？」

小梅驀然紅了眼眶，重重地搖頭，踩過了一地的碎玻璃撲上前，緊緊擁抱他，像是想把他那破碎的笑容給黏牢，用力地抱得他肋骨生疼眼角發熱。克里斯也跟著走上前，老師勉強地向他擠出一個微笑，說不出那聲謝，只能拉過他的手，另一手則摟著小梅，偏過臉親了親她的髮頂。

十五年都等過了，眼下的他更是不著急，只是拉著這兩人細細端詳，以往透過玻璃總有些失真，現在這麼一看，才發現小梅瘦了許多，皮膚也粗糙了，頰上多了道永遠無法消去的、斯忒諾親手留下的疤痕；克里斯則是曬黑了些，髮絲根部零零星星地多了幾分白，眉心那被消去了號碼的疤痕也已淡得幾乎看不清，反被皺紋取代。

十五年過去了，那些曾經倔強、曾經失去希望、曾經故作堅強地佯裝燦爛笑容、曾經愛過一個人、也曾經不得不送走一個人的傻子們，如今都已懂得溫柔，懂得懷抱信念，懂得憑藉己心去背負一切哪怕注定全盤皆輸，懂得將情字斟酌得小心謹慎不讓其被貼上爛俗的標籤，懂得消化失去一個人的痛苦。

十五年實在是太快了。老師終是沒有忍住地紅了眼。

他不急著行動，而是在小梅的陪伴下走過了每一寸地方，擁抱了每一個孩子，看遍了他所錯過的每一樣事物。多年來將自己和這個世界給阻隔開的透明屏障終於倒塌，他貪婪地感受著空氣中的細微聲響在耳際轟鳴，臉頰被冷風刮過隱隱生疼，因明亮得令人逃避不及的光線而刺得眼底模糊。

直到走進了納尼亞，老師才回過神來，發覺克里斯不知自何時起便從他們身邊退開了，問了留守納尼亞的親衛，竟連翊澤也不在。老師避開了視線，不忍去看納尼亞裡的情景，只想了一瞬便知那二人的去向，眼神也隨之黯淡了下。他早該前去。

他們在斯忒諾的墓前找著了那兩人。

雖說是墓，可其實也算不上。斯忒諾的屍體早如破布一般，被軍方負責收尾的士兵們隨意地丟進了大坑裡，和其他死者及物件一同燒了。這裡面埋著的，只有她生前準備做給小梅的最後一個髮夾，實物尚未完成，作工依然粗糙。他們珍而重之地把這份念想埋在了小山坡上，從這裡看出去，幾乎可以將整座隔離區盡收眼底。他們知道，斯忒諾肯定看得到。

太陽大半都隱沒在了地平線後，四人沉默地看著夕陽將目光所及的地界都染成玫瑰色，天邊的雲霓也被暈成了細膩柔軟的質地，或許是因為光線落進眼底之故，順著看出去的一切都是那樣璀璨不真。

老師安靜地看著他們費盡了所有心思，不惜賠上一切代價，失敗過痛苦過，拚死拚活才打造出的這片土地，眼中被艷麗的晚霞刺得盈滿水霧，輕聲說。「這裡的一切都好美。」小梅紅了眼眶，伸手抱住他的臂膀。

而他又是多麼希望，那已振翅飛離、對此不屑一顧再不會回首的人啊，也能親眼看看這一切，能試著考慮另一種幸福快樂的可能性，能知道他究竟都拋棄了什麼才換得那對翅膀

他想著，不禁唇線柔軟，一度地微笑。

縱然克里斯不說，他也知道那欺騙的籌碼為何。他當然知道。

夕陽像是用盡了所有力氣，在向晚的時分將天空給火燒火燎地染上血色的邪惡，老師看著這樣最後的紅色艷火如同預示著他們的命運一般，下意識地抬手揩了揩眼睛，這才發現自己的眼角乾燥得幾乎被這樣的動作給扯痛，直牽動到心底深處那從未向人言說過的陰暗角落一同生疼。

沒有美麗潔白的羽翼又如何呢？他們這些畸形的、醜怪的、不配成為天鵝的人們，終究還是能在池塘邊汙穢的爛泥堆中，不顧最終將是自烈焰中重生為鳳凰還是失敗的焦屍、以自己的方式浴火奮戰一回。

落日的餘暉撒在身上，可老師卻只覺得那樣冷，唇邊的柔軟笑意也隨之消逝。他垂下眼瞼，牽起了一抹嘲諷的微笑，明白欲成大事，他必得泯滅真心，終於冷聲道。「**是時候了。**」

人不能預知未來，這是一種上天恩賜的悲憫，對他們而言尤其如此。

第九章

假若敵人自己解除武裝，那很好。若是他們拒絕這麼做，我們就幫他們解除。

——約瑟夫・史達林

死亡不是死者的不幸，而是生者的不幸。[20]

以諾就要死了。

好吧，這句話說著其實並不如想像中扣人心弦，比之痛徹心扉地控訴天命不佑，王子此刻更想狠狠地自輕自嘲一番。畢竟，他有什麼資格這麼想呢？曾經有過攜手笑看世間興衰、一同歷經年華老去的幸運，可他卻自以為是地走得那麼瀟灑，自命清高地和那人一刀兩斷再無關係，現下，又有什麼資格來矯情地演出一場戀戀不捨的大戲呢？

而真到了這個時候，他反倒想不起那些淚眼相看或溫柔含笑的往日，只是記起了，或許因為避諱、也或許是害怕成為讖言，在那五年珍稀的相處時光中，他和老師甚少提及死亡這個話題，如今回想起來，似乎也只有那一次。

王子甚至已經記不得當初這麼做的原因，只記得自己令人去抓來了一罐螢火蟲，作為禮物送給了老

20 出自伊比鳩魯

師。那發著微弱光點的玻璃罐被老師捧在了掌心，雖未能夠點亮一室，可也將他嘴角邊驚喜地漾起的那一絲笑意給襯得格外溫柔。

卻不想，儘管看上去為了這份禮物而欣喜不已，老師卻只捧在手中賞玩了一會，便將罐子打開了擱在窗邊，將裡面的螢火蟲放生了。王子問他為何如此，老師只是笑著回答。「螢火蟲是只能活七天的，就這麼讓牠們和我一起被困在這個不見天日的地方聊此殘生，未免太殘忍了吧。」

聽他以如此命薄的蟲子自比，王子不禁皺了皺眉，還未來得及說些什麼，便只聽老師輕呼一聲，小心翼翼地收攏手指，將停在了衣角上的一隻螢火蟲圈在掌心裡，微弱的光暈自指縫中透出，點亮了他的笑容燦爛。

是啊，無論再如何自黑暗中綻放光芒，從絕望中萌生希望，螢火蟲終是只能活七天的，一切都不過是場美好而虛幻的夢。人終要一死，他們也終究只能天各一方。

或許注定如此吧，律師說的對，老師能夠孤單脆弱地活到這個歲數，已經是上天所能給予的最大恩賜了，又何必假惺惺地感到如此難受呢？早在背離他們的那日起，他就該預見這個結局。

只不過，還是有些可惜吧。可惜了那個曾經笑顏溫和的人，這一生，終究是像那隻未能及時離開的螢火蟲一樣，連同他所有被辜負了的理想，給留在了這個不見天日的地方。

王子睡著了，在夢中他見到一地蒼白黯淡的星星碎片之中，有零星的微小光點閃動著光芒，而後像是隨著蒸騰的空氣一同上升，越飛越高，越飛越高，在漆黑不見底的深夜中被沖散，而後漸漸消亡，成為了星星死亡的殘骸，殘留著尚未熄滅的火焰。

好美，也好哀傷的一個夢。

自夢中驚醒時，王子一時間沒法反應過來，只覺得視線前似乎仍眨著細碎的金色光影，扎得眼睛生疼。他支起手臂坐起身，搖了搖頭試圖想揮開眼前細碎的光點，直到眼底氤氳的水霧散去了，他才回過神來，意識到家中座機的鈴聲正不屈不撓地響著。

在這個座機基本已形同擺設的年代，深更半夜如此響起肯定沒有好事。王子站起身時順手撈過被調成靜音模式的手機，滿滿一排未接來電更是佐證了他不祥的預感。

出事了。

天還尚未全亮，清晨晦澀的天空漫著薄霧，整個國家的人民仍在熟睡著，總統府中卻已擠滿了一票西裝革履的高官，有的人領帶繫歪了，有的人下巴留了一小角未刮乾淨的鬍渣，有的人甚至西服的外衣和褲子不成套，各個為了這樣的深夜急召而神色慌亂。

方才王子若再晚個幾分鐘不接電話，守在宅邸前的國安局便會破門而入，他一邊調整袖口，一邊謝過了飛車載他前來的隨扈，快步入了座。他來得較晚，緊急會議早已開始，幾名層級較低的副部長和處長們面面相覷，部長級別的吵成一團，難得所有總長全數到齊，正以國防總長和清洗總長為首，將國防部長罵得狗血淋頭，可憐他一個曾位列總司令、縱橫軍政界幾十年的英雄，如今卻汗透衣背，完全失了方寸。會議室裡亂哄哄地鬧成一團，總統倒是氣定神閒地端坐上位，絲毫不顯露情緒。

清洗副部長一見王子入席，趕忙低聲向他匯報：據悉，軍營的軍火庫在深夜被不明人士闖入，將大批軍武洗劫一空，犯人顯是有備而來，計畫縝密，不僅港口未有船隻停泊出入的紀錄，也完美避開了所有監視鏡頭，躲過了大部分的守衛，只打昏了幾名站崗的士兵，將其捆起了關進倉庫，進出軍事重地如入無人之境，待得交班的軍士發覺有異時，犯人早已攜走了武器逃之夭夭。

這絕非偶然。伴隨著國防總長的怒吼聲和國防部長虛弱的辯駁之語，所有人都忙於找出可歸咎之人，將其打成戰犯後斬首示眾以安民心，以祈能結束這場鬧劇。而王子心中明鏡似的，手心微微出了汗，卻未流露出不安之情，只是再次在桌下發送訊息，試著聯繫上自方才起便毫無音訊的律師。

昨日自己才派律師帶著醫生前往島上，安排了調開守衛、並確保不讓座船留下停泊記錄，當晚便出了事，如今又聯絡不上人，其中肯定有關聯。無論律師是主動還是被動地牽涉其中，定是風雨欲來。

正當所有人毫無頭緒地相互指責之際，王子注意到一名國安局的特勤悄聲進了會議室，向宣傳處長低語了兩句，宣傳處長白了臉，連忙接過他手中的平板電腦遞給國安局長，國安局長看上去又憤怒又困惑，趁著國防總長主導質問的當口，向清洗總長報告了此事，只見清洗總長瞥了一眼便臉色鐵青，粗魯地搶過了平板電腦，送至總統面前。

「怎麼回事？」王子又傳了一則杳無回音的訊息給律師，分神問道。

「似乎是嫌犯洩露了行蹤。」清洗副部長努力豎起耳朵偷聽。

只見總統和清洗總長對看了一眼，總統的眼底閃過一絲慍怒，卻終是壓抑了下，故作平靜地開口令道。「接上螢幕吧。」

王子還在仔細端詳總統的神情，沒來得及反應過來前，助理便已將平板電腦的畫面投上了大螢幕。只聽一個清冷的聲音傳出，不耐地道。「還不開始嗎？」

「差不多了，克里斯交代過，無論政府的人再怎麼無能，只要用他的頻道開始直播三分鐘，也肯定會發覺的。」另一個女聲道。

「再等一分鐘吧。」又一個平靜的嗓音接了口，王子聽在耳中卻全身顫慄，早在第一人開口時他就知道，就知道他會出現。「要不這麼精彩的一齣戲，要錯過了該有多可惜啊。」

所有人的目光都聚焦到了螢幕上，唯獨王子僵硬在原處不敢回身去看，擱在膝頭的雙手止不住地打顫，必須用盡全數心神方能不讓自己在這個當下失控。

音響中傳出的沙沙聲、旁邊人手錶上的滴答聲，以及空調穩定的送風聲都壓不過他劇烈的心跳聲刮在耳膜上的轟鳴，這一分鐘像是一世紀那樣久，王子終於沒能忍住地回首，只見螢幕上的老師正對著鏡頭，一如既往地笑顏溫和。

踏出玻璃屋的那晚，在老師的安排下，他們借重了幾名受軍法黑箱審判而被淘汰的前役軍人領導，又有克里斯拿著王子諭旨調開隔離區大門的守衛，自然是水到渠成。

由克里斯和前役軍人領頭，帶著大部分親衛隊的人，他們避開了監視器和衛兵，輕門熟路地混進了軍營，在軍火庫前打昏站崗的士兵，成功偷走所需的武器。得手後，克里斯卻沒有依原計畫直接離開，而是又讓那幾名前役軍人帶路到倉庫去，拿了些必要物資。

老師在他們出發前便和克里斯商議了，讓他在武器到手後，便趕緊帶著人在事情未曝光前回到本土。克里斯立刻拒絕了，執意要留在隔離區裡陪著他們，但老師堅決地下了指令。「我們不能把所有人都押在裡面，太危險了，必須有人在外面照看接應著。去外頭等著吧，克里斯，待事成之後，我們自會再相見。」

老師難得地語氣強硬，克里斯自知抗議也是徒勞，只能聽命，卻在答允下來後欲言又止，侷促地沉默著。老師只瞥了他一眼便知其心思，溫和地微笑起來，拉過小梅的手柔聲道。「另外幫我個忙，帶上梅梅和你一起出去。」

聞聽此言，克里斯在如釋重負的同時也深感自己實在卑鄙，不敢表露出任何鬆了口氣的慶幸，只低垂下臉沒有接話。

倒是小梅直截了當地拒絕了。「我不去。」

老師嘆了口氣，又輕聲勸道。「你和克里斯一塊去吧，你們倆是該在一起。」

「你既然說了只待事成後自然能相見，那麼就等到時候再和他在一起也不遲。」小梅毫不鬆動，一句話堵了回去。「在那之前，我自然是要陪著你。」

「那你有想過或許有出不去的可能性嗎？」見她如此倔強，老師也失了平靜，提高音量道。「你別傻了，這不是逞強的時候。」

「倘若真有這樣的可能性，那我就更不會走了。」小梅這下索性賭氣地席地而坐，雙手抱胸惡聲回道。「你想也別想我有可能放你一個人留下。」

「**梅梅！**」老師終於沒有忍住，衝她吼道。「**你不要意氣用事！**」

「**我沒有意氣用事！**」小梅也回吼道。「我也不是真那麼不知輕重、若真到了非走不可的時候我也不會這麼和你賭氣！可這不是還沒到時候嗎？你別想逼我走！」

「**你！**」看著小梅脹紅著臉的那股固執勁，像是隨時要哭出來一般，老師是又氣惱又心疼，最終無奈地看向克里斯求助。「克里斯，你說句話。」

克里斯左右為難，看了小梅一眼，又看了老師一眼，實在拿這兩人沒辦法，縱使再不捨得也明白應該怎麼選擇，終是咬了咬牙，彎身把小梅拉起，不顧她又踢又踹的抗議，把人攬進懷中，用力收緊手臂，艱難地迸出一句。「知道了，你留下。」

小梅立時紅了眼眶，克里斯偏過臉親吻了她的側頸，又與老師握了手，便轉身離開，甚至沒有費心告別。而小梅抿著唇站在風中，什麼也沒有說，更不開口讓他留下。

就這樣，克里斯依言行事，在被人發現前帶著一部分的軍武、和翊澤一手培養出來的聖戰士們登上座船返回本土，給他們每人都發了現金、武器和事前準備好的摩托車，讓人分散下去，記得翊澤先生的囑託，務必依照計畫行事。

而另一批人在武器到手後，則是帶著另一部分的軍武，順利返回隔離區內，並依克里斯的吩咐，將從倉庫搜刮到的所有充氣筏和繩梯一併上交給老師。

老師謝過了，快速打點了下，安排他們各自去進行下一步的準備工作，又瞥了小梅一眼。自克里斯離開後，她便一直站在原地沒有移動過，焦慮地揪著自己項鍊上的那枚戒指，直到他們回來後報告一切都好，克里斯也已平安啟程，她才終於鬆了口氣，手指和脖頸後方都被勒得泛白發青。

老師悄悄上前一步，單手按上她的肩，輕聲說。「現在還不遲，你該跟他一起走。」

小梅用力地搖了搖頭，只是繼續看著那人離開的方向，什麼也沒有說。

「你去吧，梅梅。」老師又勸。「你和克里斯真心喜歡彼此，又能夠心意相通，這是再難得不過的事了，你們是該得到幸福。」

一直沉默著的她這才終於開了口，嗓音沙啞破碎。「你有過機會的，你不也沒走？」

是揭開了殘忍的現世，更是勾起了褪色的往日，老師反覆咀嚼著這幾個字，不知是該為自己曾經對於幸福一說有過想望的天真而發笑，還是該為那樣年輕時不懂得隱飾、最終只能眼見希望破碎的愚蠢而垂淚。一旦被戳穿了最後一絲防備，所有再不願意重蹈覆轍的痛苦決心，便緩緩地滲入四肢百骸，直抵達手心連指尖都冰冷。小梅抬眼看向他慘白的面容，悄悄地探過手，握住他涼透了的手指。

在朝陽自地平線後透出光芒的那一刻，老師終於沒能忍住地模糊了視線，日光如同記憶裡螢火蟲在指縫中閃動的細碎光影，落進他的眼底波瀾不驚。那些溫柔的舊夢與願望順著晨曦映入眼中，給予了一瞬明媚燦爛的錯覺。微弱的光點收在掌中，曾經，他也以為他能掌握全世界。

而直到來人稟告一切準備就緒，那些終要醒轉的舊夢與搖搖欲墜的願望，無論再如何支撐著不肯放棄，終究架不住殘酷現實地崩塌，那一瞬曾短暫淬上眼裡的光，也在這一刻徹底宣告消亡。

金色的光束溫柔地落在臉上，他應了一聲，卻不立刻動作，像是在細細品嚐復仇終要得償所願的狂喜，糅合著心碎的滋味，這才轉向小梅微笑道。「在開始前，先幫我沏杯茶來吧。」

原來痛苦可以是這樣的。

王子從來都不知道，這樣的疼痛可以從人體內多深的角落形成，自心底湧現出來，用鋒利的爪子撓得人撕心裂肺後，又在喉嚨上鐫刻深深的印記，一點一點地撕扯著喉管向上爬，將所經之途全數摧毀破壞，終於達到最上方開始囓咬大腦時，才會在承受心臟的碎裂之餘，去意識到那是種多麼深刻的痛楚。

這麼多年過去後，他終於再次見到了他的笑容。

他看著螢幕上的老師溫和地微笑著，儘管又瘦了點，也更加蒼白憔悴，可精神狀況和眼神裡流露出的堅定信念卻是從未有過的好，並不像是將死之人的模樣。

王子渾身都淬上了一層細微的顫抖，只覺得嗓子眼裡像是捂著一塊燒得通紅發熱的石頭，堵得喉頭灼痛沙啞，連帶著也燙得眼眶生疼。他這才明白，原來只是看著這個人，便足以讓自己體認到眾神的專橫和仁慈。

他沒事。

慶幸面前這人安好的想法盤據腦海中，是以王子比起身邊的人都要晚了一步，才能以正常人的方式來認知事態嚴峻。會議室裡明顯分成了三派人：一派對一切都毫不知情，既不知道老師這人存在、也未曾聽說過律師是國安局的特勤，面對這隻突如其來的影片茫然無措；另一派則是僅知曉律師是政府的人，卻不知畫面上這名神祕的男子是誰、又是為何能以律師的帳號開啟直播影片，紛紛交頭接耳，低語著試圖拼湊出真相；而最後一派，明顯便是會議室內那些身居最高位、此刻被震驚得臉色發青的人，他們不僅知道律師在宣傳處的任務，也知道老師的真實身分，更是明白單憑這兩人、便可對他們的世界造成何種毀滅式的打擊。

螢幕上的老師身著白襯衫，端坐在玻璃屋內的一張扶手椅上，手邊擱著一個缺了一角的骨瓷茶杯，看著本該是歲月溫柔的景象，可卻被他腳邊那一地碎玻璃上整整齊齊地擺放著的武器，給平添了一分諷刺的詭譎之情。

只見老師平靜地端起茶杯抿了一口，向畫面外的人點了點頭示意，這才看向鏡頭，溫和地微笑著，終於開了口。「今天闖入軍火庫的人，的確是我們。」

「但在說到我們為什麼這麼做之前，我想，我還是該先說說自己是誰，才合乎禮儀。在座的各位知道我是誰的恐怕不多，我是隔離區裡的負責人，按你們的說法，也就是淘汰者之首。曾經我以自身的自由和三個籌碼，換取了與政府的合作，雙方各退一步，你們能解決一樁麻煩和隱患，我們則能過上好一點的生活，倒也算得上是君子協議。這麼多年來，我一直信約守諾，乖乖地待在這個地方，約束著我的人甘心做個淘汰者低人一等，為某些人保守真相以此忍辱偷生。這麼多年來，我不爭不吵不鬧，成全了你們虛偽的理想國。這麼多年來，我們都不配為人，可那真正泯滅人性之首卻仍端坐高位湮滅罪孽。」

他停頓了下，抬眼輕笑。「但，不再如此了。」

清洗總長爆出怒吼，轉臉向國安局長喝斥道。「**立刻查出訊號來源！關了他網路！立刻切斷！**」

而王子則頭也不回地咆嘯。「**不准斷！**」感受著所有人的視線都扎在自己脊梁上，王子卻渾不在乎，只是繼續盯著螢幕上的人，眼神一刻都沒有轉移開，雖並非為出言阻止的本意，卻也信口將一字一句都分析得在理。「我們必須知道他偷來那些軍武的目的、和即將進行的計畫，不能斷。」

在清洗總長來得及駁斥王子之前，國安局長回報了，道這是以私人影片的方式上傳的直播，只有擁有律師頻道密碼的人能看見，目前觀看者也只有會議室裡的他們。既然確保了暫不會使真相曝光，王子所言也確實有理，清洗總長便只恨恨地剜了他一眼，不再多說。

鏡頭另一端的老師自是不知道這方的衝突，也不會知道王子的那份私心，只是接續著訴說。「不是沒有想過要逃出去喔，我們的人早為此做了許多準備，我們完全有能力逃出隔離區，但我們沒有。我們想要正大光明地走在陽光下，想要奪回我們應得的權力，再不想讓其他人也遭此對待。在座的各位，好好想一想吧，你們真的能確保自己是安全的嗎？不會有一天突然失足嗎？真能站在正確的制高點永不殞落嗎？仔細想一想，若不是上天保佑，這個人可能就是你。」

「我們已經受夠了這樣的待遇，再不想做次等公民，今日我們之所以如此決策，正是因為和你們一樣，我們也想贏。」他輕聲說，又強調了一次。「其實我們什麼都不要，我們一直以來，想要的，只是和你們一樣。」

老師沉默了幾秒，讓這個句子緩緩滲入人心，才驀然微笑起來，沒頭沒腦地說。「**我知道你在聽。今天過來見我。**」

王子頓時渾身僵硬，方才因這人安好而火燒火燎地燃盡一切的痛楚，在這一刻全數冰冷了下。

「你可以不來，你們也可以派人來將我們徹底殲滅，就像是焚化爐裡的垃圾一樣，太簡單了，不是嗎？只不過，多麼諷刺啊，我曾經以此談判的籌碼，如今再一次成為我手上握有的、足以威脅你們的武器。要知道，我在各個車站、機場和商業大樓的人潮流動處都安排了身染瘟疫病毒的人，同時也在這些地點、醫院、和一旦疫情爆發時所需物品的原料廠、藥廠和生技中心，都設置了人手、武器和炸藥，這可都是些你們曾贈予我們的禮物呢，你們仔細想想，這是多麼詩意啊。」

他說著像是想起了什麼，眼尾的紋路染上了一絲悵然，握緊了拳，指甲深深地刺入掌心。「你們當然可以派人去抓我們，但就像捉迷藏一樣，在時間結束前，在早晨準備上班上課、毫不知情地開始他們美好一天的民眾出門的同時，我由衷地希望你們能有十足把握抓到每一個人，否則一旦有遺漏，我們的人下手也絕不會輕。畢竟，我們可是淘汰者啊，既然早被這個社會淘汰了，又怎麼會有所謂的人道主義精神呢？當人被逼到絕境時，究竟能爆發出多麼強大而不顧一切的力量，你們永遠不會明白。」

「而我想，除了病毒和彈藥，和當初一樣，我手中握有的最後一樣籌碼，也將是對我最有利的籌碼。說到底，比起瘟疫和傷亡，我們的政府更恐懼散布開來的，恐怕這麼多年來，始終還是**真相**。」

說到這，他不懷好意地微笑起來，假作不經意地偏了偏身子，露出身後櫃子上擱著的相框一角。而一見到那被凝固在了相紙上的笑容，總統猛然站起身，終於也失了冷靜，快速地和清洗總長交換了一個眼神。

「我曾經對自己說過無數次，我不想成為和你們一樣的人，可如今想來，又是為什麼不呢？那似乎才是真正能讓人在這個社會上立足的最佳手段，不是嗎？」

老師最後微笑著，對鏡頭眨了眨眼睛，停止了直播。

會議室裡亂成了一團，低層級的官員們轟鬧著詢問真相，高層級的則以幕僚團為首怒斥國安局辦事不力，總統繃直肩背站在原處，清洗總長在旁急切地低聲對他說著些什麼。

有人提議先封鎖各大眾交通運輸為上，有人要求該立刻找到律師出來問責，有人則說應先找出那首腦想見之人再行打算，有人詢問為何隔離區內的人能安排讓人染上早已絕跡的瘟疫病毒，有人建言道其他的都是小節、可同步進行或事後處置，可當務之急該是立刻派出軍隊鎮壓血洗隔離區，不留一個活口，方能確保不會有後顧之憂，只需總統一句話，他們即刻便去調兵。

在哄亂中，突然一個冷酷的嗓音響起。「**誰敢。**」那聲音並不高，也未有動怒之態，只是蘊藏於其中的威嚴令人不自禁地向其看去。眾人的視線落在了王子身上，卻見他很平靜的模樣，並不理會旁人，只是逕直向總統走去，站定在他面前輕聲道。「他要見的人，是我。」

總統自是不可能讓他去的，但就和當年的老師一樣，王子只用了一句話，便堵住了總統所有未能脫口的話語。

「**所有人都一律平等，但有些人比其他人更平等。**」他說，帶著些涼薄的笑意，滿意地見總統瞪大了眼睛。「我知道的，我當然知道。而就像他說的，要想讓真相不被曝光，要想讓真相停留在我們**這些人**、這些比其他人更平等的人手上，就讓我去。」

第十章

假若他日相逢，事隔經年我將何以賀你？以眼淚，以沉默。

——喬治・拜倫

縱然有不贊同的聲音，但王子毫不在乎，在有人提出淘汰者們或許只是在虛張聲勢，並未真正持有病毒、也不會發動恐怖攻擊的質疑時，他甚至能夠輕鬆地抱著手臂笑出聲。他們真是太不了解他了。

「會不會發動攻擊我不知道，但有沒有持有病毒？」他看向總統。「你們也應該要知道。」明白他們現在是和時間在賽跑，即便截至目前尚未有攻擊事件傳出，可卻是誰也沒法確定，就在他們爭論不休的當下，是否那曾侵襲過全國的瘟疫，也正無聲無息地蔓延開來。

總統和幕僚團關在密室中商議了一會，才終是決定了採取多點行事的計畫，讓王子進隔離區見那淘汰者首腦、爭取時間並明白其訴求；同時派人前往影片中所提的可能攻擊地點暗中搜捕，必得嚴密防止走漏風聲，絕不能讓人民失去對政府的信心，一切都需祕密行事；且無論如何，不惜一切代價，都得把那通敵賣主、背信忘義，分明被恩賜了能作為正常人的機會、卻仍自甘墮落與淘汰者為伍的律師給逮出來。

王子任由他們安排著，什麼也沒說，只在國安局的幹員試著往自己身上安裝竊聽器時，用一句話淡淡地堵了回去。「你們真想讓外面的人聽到裡面的對話嗎？」

總統和清洗總長對看了一眼，才指示幹員撤下竊聽器，轉而將一張拇指大小的芯片縫進了王子的右袖口內側，告訴他一遇危險，便立即用力長押三秒，守在外頭的軍隊會以他的安危為第一要務，就是血洗整座隔離區也要將他們的王子給救出。

國安局長又遞了一把手槍給他，王子不置可否，溫順地接受了所有安排，隨手接過了塞進後腰，用西服的下襬擋住了。

這一切都不過是小節罷了，並不重要，他只想去和他見上一面，只想親自見他是否安好。哪怕多麼諷刺的是，自己曾經才是那個將他給推入萬丈深淵，傷得體無完膚、痛得撕心裂肺的人。

專機迅速地將王子送上了離島，為應對更大的災害爆發，總統須得留在本土坐鎮，故是由清洗總長和國防總長親自陪著他前來。荷槍實彈的部隊護送他到了隔離區外，駐守的軍人表示控制閘門的線路已被全數破壞，只能手動拉開，可淘汰者們似乎從裡加了障礙，現在若想進去，怕是只能強行攻進了。

「不必如此。」王子逕自走近了些，平靜地開口。「是我。」

只聽小梅微弱的聲音從門內傳出。「讓他進來，只讓他進來。」

閘門緩緩地被拉開一個足以讓一人通過的空間，王子無視了身後的清洗總長對自己的叮囑，甚至吝惜給予一個眼神，自顧自地走了進去。站在門邊荷槍實彈的兩名親衛迅速地把門回歸原位，將他和外面的世界隔絕開來，劃出一道無法回頭的事件視界。

多年過去了，小梅依舊藏不住情緒，確切地說，藏不住對他的厭惡之情。她鄙夷地掃了王子一眼，彎起一個諷刺的冷笑，而見著她和她身邊一排持著武器的親衛，王子倒是絲毫不怵，向她頷首致意，只在見著她臉上除了刺青編號外，又多出的那道猙獰疤痕、襯得她本應清秀的面容寫滿怨恨時，不禁撇開了眼，是不敢、更是不忍直視。

在小梅來得及開口讓人搜他身前，王子率先動作，逕自繳出了那把手槍，並親手把自己挾帶進來的備用手機遞到了小梅手裡，就似昔年的習慣一般。小梅有些詫異，卻沒有多說什麼，只是安排了讓三名親衛護送他們進去，其餘的人則繼續守門。

這裡的一切都不一樣了。農田早亦荒蕪，畜牧場也再不見昔年榮景，木屋房舍早倒塌了一片，一切都不一樣了，可在陌生中卻又像是一切都未曾改變過。王子安靜地走著，每一步裡都藏著他與他的過往，主建物裡陰暗的樓梯間、狹長的過道、大片大片地灑落身上的慘白光線，一切都被銘刻在記憶中，像是揉進了骨血裡一般熟悉，就是闔上眼睛也能夠往自己的心之所向前行。

終於啊，在這麼多年後，他再次站在了他面前。

那曾經囚禁了他的年華、也保護了自己的懦弱，阻隔了他們即便再如何貼近也永遠沒法觸及彼此世界的玻璃，終於破碎了。多年來，這還是王子第一次，能夠不隔任何屏障、不憑任何掩飾地站在老師面前，看著他對自己溫和地微笑。

最後一次見他是在那樣狼狽而不堪的情景下，如今終於能夠再好好見上一面，真的，太好了呢。

五年不見，人事皆非，他們的眼角都添上了紋路，可任憑名為歲月的巨輪潤物無聲地輾過是多麼折磨心神，老師卻連笑容的弧度都未曾變過，像是他們最後一回的分別並非那般難堪痛苦，而只是一次短暫而再平凡不過的別離。一切都像是時光未曾老去，只聽老師終於開口，帶著笑意無比自然地招呼他，一如往昔。「真開心又見到你，小王子。」

諸神該是多麼專橫又是多麼仁慈，才使他們相遇，令他們天各一方，又在多年後的今日，讓他得以親眼見這人安好。

深深地凝視著面前的人，王子不禁有些鼻酸，在止不住地想笑的同時又感到那般疲憊，像是僅只維持著這份顫巍巍的平靜便已耗盡了全數心神，良久才垂下眼瞼，終於喊了一聲。「**以諾**。」這個名字脫口的當下，一切都像是驀然清晰了，他試著伸手想碰觸面前的人可終又退卻，顫抖著的嗓音乾澀沙啞，輕聲道。「**太好了**。」

縱使預期到了他對自己的那聲輕喚，卻沒料到後面的那句喟嘆，老師微愣了下，有些好笑，指了指自己腳邊地上的武器道。「太好了？怎麼，看著沒你想像中的多所以覺得安心嗎？別傻了，小王子，克里斯帶著人和武器在外頭呢。」

「克里斯？」王子迅速地自記憶深處挖掘出這個名字，一旦能夠連結上，許多事情瞬間有了解釋。「就是律師，對吧？」他搖了搖頭，低聲笑了。「他跟我說過的那些話，我早該知道的。」

「他也說了讓我別相信你啊。」老師哼笑一聲。「說著早知道，又有什麼用呢？還不如像你一樣說句太好了？太好了，現在的我不再信任你？」

「**太好了**，」並不理會老師那般尖刻的嘲諷，王子只是看著面前的人，輕聲強調。「**你沒事**。」

他們重又沉默了下，誰都沒有心力再接續無論針鋒相對或者過於溫情的語句，卻也是誰都沒有逃避開彼此的目光，任憑時光流轉在他們繾綣的對視中，像是要將所有未曾說的、沒能說的，以及即將來不及說出口的話語全數凝聚在這一眼中，透過這樣的方式讓對方知道。

良久，老師才像是為了自己這一刻的柔軟而感到羞愧，迅速地撤回了視線，率先開口。「我在影片上說的話，你都聽到了？」

「聽到了，所以才來見你。」

「那麼你前來見的，是淘汰者之首、是老師，還是你口中所謂的以諾呢？」老師笑道，見王子沒有回答，倒也不為難他，平靜地接著道。「我想也是。但是，親愛的小王子啊，你可千萬別誤把我將直播給設成私人影片這個舉動，給視作心軟的錯覺了，我不過是和你父親學著，為我們的人鋪路罷了。先製造出災難再從中得利，只要不為世人所知，便能心安理得地以正常人的身分融入社會中，若是順利，說不定還能當上總統呢，怎麼想都是划算的，不是嗎？」

「你讓我來見你，現在我已經來了。」王子打斷了他。「為什麼叫我過來？」

「因為啊，小王子，和當初一樣，你對我們的計畫來說，至關重要。」他笑了笑，語氣柔和。

「而我想，和當初不一樣的是，現在你的計畫裡，已不再包含了將我自災厄中赦免的這一環吧。」帶著自嘲意味地輕笑起來，王子倒也大方，直視進老師眼底。「所以，你不妨直說吧，你想要什麼？」

「喔，小王子，你是知道的。我想要的東西很簡單，始終如一。」只聽老師柔語道，聲線裡淬上了幾不可聞的痛苦意味。「我想讓我們的人出去，想讓高牆倒下，想讓大家都得到應有的尊嚴，能被視為人對待，能過上和你們一樣的、正常人的生活。」

王子沉默地看著老師的面容，突然意識到，這麼多年過去了，老師從來都沒有改變過。他始終是這樣溫柔而堅定地面對一切，在如此艱困的條件下他曾錯誤地交付了真心，被信任的人背叛出賣，賠輸上所有重要親近之人，可即便看似沒有指望了、所有人都放棄了、連自己也背過身去時，他依然堅守著目標，不曾因為失利而索性像斯忒諾一般不擇手段，而是執著得近乎傻氣地保有他天真的、勇敢的、可敬的希望。

這麼多年後，他本該回歸其位，本應自安天命，本當接受不完美的現實，過上平靜的日子。可他偏不，他偏要向這個世界抗爭，像是從不知道放棄為何物，即便天已崩塌也拒絕認命，永遠懷抱希望地去為所有人而努力。

那自己呢？

王子突然感到從未有過的挫敗和驕傲，面前的這人緊攥在手上的，正是自己一度擁有卻曾經丟失了、一直以來無比嚮往的方向。他從未如此深刻地感受過自己的無能，愧疚於自身的懦弱，痛苦於曾經的逃避，並與此同時，打從心底地仰望老師那令人欽佩的堅定信念。

於是他驀然開了口，向老師問道。「你還沒告訴我，你為什麼想見我？」可其實連他自己也不知道，這麼問著究竟是想得到什麼樣的答案。

老師答得倒是理所當然。「為什麼不呢？畢竟我是再沒什麼好失去的了，可你和你父親不一樣，小王子，真相這東西對你們來說，是你們輸不起的奢侈品，那我又何不以此作為籌碼，奮力一搏呢？」

「我是知道的，政府絕不向恐怖分子妥協，是以，屆時你們派來的談判專家也絕不會認真聆聽我們的訴求，而只想從中抓到把柄擊潰我們，我可絕不能讓這樣的事發生。所以，把直播設成私人影片算是拋出了橄欖枝，我仍然需要一個會伸手接下這份善意、願站在我這一方的人前來談判，而小王子，這就該是你上場的時候了。」

「二十四小時。自直播開始那刻起算，翊澤本來只願給你十二小時的，但看在我們過去的情分上，我給你二十四小時。我要看到你父親在全國媒體上親口說出這兩點：一是承認清洗政策的錯誤及其剝奪人權的不堪，二是承諾會將我們釋放出來，並明確道出以一個月為限，將所有人轉移出隔離區。我只給你二十四小時，哪怕超過一分鐘，克里斯都會讓我們在外面的人直接發動攻擊，絕不留情。戰爭即將到來。」

「多年過去後，如今命運即將以王冠加冕，使你成為君王，毫不費力。但是時候決定了，小王子。你究竟是要做那空有野心和命運加身、卻錯估形勢且不顧正義何在的馬克白，還是要當那明可大權在握、卻不顧自身榮華而欣然為正義迎戰的麥克達夫[21]，現在全在你了。」老師說，直視進王子眼中，如同荒野上的命運三姐妹宣讀著判詞。「是時候該做出選擇了。」

今昔和往日交疊糾纏著，相像得令人不禁想發笑。王子能從老師的眼中看得出，他正一步步引導著自己發問，便也從善如流地問出了那和昔年一般無二、如今的自己也想知道答案的問題。「這麼多年過去了，你憑什麼覺得我會幫你？」

而老師笑了起來。「怎麼？這麼多年過去了，你還在期待我會說出那句喜歡你嗎？」他輕笑著搖了搖頭，也不知是在笑他還是笑自己，終究是落得傷人傷己，誰都討不得好。「別傻了啊。」

只見老師掏出手機，對他亮出一張照片，王子定睛一看，不禁愣住了。畫面上的他們隔著玻璃，掌心相貼、額頭相抵、四目相對，倒影映射在對方身上，虛幻不真地溫柔，儘管並未真正觸及彼此的世界，卻仍看似無比貼近，像極了一對親密戀人。

比之竟被拍下了這張照片，更令王子感到詫異的，其實是照片中他們的神情。鏡頭是從王子斜後方的角度拍攝的，畫面上的老師被捕捉到了正面，滿臉滿眼都合著溫軟的笑意；而自己，多年來曾堅信不移的，在那個當下應本著自幼的教育、而對那句喜歡感到噁心厭惡至極的自己，即便從斜後方僅能拍攝到小半邊側臉，卻也能從眼尾下垂的弧度和止不住上揚的嘴角，瞧出那份真心的溫柔微笑。

「按一下就會全網推送喔。」老師並不知他的沉默是為了何種心緒，只是輕飄飄地說。「真不知道當世界發現了他們最愛戴的王子殿下、總統未來的繼承人、清洗部的部長、正常人的楷模、國家未來的希望，竟也是我們的一分子時，事情該會變得有多有趣呢。」

21 出自莎士比亞作品《馬克白》

說著，他終於還是沒有忍住，探手溫柔地撫上王子的面頰，輕聲喟嘆。「你沒有選擇了呢，璽君。」

只可惜，他這樣的演技在欺騙他人時還能稱得上精湛，能輕易地將人把控於股掌之中，可看在真正了解他的人眼中，卻只顯得那樣拙劣而悲哀。王子早就已經看穿了，他的以諾啊，他的愛裝腔作勢的以諾啊，他當然能看穿那掩埋在佯裝出的冷酷笑容背後的痛苦。

王子深深地看著老師，在想笑的同時又有些想哭，什麼也說不出口，左手輕擦過右手的袖口內側，這一回卻並未有所動作，而是在老師收回手時快速地伸手向前，指尖劃過了他的小臂和手腕，兩人的掌心順勢貼上，完美地嵌合在一起。

老師終究沒能忍住那份驚訝閃過眼底，愣愣地看向他，而王子安靜地、深沉地、溫柔地說。「我曾經有過。」

王子毫髮無傷地自隔離區內出來，守在外頭的清洗總長和國防總長雙雙鬆了口氣，忙追問詳情，王子卻只淡漠地掃了他們一眼，道此事只能由他親自向總統回話，便什麼都再不肯說。

二位總長沒辦法，只能一面安排本土準備接駕，一面推著人上了專機，迅速地將王子送回總統面前。總統由國安局長陪著開了一上午的會，鬧得心煩意亂，一聽說王子回來了，便立刻召人來見，確認了王子平安無事才放心下來，摒退左右，只留下了二位總長，讓王子趕緊回報情況。

可王子卻仍不肯說，要求和總統單獨談話，眼見時間緊迫，總統拿他沒辦法，只能以眼神示意另二人先行離開，在門帶上的那一刻又急不可耐地問。「所以呢？那個淘汰者要什麼？」

「他有名字的，他們都叫他老師。」卻只聽王子輕飄飄地說，聽不出多餘的情緒。「不是淘汰者。」

「你說什麼？」若換作從前，總統或許還有興致和他言說兩句，可眼下都這個時候了，自是沒有心情理會他，不耐地又問了一次。「那個淘汰者到底想要什麼？」

「他有名字的，不是淘汰者。」並沒有被面前人的急切給傳染，王子只是執拗地再次強調。「他的名字，是以諾。」

總統愣了下，可還是強抑下怒氣，換了個折衷的稱呼。「行吧，那他們到底想要什麼？」

「他們想要出來，想廢除清洗法案、不再被視為淘汰者，否則再不到十八小時後，便會發動攻擊。」

「我就知道。」總統恨恨地低咒了一聲。

「我建議您還是照辦為妙。」

「不可能！」總統怒斥道。

「這樣啊。」他淡漠地聳了聳肩，像是事不關己一般。「那麼，您只能把我也送進去了呢，父親。」

「不，我不需要！」總統不耐地向他吼。「都什麼時候了你還說這些！我早說了要把強迫症解禁是你執意拒絕！我現在也可以隨時下一道命令除名！都這個時候了你別再給我添亂！」

「不是的，這和強迫症無關。」

「那又是什麼？怎麼，王子，他們握有你的把柄不成？」

把柄嗎？王子斜了斜嘴角，在這一刻他所想到的，並非是那張被設了局所拍下的照片，而是自己這麼多年來的痛苦和掙扎，是他的以諾孤身一人守著的信念和希望，是他與他都曾錯付可如今不再如是的信任，是掌心相貼的溫度，是那曾擁有過彼此珍稀而真心的一份笑意。

律師，不，克里斯說得對，最重要的是必須自我釐清，真到了此刻，他真正願意站穩腳步與之奮鬥的，究竟是哪一方。

於是他終於輕聲開了口。「不，不是這樣的，是我不想再當王子了。」璽君安靜地說。「我和他們，和當初你以強迫症為由放棄的那人，和以諾，是一樣的人。而如今我也已經決定了，要和他，和**我們**，站在同一方。」

總統瞪視著他的眼神從困惑到瞭然，一瞬間又燃起了火燒火燎的憤怒和決絕，但很快又回歸冷酷的平靜，只沉默了下，便溫和地開了口，只道自己會處理，讓他別管這事了，今天來回奔波也辛苦，讓他回去好好休息，外頭恐怕不平靜，為求謹慎會派人保護著他，讓他務必放心。

名為保護，實為軟禁，其實都是一樣的。璽君並沒有抵抗，平靜地接受了，任由總統按下內線，調來一批人護送他回到府邸，不止他的臥室外守了人，整棟房子裡三圈外三圈地全站滿了荷槍實彈的護衛。

反抗的確是困獸之鬥，但璽君仍不打算放棄。

他積極地以電話和訊息聯繫朝野中可能立場相近的人，談判、利誘、威嚇，總之以籠絡人心與他站往同一陣線為目的而不擇手段。令他意外的是，願表態支持的人竟佔多數，他得到了不少反響，幾通電話下來，甚至有官員主動和他聯絡上，表示願略盡綿力，和他一起抗爭廢止《基因清洗法案》此一惡法，將正義還諸於世。

而那其中竟也包含了清洗總長。清洗總長輕易地通過守衛進了屋，來到璽君房前，並不為難守衛放他進門，只是隔著門板，低聲告訴璽君。「我知道你和你父親都談了些什麼，也知道他當年、**我們**當年，都做了些什麼才換來今日，我都知道。」他安靜了一瞬，輕聲道。「所以，我想要重新來過，別一錯再錯。」

清洗總長並未久待，卻持續和他以訊息商議著，分頭取得了更多人的認同，進展順利得近乎虛幻不真。

在璽君回過神來時，已接近午夜了。他來回活動了下僵硬的手腕和脖頸，拉開窗戶透口氣，晚風蕭索撲在身上，可一腔沸騰著的心熱卻絲毫不覺冷。

他舒了口氣，這才突然想起，拾起手機傳了則訊息給克里斯。

「我不知道你是否能看到，但我想告訴你，我做出選擇了，選擇了一方與之奮戰。我選擇你們。」

他抬眼看向黑夜中殘碎的月影邊綴著的微弱星點，如同螢火蟲一般，在他的夢裡連同理想尚未死去的火焰，一起綻放出無與倫比的光芒。

黑夜無論再如何悠長，白晝也總會到來。

第三部
破曉

黑暗籠罩著世界，
但理想卻光芒四射，無比燦爛。

——維克多・雨果

第十一章

釋放無限光明的是人心，製造無邊黑暗的也是人心，黑暗和光明交織著，廝殺著，這就是我們為之眷戀而又萬般無奈的人世間。

——維克多・雨果

次日，天方破曉，大火封區。

璽君得知消息時已經太遲了。昨晚便已是戒備嚴密的守衛數量，不過數小時間，人數又翻了倍，房頂和窗台上全站滿了人，斷了他能逃出的所有路線。

他還不死心，端起王子架子，嚴正喝斥房外的守衛放他出去，守衛畢恭畢敬，以總統之令為由道恕難從命。璽君又試著搬出昨晚與之結盟的清洗總長，只道他找自己有事商議，不信大可與其確認。卻只見守衛深深地又鞠一躬，道。「總長早交代了，若殿下您找他的話，那麼，就肯定是您說錯了，也是我們聽錯了，這樣的錯話聽一次就夠了，可萬不能一錯再錯下去。」

是啊，什麼重新來過、什麼不願一錯再錯，一切都只不過是拖住他的手段罷了。對錯之別，這些人看得向來比他通透，也比他決絕。他早該明白。

不用想，克里斯的頻道早已被封禁了，犯過一次的錯誤，他們不會容許再重蹈覆轍。璽君只能賭一回，顫抖著撥通自己那隻備用手機的視訊電話，若他的猜想沒錯，政府怕是早把整座島上的電信網路都封鎖了，但他的手機和總統及幕僚團一樣，為確保隱私和效率，也為體現其身分尊貴不凡，用的都是國家特別開發的系統。他們只不過是些淘汰者，不可能有這樣的管道，政府或許不會想到這條線而斷開這份聯繫，他還有希望。

所幸在上天最後一份施捨的憐憫下，視訊被接通了。只見老師蒼白的面容出現在螢幕上，璽君急切地連聲喊他，卻只見老師匆匆地對鏡頭一笑，便將手機丟給了旁人拿著，並不理會電話這端心急如焚的他，逕自打點一切。

克里斯帶給他們的繩梯和救生筏昨日已架設到位，老師點了幾位還有行動能力的人由小梅領頭，帶著大部分的孩子們逃，能走幾個是幾個；病舍中安寧房的植物人和失智的年長者則讓人集中一處，道在最後萬不得已時，直接下手結束他們的生命，免受惡火折磨；至於其他只能留下的人，則搜括清水和糧食，和自己一起陸續移往納尼亞。

像是早已猜到了老師不打算離開的決定，小梅雖紅了眼，卻不和他爭辯，只是一一應下了，又慌忙地問。「那翊澤呢？翊澤怎麼辦？他還守在姐姐的墓旁不肯走也不願躲！」

「他是不會離開的。」老師垂下眼，搖了搖頭。「由他吧，你姐姐若泉下有知，知道他陪著她，肯定也會開心的。」

小梅沉默下來，咬了咬牙才終於放棄，依著他的指示來回打點指揮，老師又叮囑她，記得帶上那名被克里斯作為掩護所挾持進來的醫生一起逃。「他到底是無端受累，不該葬在這裡，留個位子給他吧。」

他們終究不想成為和他們一樣的人。

手機另一端的璽君透過螢幕看著老師，只覺得他的每一個字都扎在自己心口上，割得痛徹骨髓，即便他為他的以諾感到多麼驕傲，也沒能捨下那份椎心刺骨的痛楚。

他看著老師一一親吻孩子們的額頭，告訴他們別怕，跟著梅梅阿姨跑，一切都會好的，記得把口鼻掩住。孩子們緊抓著他的手，哭叫著不肯走，老師不禁笑了起來。「別傻了，你們要記著，活著就有希望，會有希望的，你們都要好好活著，要替老師和其他人好好活下去。」

在孩子們陸續被拉開帶往逃生點後，小梅才終於拖著沉重的腳步向老師走去，站定在他面前。老師維持著平靜的笑意，拉著她的手，叮囑了讓她一切小心，務必照顧好自己，並代為向克里斯致上謝意，像是怎麼也嘮叨不完似的，就像在他眼裡，她永遠是當年那個小女孩。小梅垂著臉，顫抖著只用鼻音答應，不住點頭，卻什麼也沒有說，最後才終於憋出一句，語調破碎卻無比堅定。「**你放心**。」

真到了非走不可的時候，她也不會真這麼賭氣，會好好地走，不讓他擔心。老師終於紅了眼眶，把她攬進懷中，親吻她的臉頰。好女孩。

而小梅用力地回抱他，收緊手臂直到他肋骨生疼，瞪大眼睛大口大口地換氣，死命地撐著不讓自己哭出聲來。

遠處有人喊著沒時間了，再不走就走不掉了。小梅痛苦地閉上眼，極其輕微地搖了搖頭，眼淚終於掉了下來。而老師難受地笑了笑，沒有說破，只覆在她耳邊低聲說了些什麼，小梅點了點頭，緊緊地捏了下他的手，看了他最後一眼，才轉身離開，什麼也沒有多說。

老師安靜地目送小梅遠去的背影，過了一會才回過神，謝過了方才幫忙拿著手機的人，讓他和其他人一起下去準備著，這才接過手機，笑著招呼了一聲。「璽君。」

璽君終於沒能忍住地掉下淚來，他哭得尊嚴全無，低聲下氣地懇求道。「以諾，以諾我求你，我求你了你快逃吧，求求你了，是你自己跟孩子們說的不是嗎？活著就有希望啊！」

「不了，璽君，我的希望在很久很久以前就已經死去了。」老師笑了笑。「所幸，我的理想無需隨之殞落，這還得要多謝你父親，他若不做得這麼絕，世人也不會理解我們所受的迫害，梅梅和孩子們有希望了。」

「他們有希望那你也有啊！你為什麼就這樣放棄？為什麼不逃出來？」

「因為，」提高了嗓音壓下他氣急敗壞的質問，老師笑著道。「因為這是我的家，我的家人都還在這裡呢，我是不會走的。我早跟你說過，我要想逃的話，十五年前我就可以離開了，現在我說什麼也不會走。」他搖了搖頭，垂下眼瞼溫柔地微笑。「璽君，我想要的，你永遠不會理解。」

「我理解的，我真的理解，以諾，你相信我，我會幫你完成你的理想的。」眼見老師已經放棄了逃生的意志，璽君又急又快地反覆言說，不知該如何讓他再次信任自己。「不，那是我們、是我們的理想不是嗎？以諾，我保證，這一次我會做到的我向你保證！所以我求你了以諾，你快逃吧。」

「永遠不要做出明知自己不可能遵守的承諾。」然而信任是一種太過珍稀的情感，如今的他已無法再那樣奢侈地揮霍了。面對璽君的卑微乞求，老師卻只是涼涼地道。「這是不可能的，別傻了，璽君。」

璽君眼裡僅剩的希冀和光芒逐漸死去，可他卻仍不肯就此放棄，沉默了下，才直視進老師眼底，一字一頓都說得無比堅定。「可能的，以諾，因為我已經決定了，我選擇你們，我選擇**你**。以諾，請你，請你走向我，走到我身邊。」

事到如今了，都事到如今了啊。聽著這樣決絕的深情語句，老師愣愣地看著他，只見璽君的眼中全是淚水，他不禁笑了起來，笑得前仰後合，笑到連眼淚都跟著止不住地落。

大火延燒的很快，已經吞沒了大半個隔離區。老師不再理會他，只是點按了下手機，便指揮其他人將安寧房的人乾脆俐落地了結，又將被濃煙和高熱給嗆咳得啼哭不已的殘疾孩子抱起，溫聲哄他們別哭，一面催促所有人進到納尼亞，以大量的床單和毛巾封住所有縫隙。

地下室的訊號不佳，畫面開始斷斷續續地延遲並不時停頓，以致當老師將手機架設在一旁時，那看向璽君的最後一眼被凝固在了畫面上。他的眼神裡有一些不捨，有一些遺憾，卻不曾有過後悔。

在這個世界上，無論正常人或是淘汰者，除了他們兩人之外，再沒有人知曉也不會有人在乎，兩顆心安靜地碎裂，竟是這樣悄無聲息。

納尼亞裡雖然擠滿了人，可在高度緊張和面臨死亡的壓力下，卻是鴉雀無聲，除了外頭傳來的爆破聲和間或響起的咳嗽聲外，再沒有了任何聲音，連手機另一端的璽君也屏住了氣息，生怕擾亂這最後的平靜。

還是老師先打破了沉默。只見他一手攬著一個孩子，笑意溫柔平和，微微揚起嘴角，起了個音唱道：「這首歌獻給那些正在受苦的人，」唱完第一句，他略帶不好意思地垂下眼，歌聲漸輕，但他左右方坐著的兩人卻默契地接上了，和他一起把歌唱下去。老師的眼角有些濕潤，他們唱得很慢，也不十分整齊，但漸漸地，在越來越人的應和下，聲音也跟著響了起來，最後所有人都加入了，在生命的最後，一齊唱起了屬於他們的歌。

這首歌獻給那些正在受苦的人
帶領那些仍懷抱夢想的傻子
哪怕為生命的火光奮鬥著遍體鱗傷

也要繼續堅定無悔地反抗
這都是上天引領的最佳安排

所以
敬希望　敬理想
敬反叛　敬愚蠢
敬那些仍懷抱夢想的傻子

在這裡
將這首歌獻給那些正在受苦的人
終能以失敗者之名迎接死亡
坦然接受上天引領的最佳安排
這世界正是因此才需要我們

因此
嘆希望　嘆理想
嘆反叛　嘆愚蠢
嘆那些仍懷抱夢想的傻子

這首歌獻給那些正在受苦的人
他們的信仰未曾死去

璽君全程看著，順著旋律，一遍又一遍地隨著他們輕聲哼唱。他要看著他的以諾。遠處傳來爆破和重擊的悶響，越來越近，越來越近，但他們的歌聲卻不曾停過，老師抬臉望著聲音傳來的方向，眼底毫無懼色。

視訊至此，驀然被掐斷了。

璽君小心翼翼地伸出手，貼上手機微燙的螢幕，顫抖著嗓音輕喊一聲。「**以諾？**」卻終究只見一片黑暗。

第十二章

在戰爭中死去並不可怕，可怕的是如此多的犧牲還沒有換來和平。

——溫斯頓・邱吉爾

這把火整整延燒了兩週。

璽君看不到，但他想像得到。

政府開放讓媒體至島上遠遠地拍攝，在整排的記者和攝影機前，從本土調來支援的消防隊領著軍隊煞有介事地忙進忙出，空勤直升機就有三十架，甚至出動了軍機一同救火。由幾名總長和部長輪番上陣，對著鏡頭說些冠冕堂皇的話，義正嚴詞地表示儘管只是些淘汰者，但他們仍舊會竭力撲滅火勢，盡一切努力救出可能的生還者。

可在鏡頭拍不到的地方，那些飛行器全成了運送燃料的載體，不停投放汽油彈以繼續加強火勢，確保隔離區的每一寸土地都被火舌吞沒。

就像焚化爐裡的垃圾一樣，太簡單了，不是嗎？

璽君看不到，但他能聽得到。

或者該說，有人想方設法地確保了他一定得聽到。殺一儆百是必要的，更何況如今不惜殺百也要儆一？自是不能白白浪費了。

是以即便仍被拘在房裡，但從門外到窗檯上站著的、乃至於給他送飯和日用品的守衛，各個嘴裡都說著同一件事：烈火或許燒不死蟑螂，那就得委屈點，靠人為來踩死那些在火場中亂竄的、骯髒低下的生物了。

在火勢略緩後，打著搜救之名的裝甲車陸續駛進了隔離區，連國防總長都紆尊降貴地親自進去了一趟，搜遍每一個角落，確保不留任何活口，再不會有後顧之憂。

這就該是淘汰者的下場。他們笑著說，冷酷嗜血的蔑笑聲傳進房裡，璽君安靜地聽著，面無表情地任由他們的笑語抽得人心四分五裂，全身籠著一陣輕微的顫慄，冰冷而僵硬，如同死在了地磚上的螢火蟲。

他永遠都不會原諒自己。

璽君看不到，但他什麼都知道。

那些背負著復仇使命的聖戰士們有些完成了任務，有些選擇了飲彈自盡，有些在未行動前便已落網。政府搜捕這些人的速度經過縝密的計算，染病和傷亡人數被精準地控制在一個合理的數字內，足以激起人民對淘汰者的厭憎之情、卻不過多得令人恐慌到埋怨起政府。

他們到底不過是些淘汰者，沒法對這個世界造成太大的傷害。縱使真受損了，也很快能夠痊癒，完全不值一提。

都只是小打小鬧罷了，比之這些天真到可笑的抗爭，還是那些不容改動的原則問題要來得更重要，本應如此，他早該明白。

而他那些早該下定的決心、一生一次的真心，和注定如是的傷心，終究這麼沒頭沒尾地畫上了句點，可悲而可笑，再不會有人知曉。

這樣名為保護地將他關在房裡的軟禁持續了將近一個月，璽君終於還是被放了出來。陽光落進眼底隱約虛晃，帶來溫柔的錯覺，他不禁模糊了視線。

還是清洗總長親自來迎接的他。他們疏離有禮地寒暄致意，關切了下王子殿下近日的生活起居，誰也沒有提及那日晚上的一場騙局，只是不容拒絕地陪著他上了座車，由隨扈左右護著開道，一路將人送到了總統面前。

這其實沒必要，璽君壓根就沒想過要逃，平靜地任由他們安排。都無所謂了。

他沉默無話地站在總統的辦公室裡，沒有費心敬禮，一切都不重要了，又何須這般演戲呢？意外地，反倒是總統先開了口，雖是淡淡地笑著卻隱不了目光的凌厲，目光掃過了他慘白憔悴的面容和眼下深深的暗影，才溫和地向清洗總長交代了一聲。「讓人帶他回隔離區看看吧。」

饒是璽君心不在焉的，在反應過來後也不禁愣住了，不可置信地抬眼，只見總統笑得溫和寬容，彷彿這只是個貼心無害的提議。「你肯定很想去看看裡頭如今是什麼情形吧。」

雖能猜想得到總統的真實用意，但璽君現下已無暇顧及，現世更是容不得他情怯，立刻安排了專機送他前往島上。才剛抵達隔離區，外頭等著的一排記者立刻包圍上前，用一個又一個問題砸得他頭暈。「王子殿下對這次的攻擊事件怎麼看？」「會再重啟隔離區嗎？」「聽說那日是您孤身一人前往和淘汰者談判，請問您與那些淘汰者都說了些什麼？」「這幾天都沒露面是不是在計畫著什麼？」「是否覺得那些淘汰者是活該呢？」

他們說的每一個字都扎在他心上，光是要維持著姿態不致潰堤便已費盡了全副心神，璽君實在沒有多餘的心力去回答這些問題。好在身旁的隨扈還算機敏，喝斥著掰開幾名擋在面前的記者，讓他得以邁開僵硬的步伐，逕自進了隔離區。

制止了寸步不離地跟著自己的隨扈，璽君給出了合情合理的藉口，命人守在了入口處。「不是什麼都沒有了嗎？不會有事的，在這等著吧。」

時隔不過一個月，他再次回到這個地方，卻是人事已非。他們曾隔著玻璃幕一點一點地討論改良的農田和畜牧場，不在了；共同設計後由他監督著搭建的房舍，不在了；孕育了他們復仇的希望、同時也是那人最後葬身之地的納尼亞，不在了。

璽君靜靜地走著，看遍了每一寸角落，每一步中都藏著他與他的曾經，以及他與他再不能共有的未來。即便像是被銘刻在記憶中、揉進骨血裡一般熟悉，但說著心之所向又有什麼意義呢？如今被惡火焚燒成廢墟的主建物到底再不似昔年。玻璃破了，室內全毀了，他的以諾已經不在了。

那些針鋒相對，那些眉眼含笑，那些珍稀的信任、錯付的真心，不容後悔的背叛、不得回頭的悲哀、和不曾遺忘的過往，全部，都不在了。

確實呢，**什麼都沒有了**。

璽君安靜地站在原處，即便已沒有人在身側仍然堅定地挺直背脊，良久才伸手揩了下眼角，在意識到眼眶乾澀毫無淚水時不禁諷刺地咧開嘴角，傷人傷己地笑了起來。

事到如今，都事到如今了，他究竟憑什麼自以為是地認為，自己還有資格這麼無濟於事地流淚呢？

都不在了啊。

結束了這趟被恩賜的旅程後，身邊的人甚至沒有費心徵詢意見，再次把他送回了總統面前。

總統依然微笑著，饒富興味地瞅著他，彎起嘴角，可眼裡卻沒有任何笑意。「想明白了？」

璽君沉沉地彎下脖頸，一字一頓自齒縫間迸出。「再不能更明白了。」

「很好。」總統快速地接話，斂下了笑意。「另外，還有件事，我先前一直讓他們瞞著你，但我想，你會想知道的。」他說，語調冷酷得沒有一絲起伏。「**７１１０８死了。**」

指甲深深地嵌入掌心，可這樣輕微的刺痛於此刻卻如笑話一般，不僅沒能鎮定下心神，反倒再次令他意識到自己的渺小無用。璽君沒有說話，甚至沒有顯露出任何情緒，只是木然地聽總統道。「沒有進出紀錄的船隻，當晚被調開了的守衛，來去如入無人之境的座車，還有**這個**。」總統重重地將一物摜在桌上，璽君抬眼一瞧，儘管已經燒熔焦黑不復本來樣貌，可他仍然一眼就能辨認出，那是他在多年前親手送給老師、承載了曾經懷抱理想的雪球笑顏燦爛的相框。

「光憑７１１０８一人是無法辦到這些的，這一切，不論知情多少，你肯定樁樁件件都參與了。」如今成為了總統的拿破崙語調平穩如常，可卻透著一股無法掩飾的怒氣，需得停頓下來才能調整好情緒，收起那氣惱的意味，強調道。「**但是**。」

「你犯下的那些錯誤我可以忽略不計，曾經的迷惘和失去方向我可以視而不見，那些幼稚的、愚蠢的、自以為是的選擇，我也都可以當作沒這回事。」總統冷言說著，話聲中滿是紆尊降貴的施捨意味，猶如這是對他天大的恩賜。「所有事情都是７１１０８一人所為，他身為你的特助，仗著你的信任、偽造你的指令，才生出這諸多事端。你在這事上所犯的唯一錯誤，就是不該將他引為親信，僅此而已。他一日是個淘汰者，他終生就是個淘汰者，不該被信任，也活該被犧牲。」

「而你，只要你口徑一致地隨著這套劇本走，今後乖乖的別再惹事生非，記好你自己是誰，那你就依然是我們國家的王子，誰也不能將這重身分從你身上剝奪下，明白嗎？」

「我明白。」璽君咬著牙，恨聲應了下。

大抵是對他這樣乖順的態度感到滿意，總統點了點頭，重又恢復了笑容。總統從來不曾改變過，總是認為這樣威逼利誘的方法能夠捕獲人心，雖說在多數情形下也確實管用，可如今，這套手段卻再不能對他造成半分波瀾。

只聽總統笑語道，又強調了一次。「我的王子啊，你要明白，我保得了你一次，保得住你兩次，可不見得今後也會繼續這麼保著你的任意妄為。你要好好想清楚了，有些原則問題，是無論如何都不……」

果然還是這句話。璽君不耐地閉了閉眼，再聽不下去，顧不得禮數地起身打斷了總統，隨便點了個頭便轉身離開。

如今，連克里斯也死了。在那之後，璽君留神打聽了下，知道他是自盡而亡，在特勤攻入前頑強地以武器抵抗了二十分鐘，才緊緊攥著被徹底破壞的手機和一枚戒指自焚而死。**死的好**，他們這麼說。

而在他死前是否有機會瞧見自己所做出的選擇，璽君再也無從知曉，也不再有深究的必要。

太遲了呢。他總之是對不起他，也對不起他。

在事情發生後不過幾日，一切都尚未塵埃落定，政府便已優先以整肅和安撫為首要目標，著手進行清算和粉飾。

他們釋出了偽造過的監視器畫面，製造出另一版本的事實供世人賞玩，輕易地令人相信了那把火是淘汰者們放的，不為任何目的，只為縱火取樂。

這樣的報導在各大媒體的頭條佔盡了版面，每天都有新的故事新的物件來佐證這套說詞，每一個字都帶著嗜血的笑意，明白地將此一觀點攤在陽光下，不著痕跡地烙印進每一個人心裡：**這就是為什麼隔離區必須存在**。

他們縱火，他們搶劫軍火庫，他們患有疫病，他們是恐怖分子，他們刻意製造生化武器，他們很危險，他們在大火中殺死了手無寸鐵的老人和病患尋開心，他們全是瘋子，他們全都不正常。真真假假地說了許多，但最後總不過一句話：**他們和我們不一樣，理應被淘汰**。

不是這樣的。璽君想，卻什麼都說不出口，也再沒有人能聽他言說。

政府雖不再限制他的自由，但仍然以保護為名，在他的宅邸內外都安排了人，無論上哪去都會有一幫人烏泱泱地跟在身後；又道前些日子的事讓他勞心費神，實在辛苦，暫時不必管清洗部的事了。

璽君樂得輕鬆，平靜地領命，過上深居簡出的生活，即便數週後總統見他安分老實，不再找他麻煩，撤掉了大部分的守衛，也有意復他的職，可璽君卻無心再管，壓根不肯碰一碰，將泰半清洗部的事情都交給他人操刀，讓人有問題便找副部長、解決不來的再往上由清洗總長定奪即是，自己便只掛個名，行屍走肉地過日子。

動員民眾不能用愛，要用仇恨，仇恨才是最好的凝聚力。[22]總統果真謹遵他最崇拜的希特勒行事，在政府隻手遮天地操弄民情下，果真民怨沸騰，社會上請命重啟隔離區、並加重《基因清洗法案》執法力道的聲音四起，所有正常的、無辜的、被嚇得不知所措的民眾，無一不希望能夠生活在一個更幸福的理想國裡，再不為那些喪心病狂的淘汰者所害。

---

22 出自阿道夫・希特勒

政府聽清了人民的心聲，宣布重啟隔離區，一個都不放過。並於當日早晨，由清洗總長親自傳喚了王子殿下，令其研擬出最合宜的方案，方不負總統對他一番苦心。

這是另一次的投名狀嗎？璽君靠在自宅的沙發上，咧著嘴笑了起來。

到頭來，以諾的死，克里斯的死，他們所有人的死，只不過換來了這樣的結果，這到底值什麼？以諾，他的以諾，他那即使被地獄的業火焚燒，卻仍然嚮往天堂的以諾。他那樣不求回報的偉大，卻只注定了他們悲劇的結局。[23]

沒有希望了。

可在這一刻，如同奇蹟一般，落地窗邊傳來輕微的敲響，猶如驀然照射進子夜的陽光。

23 出自柏拉圖

第十三章

有理想在的地方，地獄就是天堂。有希望在的地方，痛苦也成歡樂。

——柏拉圖

璽君猛然回首，就見落地窗外微露出一角，渾身僵硬著、緊繃而警戒地站在那裡的人，竟是小梅。深怕被人瞧見她的存在，璽君也不及細想，隨手從衣帽架上扯過一件大衣，便趕忙衝出門迎接她。外面夜深露重，只見小梅的嘴唇被凍得毫無血色，臉上除了原先的舊傷疤外，額頭上又多了一道令人觸目驚心的傷口，尚未完全痊癒，身上只披著單薄的破爛衣物，手腳上全是傷，血流不止，憔悴狼狽得不行。

見她整個人因驚懼和寒冷而顫抖著，璽君連忙抖開大衣將人嚴實地裹住了，小梅的眼底閃過一絲微弱的安心，扎得人心底生疼。她指著身後，冷得牙關止不住地打顫，口齒不清地道。「外面，孩子們，還在外面。」

聽她這麼說，璽君不敢耽擱，拋下一句話讓她進屋等著，便立刻順著她所指的方向去。好在如今總統對他的監控已不若以往嚴格，目前除了庭院大門外和巡夜的幾名守衛，再無過多人力。

璽君逮著了巡夜的兩名守衛，故作無事地談說了幾句，見其未有異狀，便知小梅等人的存在暫且未曝光。於是隨口以另一側有奇怪的聲響為由，將人往反方向支開了，這才趕到庭院的圍牆邊，在那裡找到了本就滿身傷痕血汙、如今又被刺網給割出新的傷口，縮在一棵樹後緊握著手槍，驚魂未定的幾名淘汰者、那名醫生、和其身邊的孩子們。

璽君連忙把人全接進了屋裡，好在過程順利，並未被守衛給撞見，守在玄關處的小梅這才鬆了口氣。

他的生活向來簡單，除了一週一次的清潔人員外，並未安排人服侍，也鮮有訪客前來，更是不曾有人留宿，如今乍然需接待這些人也著實為難。璽君翻箱倒櫃地找出了所有乾淨的毛巾和衣服，又將醫藥箱交給了醫生，讓他們全去沖個熱水澡暖身子，好好處理傷口；自己則把能找到的備用毯子、床褥和枕頭都堆進起居室裡，好歹是用沙發、軟墊和地毯布置出了暫能安睡的簡易空間；又依靠即食品準備出一鍋熱湯和三明治，味道雖差強人意，但也足以果腹，總之是把人安頓下了。

在確認了每一人都吃飽穿暖，身上的傷處也都敷了藥後，小梅才指揮他們快些睡下，可即便她自己也已精疲力竭了，卻仍不去休息，而是安靜地隨著璽君回到客廳。

璽君見她臉色依然慘白，方才也沒怎麼進食，便泡了杯熱奶茶，連同一條毯子一起遞給她。小梅沉默地接過了，披上毯子，雙手捧著杯子小口小口地喝，動作像極了曾經的老師。璽君心下難受，不禁撇開視線，有些想哭的衝動。

直到小梅喝完了兩杯奶茶，臉上稍微恢復了些血色，才開口告訴璽君，多虧了政府以前施予克里斯那些豐厚的賞賜，才讓他能在事前的踩點做足完備的安排。

在最後大火封區時，他們看準了位置炸毀了圍牆，把克里斯讓人帶回的繩梯架設好，放下救生筏逃離，並同步爆破了隔離區內的多處建築及燒毀繩梯，以此作為掩飾，不讓政府發現竟有淘汰者脫逃。他們選擇落海的那處雖是佈滿礁石的暗流區，可至少地勢較低，足以緩解救生筏承受的衝擊，且在這樣狹窄的海灣中，軍方的船隻未能進入，讓他們省去了最為嚴峻的危險。

他們每個人身上都綁了清水和食物，依著克里斯事前反覆告知小梅的方位，小心翼翼地停留在巖窟裡躲避，每日只藉著救生筏趁天黑時移動一些距離。克里斯那艘對外宣稱撞沉了的遊艇，其實就藏在幾公里外的岩洞中，他定期會前來補充燃油、飲用水和食物，只要到達此處，離他們活下去的目標又更進了一步。

他們用了將近七天才找到克里斯指示的岩洞。**七天**，說著雲淡風輕，可卻是費盡了千辛萬苦。這七天裡有人在落海時昏迷，有人撞上崖壁，有人被礁石硌得頭破血流，有人摔斷了腿，有人為救人而溺斃，有人死於失溫，有人失血過多，有人發燒不退活生生發著高熱死去，一路上死了多少人不得不放棄多少人，又躲了幾日，才終於趁著厚重雲層遮蔽掉大部分月光的一晚，乘著克里斯的遊艇回到本土。

在遊艇上，小梅忍著痛，請醫生把所有人額頭上的編號生生剜去，也多虧有他當初奉命帶上本欲醫治老師的醫藥箱，他們才沒有折損更多生命。

好不容易上陸後，他們抹去了遊艇上所有可能識別出身分的痕跡，一把火燒了，再將殘骸推入海中。陸上不比海上，有更多雙眼睛盯著可能曝光他們的身分，他們躲躲藏藏地，一路依著克里斯對小梅說過無數次的、她爛熟於心的資訊，輾轉找到了幾間安全屋，可那些安全屋不是已經被政府抄了、就是空無一人；克里斯不在，也並未留下隻言片語，在無奈與絕望之下，小梅終是只能選擇賭一把，前來尋求王子殿下的庇護。

璽君安靜地聽著，良久才終於舒了口氣，嘆息於命運的寬憫和殘酷。還好，還好他們都還活著。

「以諾要知道你們成功來到我這裡，肯定會很開心的。」

小梅沉默下來，沒做好和面前這人談起老師的心理準備，過了一會才小小聲地問。「那個律師，我是說，你知道，克里斯呢？我到處都找不到他，他現在人究竟在哪裡？他好嗎？受傷了嗎？你能請人給他醫治嗎？是被你們關起來了嗎？能否讓我和他見上一面？」

即便遍尋不見人，她卻仍然相信他還活著。璽君語塞了一瞬，才低聲回答。「他過世了。」在小梅不可置信的目光中，他咬了咬牙，又補充了一句。「在政府的人找到他前自盡了。我很抱歉。」

在這一刻，璽君能看見小梅的眼神一瞬間破碎了，那些烈火燃不盡的、海水洗不去的殘存的希望，終於在她紅了的眼圈中靜靜地死去。

看著她眼底求而不得的痛苦，愛而不得的絕望，璽君在這一刻全數明白了，克里斯費盡心機耽精竭慮地為之付出的所有心力，和小梅無論被逼至何種境地都能夠繼續執著地不肯放棄希望，都是為了誰而付出而執著。他們的愛情至死方休，雖未能蒙受眷顧得以情長到老，但仍舊那樣純粹，美好得幾乎只因曾經擁有便是種悲哀的幸福。

璽君試著想安慰面前這個終是一無所有了的女子，卻不知能說些什麼，只能將紙巾遞給她。卻不想小梅遠比他想像得更堅強，只見她即便眼眶鼻頭都紅了，卻仍然沒有掉下淚來，深深地換了幾口氣，努力控制住自己乾啞的顫音，拾回了所有破碎的希望。「你說，他是自殺的？」她伸出手，卻沒有接過紙巾，而是堅定地看向璽君道。「那麼，幫我個忙，我要上網。」

璽君把小梅領進了書房，雖不知她目的為何，仍然打開了電腦供她使用。

只見小梅笨拙地以兩隻手指敲擊鍵盤，試圖登入雲端儲存空間的帳號，可試了好幾個，不是登入無效、就是空無一物，嘗試，失敗，再嘗試，再失敗，她枯瘦的手指因挫敗而顫抖，無力的悲憤幾要再次讓她僅存的希望崩毀。

她焦躁地甩了甩手，才像是想起了什麼似的，瞥了璽君一眼，沉默地把鍵盤推向他。「登你的。」

這麼做並不明智，璽君知道的，但他總之也是沒什麼可再失去的了，便順從地登入了自己的雲端帳戶，詫異地見小梅自其中調出一個被封存了隱藏起的資料夾，在跳出密碼要求時鍵入了27291，璽君愣了一瞬才記起，那是曾經黥刻在她額頭上、如今已被剜去了的編號。

資料夾打開了。

裡面細心蒐整了多年來的所有資料，從最初被囚禁於此的老師父親研製的瘟疫病毒、多年來政府如何透過宣傳處引導輿論、又是怎麼製造假事件以激起人民對淘汰者的憎恨之情，到老師在頻道上直播的自白、那日大火封區的真相、他與他最後通話的視訊影像，以及那張像極了戀人、虛幻而又溫柔的照片，全按日期分門別類，妥善地保存著。

璽君愣愣地看著這一切。自得知克里斯的死訊後，他羨慕他、欽佩他，甚至希望自己能成為和他一樣的人，能夠真正為自己的心之所向奮鬥一回，卻不想在這一刻，他竟能瞧見這些資料，被克里斯在生命的最後，決定交付到小梅和自己手中。

克里斯知道自己的選擇，他看到了。璽君一瞬間竟有些鼻酸和惶恐，不知自己是否能成為他們的驕傲。

小梅的眼角泛起了淚光，緊攥著胸前的戒指，終於笑了起來。老師在最後把那隻影片發給了克里斯，而克里斯在死前也不忘將他們多年來的心血全數轉移至安全點，她一直相信他，相信她的克里斯絕不是那樣會因絕望便魯莽地以自殺尋個痛快的人。她和他，連死亡都不能將他們分開。

二人各自為著不同的心緒而沉默了下，過了好一會，小梅才終於開了口。「這些，都給你處理。要怎麼做，你決定。」

「為什麼？」璽君這才回過神，不可置信地看向她。「為什麼願意來找我？為什麼把這麼重要的東西交給我？」

「因為，」小梅低語道，神色複雜。「老師讓我相信你。」她抬眼看向璽君，輕輕地說。「你別辜負他。」

璽君安靜地看著面前的人，和他們如今攥在掌中僅存的希望，明白不僅一無所有了的小梅、拚搏至生命最後一刻的克里斯，還有他的以諾，他們都相信他。

於是他堅定而堅決地開口。「我不會。」他的眼神深沉卻眨著希望，如同吞沒了微弱星光的海面，波瀾不驚，卻蘊含著海嘯的洶湧之力。

這一次，和克里斯一樣，他已經做好了賭上一切的打算，欲為自己的心之所向奮鬥。這一次，他將以克里斯及以諾所給予的真相，徹底顛覆一切。這一次，他賭了命的，也不會再次負了他。

第十四章

再沒有什麼是比去欺騙一個騙子更有趣的事了。

——讓・德・拉封丹

政治與欺騙向來脫不了鉤，像是精巧細緻的藝術，需得小心對待，謹慎呵護，方能堆砌出美麗的玻璃城堡供人仰望、而忽略其易碎傷人的本質。

璽君不願操之過急，反倒走漏風聲，是以並不趕著行動，而是去採買來大量的生活必需品，確保所有人都能過得舒坦，又依醫生的指示帶回了藥物和簡易的醫材，得以將每個人的傷勢做好妥善處理，待一切都安頓好了，他才在沉寂了多日後，去向總統回了話。

他將一份檔案夾放在總統面前，總統瞥了眼封面上的幾個大字：**《基因清洗法案加強準則及隔離區重啟辦法》**，抬眼看向他，語氣平穩聽不出情緒。「這就是你的答案？」

「是的。」璽君刻意讓自己的目光退縮著閃避了一瞬，才昂首直面總統，堅定地迎上他的視線。「我曾經走過許多錯路，可清洗總長教會過我，人不能一錯再錯，所以我必須這麼做。我，我想當個正常人，想洗刷我曾經的罪孽，想向這個世界、向您證明，我能配得上王子這個身分。」

「是嗎。」總統的笑意加深了。「但我親愛的王子，你應該明白的，信任這種東西從不是憑空得來，而是得付出努力去爭取而來的。」他說著，狀似輕鬆地向後靠上椅背，似笑非笑地彎起嘴角。「我曾經信任過你，而你也曾經錯誤地背棄過這份信任，請你告訴我，都事到如今了，憑什麼我該重新信任你？」

早料到以總統的性子絕不可能輕易相信自己，於是璽君不慌不忙地掏出一張照片，推給了總統。要取信於人，他確實得付出些代價。

總統接過照片，見著相紙上是他的王子、與那名幾乎動搖了他的國家的淘汰者，兩人額頭相抵、手心相貼、四目相對，親近得宛如一對戀人。看著他們幸福地微笑著的模樣，總統未有嫌惡之情，只是微瞇了下眼睛，便平靜地放下了，溫和地看向璽君。

「因為，我再不想錯下去，不想受制於人，不想活在那樣可恥而悲哀的過去中。」璽君低聲道，嗓音很輕，眼底滿是沉重和痛定思痛的意味，順著這樣的情緒垂下臉，一併壓下了嘴角那一絲微不可見的得逞笑意。

他能看得出來，總統十分滿意於自己所展現的情緒：那種痛苦與壓抑，縱然過去曾迷惘也仍懷抱不捨之情，卻依舊在徬徨與恐懼中掙扎著向未來邁進，無論曾被何種假象給欺瞞得至今仍有所留戀，現下卻已然認清現實，寧願死、也再不想回到那樣的境地。

只要握有這張照片，也就握有了足以威脅他的籌碼，握有了他不願回首的過去。曾經也將一張合照仔細藏了多年的拿破崙，肯定會上鉤。

於是他垂著眼瞼耐心等候，只待總統終於滿意地微笑起來，將那張照片收起，隨手翻了翻檔案夾，無比自然地道。「你這份草擬的辦法我看著挺不錯的，就這麼辦下去吧，清洗總長那裡，我自會去和他說，這回由你全權負責，好好幹。」

璽君抬眼望向總統時，在目光中亮起帶著驚喜和感激意味的光芒，漂亮地行了個禮，才轉身退出房間，再如何努力也終是沒能斂下唇邊那一抹微小的笑意。

要麼不做，要麼就做到最好。這是總統自幼便不斷灌輸予璽君的觀念，可直到年歲漸長，他才完全領會其中奧義，確切來說，這句話應改為：要麼不做，要麼就做到令上位者最滿意，畢竟那才是真正重要的唯一關鍵。

說到底，他所草擬的這辦法是實行與否、又是如何實行，對璽君而言並沒有任何實質意義。如今對他來說，唯一重要的，便是贏回總統的信任，使其對己推心置腹，方能維持住自己王子的身分，及此身分帶來的資源。

於是璽君這回再無顧忌，不管其後果是否強硬得不可挽回，只以媚上為唯一準則，使盡所有手段也要達成自己真正的目標。

他首先請示總統，配合了國安局近年來早在著手研發的一套大規模監視系統，欲透過監視器、網路及電信通訊，攔截每一筆資料、分析每一則訊息，監控每一個人民，以此為基準，創造出**《基因社會性評級制度》**，將人民準確地分類、評定、給分。若是低於最低標準分，則表示其社會性低於常人，不適於社會上生存造成不安及困擾。

自前次淘汰者們滋事的無差別攻擊及縱火事件後，即便錯全在那群如恐怖分子般毫無人性的淘汰者，可政府仍謙恭自省，檢討其中是否有嚴刑峻法將人逼上絕境的可能性。政府仁厚，自是不樂見再有這樣的慘案發生，雖說亂世之下需用重典，可在擴大並加嚴執法力度的同時，依然懷有仁善之心，於是設立了改造中心，旨在將有教化可能性的低分者改造再教育為適宜社會的正常人民。

若將整個社會視作一個人體，若手足上生了疾病，自是不會直接截肢，而是會設法治癒，可一旦試過治療，仍是生滿壞痍爛瘡，那麼就得當機立斷，忍痛根除，方不至擴散感染至其他完好的部分、得不償失。

是以，若蒙受恩惠進入改造中心，雖說會被收取高額的治療費用，但若可以受教化回歸社會，則僅需受額外的特殊監控即可，還是能以正常人的身分繼續生活；可若是無法教化，則社會再也忍不下這樣的存在，只能扭送隔離區，永為淘汰者。

從前的隔離區為講求人權，故比照監獄，確保了每位淘汰者擁有最低限度的生存水準，可接下來將不再如此。清洗部宣布了，在隔離區重啟後，所有有行為能力的淘汰者應充作苦役，無行為能力者則會作為軍方人體實驗的材料，有付出才有收穫，才能得到維持生命最低限度的糧食。說著或許有些殘酷，可也現實，唯有具備價值之物才有資源回收的必要，等到再利用完了，終歸也只是垃圾，還是要安於天命，和其他無回收價值的淘汰者、一起認分地接受被淘汰的事實，如垃圾般靜靜消亡。

本就是不該存在於社會上的人，實在無需再耗費資源在其身上，何況歷史早已向這個世界證明了，那不過就是些無可救藥的人，又何須拯救呢？這就是那些不該受苦的正常人、那些比其他人更平等的人，所應得的理想國。

這樣說著符合身分的冷酷話語，嗤笑中不失體面的譏諷說詞，信口捻來便是一通淡漠而冠冕堂皇的大道理，璽君早已將箇中關竅掌握得爐火純青，再不會有人來懷疑他的身分和心思。畢竟要想欺騙世人，就得裝出和世人相同的神氣，他早就明白。

這一切除了是為重取總統的信任，更重要的也在擴大此手段能對人民所能造成的影響。說到底，民眾都是盲目而自私的，若非真正遇上和自己切身相關的痛苦，要他們做出改變簡直難如登天。唯有他們願意迎接改變的那日到來，自己手中攥有那足以顛覆一切的真相方能奏效。

他努力扮演好王子這個角色，有了往日的經驗，如今更是得心應手，曾經的他太過年輕，太過天真，即便演技拙劣，可卻連自己都騙過了，誤以為那真的就是自己的本心，是自己想成為的人。

但現在一切都不一樣了，縱然他如今的演技登峰造極，可再也不會在騙過世人的同時，連自己也一併矇騙過去了。

璽君一面在監視系統內將小梅等人的面部資料鍵入，一面向她耐心地解釋，自己在為他們這些本不該存在於世上的人開後門，確保若有一日不慎被監視器拍到，系統內會自動連接到他創建的假身分上，不至於讓他們曝光而陷入危機。

「**他**不在了，我得保護好你們。」璽君無比自然地說，可話方脫口便後悔了，這樣緬懷的話語縱然說得溫柔，可仍然傷人傷己。他不願勾起小梅的痛苦回憶，逕自收了聲。

而小梅安靜地垂下眼，良久才低聲開口。「**他**說過，若有一日你繼承父位，你肯定能成為一位偉大的領導人。」

這還是小梅在前來投靠自己的那晚後，第一次主動提及他。璽君愣了下，只覺得這個句子分明意味著稱讚，可聽起來卻是那樣悲涼。他搖了搖頭，堅定地道。「不，我不想當個好領導人、好王子、甚至是他期望我能成為的麥可達夫。」他微微揚起嘴角，輕聲將每一字都說得溫柔不悔。「我只想做回他的璽君。」

就像他說的，一切都不一樣了。如今他不再迷惘不再徬徨，擁有著目標，擁有了心之所向，更擁有願賭上一切也要為之奮鬥的人。即便現下只能以王子的身分不由自己地活著，可他仍然記得，他有名字的，**他**都喊他璽君，這一點，他沒有一日忘記過。

當一個人理解別人的痛苦時，他必也是個飽經痛苦的人。[24]

早在總統將璽君軟禁於屋內的那段日子裡，政府便查出了71108，在當日是帶著那名醫生上島、且未將人帶離開。既知道了醫生的下落，就也能確定了他已和其他淘汰者一同被燒死在內，便沒什麼好擔心的，接下來的都不過是粉飾罷了。

總不能交代醫生真正的下落，也不能永遠掛著失蹤之由引得親屬再生事端，便索性隨便找了個理由給醫生安上淘汰者的名號，讓其就此腐爛在隔離區那被惡火吞沒得難以辨認的焦屍堆中，再不會有人不長眼地探問其究竟。

雖說失去了一名受過高等教育又德行無虧的正常人有些可惜，可無論再怎麼可惜也只能如此，誰都重要不過他們的王子殿下，儘管無端受累，可這就該是那些生來就不如他們平等的人的下場，也是保護好王子的最佳手段。總統當真是煞費苦心。

璽君今日返家得早，拎著一袋外帶的食物和特別為小梅買的冰淇淋進了廚房，卻迎面碰上了站在吧台邊煮咖啡的醫生。屋子裡所有的窗簾都拉上了，燈也沒開，好在向晚的夕陽斜斜地透過縫隙不屈不撓地灑落，才不致落得一片無邊的黑暗。醫生抬眼望向璽君，向他點頭行禮。「您回來了。」

璽君和醫生相處時總還是有些尷尬，只胡亂點個頭應了聲。醫生本擁有一帆風順的人生，家境小康、天資聰穎，應屆考取了執照後又受賞識被調入政府機關中工作，他本該安分守己地享受著比大部分正常人都要高出許多的階級地位，說不定來日飛黃騰達還能再升一升官，可如今卻因為自己當日的任性而一夕淪為淘汰者，不僅吃盡了苦才逃出來，更是只能以死人的身分躲躲藏藏地度日，永遠見不得光。

24 出自喬治・拜倫

任誰都會感到憎恨不平，可醫生卻意外平靜。年過五十的人了，這樣的折磨讓他幾乎去了半條命，但他除了起初幾日的驚懼和困倦之外，再沒了多餘的情緒，只是平靜地幫著璽君和小梅安頓醫治他人，彷彿一切對他而言都是理所當然，甚至能夠無比自然地向璽君詢問。「您要來杯咖啡嗎？」

璽君不好拒絕，接過了他遞上的杯子，淺嚐一口便放下，試著轉移話題。「梅小姐呢？怎麼沒看到人？」

「她這兩天不太舒服，人在樓上休息。她身體底子太差，當初您讓我進隔離區的第一日，那名老師便請託我先為她看診，我沒能做太精細的檢查，但她的呼吸道有過損傷，心肺功能也不好，聽說是感染過流行性的疫病，現在又受了這麼多折磨，是該好好休養著。」

「需要什麼藥物或是滋補品，都請和我說，並請務必照顧好她。」

「那是自然，您不必擔心。」醫生笑了笑，打趣道。「倒是您，別一天到晚買冰回來給她就更好了。」

見他如此雲淡風輕的態度，璽君反倒心下不安，又沉默了下，才低聲開口。「一直沒有機會，向你說聲對不起。」

醫生愣了下，反問他。「為什麼要道歉？」

他並不像是明知故問地給人難堪，而是真心為這句抱歉而感到困惑，璽君無力地比劃了下，才蒼白地解釋道。「若非當日我讓人帶你進去，你也不會落得今日境地，說起來，也是我害了你。」

這才了然地笑了起來，醫生向他點了點頭。「原來是為了這個啊，您不必道歉，也無須放在心上，我想這也是報應。」

「報應？」

「曾經我踩著別人，擁有資源卻未曾有過為其發聲的念頭，如今當他們向我奔來，換我淪落到這個處境，自也不會再有人替我說話了。這就是報應吧，怨不得任何人。」他垂下眼，搖了搖頭。

「但是……」

「但是，若不是他們騙了您，您也不會讓我進去，自然也就不會有今日這些事了？」醫生笑著打斷了他。「的確如此，但就算我與政府立場一致，永遠站穩腳步不發出異聲，我又怎能確定自己不會有一天擋到他們的路、或者被當作棋子，讓他們因為利益而無聲無息地犧牲掉呢？人在生死前走過一遭，什麼事都能看得淡了。縱然對小梅他們有過憎恨又如何呢？到了最後，在政府毫不選擇地放棄了我時，在生死存亡之際，還是這些人保留了一個逃生的位置，讓我有活下來的機會。這麼看來，我究竟該恨誰多一些呢？」他笑著搖了搖頭。「所以，我誰也不恨。想來想去，或許該恨的還是當初那個年輕的自己，在第一次投票時便投下了改變憲制的一票，從此再無選擇。」

「你後悔這麼選擇了？」

「說實話嗎？我不知道。彼時站在社會階層高點上的我，曾無比堅定地相信這個制度，可如今三十多年一晃而過，若再次將那一票交到我手中，我會如何選擇？我不知道。這世上有的人像您、像那老師、像小梅、像我，也有的人，是那樣純粹的惡，該怎麼選呢？若非經歷過這一遭，我絕不會明白，也未曾想，人啊，在這世界上，要淪為不被需要的人，被無聲無息地淘汰掉，實在太容易了。」醫生輕聲說。「聽說過這個比喻吧？一萬人裡可能有十人不正常，但實際會造成危害的、不過是那十人中的三人罷了，只是無法在出事前便認明誰是安全的七人，誰又是那危險的三人。那麼問題就來了，是要保護那無辜七人的所謂人權、還是要以多數人的利益為考量，寧可錯誤地犧牲也要換得太平盛世？後者不才是民主的真諦嗎？公平地成王敗寇？」

「成王敗寇，所以，你就甘心如此？」璽君不可置信地問。

「當然不是了。我雖認了命運將我帶至今日，可不代表我不想努力翻轉今後的境地，不只是為了我自己，也為了他們。」他微笑著向璽君微微頷首。「所以，殿下，我比誰都希望您的計畫能夠實現，希望終有一天，我還是能過回我從前的生活，只是這一次，是和**他們**一起。」

而璽君安靜地看著他，堅定地沉聲回答。「會有那麼一天的。」

如今他的身上背負著過多的責任，每一個人他都無從辜負，必得賭上一切拚盡全力，方能承擔起這些期待，這一次，不再讓任何人失望。

終於，璽君這幾個月來，不，或者該說是老師這幾十年來的準備，都是為了迎來這一天。

次日就該是重啟隔離區的開幕典禮了，在前一晚，璽君還是安排了讓小梅等人轉移。小梅抗議著不肯走，只道想留下來陪伴見證這一刻，卻被璽君溫和而不容質疑地勸服了。「誰都不知道會發生什麼事，他都已經不在了，我不能冒險。」他柔聲道，視線並未落在面前的小梅身上，只是微笑了起來，將每一字都說得堅定不悔。「你們要好好的。」

小梅聽著不禁鼻酸，撇開了臉不敢看他，只聽璽君繼續交代道。「去克里斯的安全屋躲一陣吧，需要的東西我都準備好了，無論聽到什麼風聲都千萬別出頭，待事成之後，我自會去接你們。」說著又轉向一旁的醫生，向他深深地低下脖頸，沉聲請託。「他們就拜託你了，萬望周全。」

醫生答應下了，而小梅狠狠地擰著眉，終究還是沒有再反對。

璽君早為他們備好了一輛加滿油的廂型車，車上儲備有足以支撐上一個月的飲用水、糧食、蠟燭、衣物和各式日用品，並另外備了大量的現金以備不時之需；他另外叮囑他們，雖說他們的身分在監視系統內是安全的，可不到必要之時還是別在人前露面，也別告訴自己他們打算前往哪個安全屋，只是記著，務必在天亮前落腳。

醫生上了駕駛座，其他人則推著孩子們魚貫上了車，殿後的小梅在關上車門前回首看向璽君，就見璽君一把拽過她的手，將一物塞進她手心裡，卻沒有多說些什麼，只是在放手之際對她微笑著道一切小心。小梅眼眶微熱，最後看了他一眼，終沒有說出那聲謝，只是向他點了點頭，才關上車門，並指揮旁人把窗戶全用不透光的布給掩實了。

璽君拍了拍車後，示意他們快走，宅邸的側門已經打開，原戍守在那的守衛也早被他找理由調離了。未開車燈的廂型車在夜色中駛離，今夜偏又沒有月光，連同微弱的星點一起被厚重的雲層給遮蓋了下，他只能安靜地站在原處，於黑暗中努力辨認，看著車子開出側門，其中一名蒙著頭臉的人跳下車，拉上門後又迅速地回到車上，慢慢駛進了夜幕中，直到再看不見車影時，才終於舒了口氣。

他抬眼看向夜空，儘管目所能及之處並無星光月影，但他還是相信，在這個世界上，即便沒有人記得也再無人在乎，仍然會有傻子懷抱著夢想，在這似乎能吞沒人所有希望的闃夜中，綻放微弱卻堅定的光芒。

明天對於世界而言，永遠會是一個奇蹟。[25]

---

25 出自柏拉圖

第十五章

人生最大的幸福，就是確信有人愛你，有人因為你是你而愛你，或更確切地說，儘管你是你，仍然有人愛你。

——維克多・雨果，《悲慘世界》

璽君醒來時，天還沒有全亮。窗外斜射進來的細微光點零零星星地撒在他的眼皮上，順著他睜眼的動作落進眼底，明晃晃的，卻並不刺目，只是朦朧地映在眼中，帶來溫柔的錯覺，終究模糊了視線。

他捏了捏眉心，試著想甩開淬在瞳孔上的一小圈金色光暈，才支著手臂坐起身，摸過手機查看了下各大新聞及網路論壇、又瀏覽過各政府單位的群組訊息，均未見任何異狀，這才感到踏實了些，知道小梅他們應已順利抵達安全屋了。

他起身站到窗邊，看著城市被籠罩在清晨晦澀的天空之下，仍舊熟睡著，彷彿今日就和過去及未來的每一天一般無二，無須過分期待，就也不會在事不如己意時過分傷害，如此淡然面對，便能活得愜意平穩，又何須明知徒勞無功也要和這個世界對抗呢？

人們總沉睡於美夢中，唯有哲人們掙扎著欲覺醒過來。[26]

他非哲人，更不敢矯情稱自己為聖人，說到底，他也不過是個按理應被淘汰、曾迷惘地沉淪過、隨

[26] 出自柏拉圖

波逐流地肩負起背棄的罪孽、卻仍不甘就此認命地掙扎著、如今終於能認清了自己心之所向的普通人罷了。

都太遲了，不是嗎？曾經那樣溫柔的祕密，被他深藏在心底，藏得太深太好，連他自己都一度忘卻。可若他能早些明白真正的自己究竟是誰、又到底願與何人站在同一方，那麼或許，或許，那樣寶貴的真心和珍稀的信任便不會被錯付了。

他終究辜負了他。

但即便如此，縱使說著太遲了，他也不能真就此自輕自賤地放棄。哪怕所有的希望都已粉碎，他也得仔細搜羅起僅存的碎片捧在手中，扎得鮮血迸流也依然堅定地不能撒手，必得展現給世人看看，即便崩毀、即便痛苦、即便看似絕望如斯，他們依然擁有這些破碎而美麗的想望，閃耀著連陽光都無法掩蓋其絢麗的奪目光輝。

璽君就這麼沉默地站在遠處，靜靜地看著陽光逐漸攀升，在大地上灑落金色的光束，在眼底眨動希望的同時，也喚醒了一無所知的整座城市，任其繼續於昏昧中度日，渾然不覺有人的夢想即將成真，或者可能死去。

他再次回到了這個地方。

各級官員、媒體記者，和特意申請了前來觀禮的民眾堵得台下水洩不通，漫天飛揚的白色旗幟幾乎鋪天蓋地地遮蓋了目所能及的一切，像極了總統昔年的登基大典。璽君看著，一時竟有些出神。

有人按住了他的肩，璽君回首，見來人竟是總統，他這才回過神，只聽總統對他笑道。「準備好了嗎？」

璽君直視進總統眼底，毫不閃躲，堅定地輕聲回答。「從沒有這麼確定過。」

總統微皺了下眉，很快又舒展開來，對他鼓勵地笑了笑。「那就好。」說著拍了拍他的背，便一面和清洗總長低聲說著什麼，一面走遠了。

璽君則不動聲色，挺直肩背向所有上前來道賀的人微笑頷首，笑得淡漠而疏離，把這過場的戲給演得天衣無縫，說些無關痛癢的場面話，手心裡卻始終攥著那承載了他們所有希望的隨身碟，小小的金屬外殼已被手心捂熱，指甲深深地刺進掌中，卻仍緊握著未有絲毫鬆懈。

畢竟，這裡頭可是他們的一切啊。所有的證據，昔年病毒的起源，輿情管理的操縱，高壓統治下的犧牲，縱火封區的真相，及為鞏固政權而不擇手段的一切陰謀和罪惡。真相這東西，對他們來說是輸不起的奢侈品。

而他曾經走過太多錯路了，這一次，他要讓一切都回到正確的道途上。

他順著司儀的介紹站起身，在掌聲中走上台，卻未即時開始演講，也未走至位於中間的主講台，而是走到了最側邊的電腦操作台，以自己製作了一份新的簡報為由，讓人將電腦畫面連上身後架設的大螢幕，便不由分說地把人趕開了。

他以眼角的餘光瞥見台下第一排的清洗總長皺起眉，和身旁的國防總長低聲說了些什麼，又湊上前向總統低語，被總統微笑著搖頭制止了。璽君並不理會，只是試了下麥克風，微笑起來，朗聲開口道。

「**人們恐懼黑暗，情有可原。**[27]」

「黑暗是什麼？黑暗就是為了所謂的人權，而犧牲掉大部分人的福祉。想像一下，在一萬個人裡，

27 出自柏拉圖

大多數人都是奉公守法的安分良民，唯有十人是那瘋的傻的、行為不檢、思想異端、不適合生存在社會上的；而此十人中，實際又只有三人，可能會對這個社會造成不可挽回的嚴重危害，剩下的七人，除了有些格格不入、看著礙眼之外，則並無影響。可當我們將那十人一字排開時，卻無法在事發之前便準確分辨出，究竟誰是那三人、誰又是另外七人。這一點，誰都無法保證。」

「那麼問題就來了，黑暗是什麼？黑暗就是為了照顧那看似無害的七人，而冒著讓那三人滋事的潛在風險，置餘下無辜而不該受害的九千九百九十人的安危於不顧。感謝上天，讓我們擁有了絕對的權力，才能庇佑各位不受這樣的黑暗傷害。而為了避免黑暗降世，我們必須這麼做，將這些不適於社會、對國家正義與秩序發展無用之人淘汰掉，如此一來，我們的國家才能迎向更好的未來，才能成就更幸福的理想國。**天佑我國，權力在握。**」

言說至此，璽君突然停頓了下，原先端正的笑容也緩緩斂下了，沉默了一瞬，才低垂著眼輕聲道。

「但是，不是這樣的，不應該是這樣的。」

台下的總統警戒地望向他，璽君卻置之不理，逕自說了下去。「**人生真正的悲劇，是恐懼光明。**」

「多年來，我們的政府為各位編織了一個名為理想國的美夢，創造出一個美麗的幻象，但這麼多年過去了，我們就像是生活在薛丁格的理想國裡一般，這個國家的根本，究竟是暴政與恐懼、還是和平與安泰，除了政府專制擅斷的解釋以外，又有誰能確定呢？」

「同理，淘汰者和正常人之間的分野為何？又有誰有如此權力來扮演上帝？人是否為此社會所需要、又是由誰來評定的呢？那些被輕率地評定為淘汰者的，也是人，他們有自己的喜怒，擁有自己的思想，也有活下去的權利。」

「多年來，我們這些正常人霸佔了道德和社會正確的制高點，因為事不關己便默不作聲，自信於永不會淪為那些人便心安理得地肆意踐踏，一旦有異聲便以極端例子出言護航，說著罪犯和精神病患的危險性，卻刻意忽略了那因此受苦的、遠不止這這兩類人，而只是一心想維持住自己身為正常人所得的好處。」

清洗總長猛然站了起身，越過觀禮席走至一旁，搶過了一人手上的小型對講機，壓抑下怒氣咬著牙低聲詢問。「請問王子殿下，你這是在說什麼？」

璽君渾不理會耳機中傳來的聲音，繼續道。「且不論你們如何能確定自己能夠永蒙命運垂憐聖眷不衰，不會有一日突然失足、由正常人一夕殞為淘汰者。你們只要仔細一想，便可知若不是上天保佑，這個人可能就是你。但這些都暫且不談，」

「**別說了！**」清洗總長提高了聲音，氣沖沖地制止他。

「什麼才是最重要的？重要的是，無論是否與己相關，從沒有誰比誰高尚，我們每一個人，**每一個人**，都應有權利走在陽光下。罪犯有罪當罰，危險者應受管制，病者也該被治療，可沒有人，沒有人生來就該被打著『成就更幸福的理想國』的虛偽旗號放棄！」

「**王子**！你給我記住你自己的身分！閉上嘴！**立刻切斷他的麥克風！現在！**」

「這是理想國嗎？這能達成的，不過只是暴政之下的和平，與恐懼之下的安泰罷了！」璽君才不理會他，高聲壓了回去。「**光明是什麼？光明是希望，是理想，是我們最恐懼面對的真相！**」

耳機裡傳來了震耳欲聾的厲聲斥責，令他的耳膜微微鈍痛，璽君索性扯下了丟開，將隨身碟插入電腦，在等待讀取的那一瞬，突然感到有些目眩，微微瞇起眼睛。

他終於能夠兌現他給以諾的承諾，直面自己真正的心之所向，站穩腳步與之奮鬥，達成他們共同的理想，不再辜負他。

他能聽見以諾和其他人的歌聲，在陽光下遙遙地傳來。

這首歌獻給那些正在受苦的人

那些懷抱夢想的傻子啊

他再睜開眼時，眼底淬上了漫天的血色。

尾聲

我從來沒有見過這樣陰鬱而又光明的日子。

——莎士比亞，《馬克白》

一發子彈精準地射穿了他的眉心，璽君甚至還來不及感受到疼痛，只因著這樣突如其來的變故而瞪大了眼睛，懸在鍵盤上的手指微微顫動，用盡最後一絲力氣按下了播放鍵，才應聲倒地。

有些原則問題，是無論如何都不容改動的。他曾被這麼再三告誡過，本因如此，他早該料到。

他的頸子以一個奇怪的角度拗折著，逐漸渙散的視線最後落點於電腦側邊插著的隨身碟上，他驀然想起昨夜蕭索的晚風中小梅冰涼的掌心，嘴角竟在此刻勾起了一抹安心的淺淺笑意，雖有一些遺憾，有一些不捨，卻不曾有過後悔。

他，他是已經來不及了，但還好，小梅她們已被轉移走了，她會好好的，會和其他人一起帶著希望走下去。只要活著就有希望，這是他的以諾曾經說過的。

順著這個名字柔軟了下心口，璽君這才終於感覺到疼，好在上天在生命的最後終是垂憐，並沒有讓這份痛苦持續太久，他只是不能控制地抽搐了一陣，很快便停了下，眼中浸潤開的腥紅讓某些東西亦隨之漸漸消逝，即便晴好的陽光灑落在眼底，點亮了看似希望的微弱光芒，但終究還是破碎了，最後什麼也不剩。

那些懷抱夢想的傻子啊
他們的信仰未曾死去

終曲

瘋子帶著瞎子走路，這就是這個時代的沒落。

——莎士比亞，《李爾王》

這首歌獻給那些仍將受苦的人
敘述故事結局的絕望與希望
儘管為人類的妄圖欺世而搖頭嘆息
也只能夠聽憑時代的悲哀
這都是上天引領的最佳安排

所以
敬命運　敬悲劇
敬光明　敬黑暗
敬故事結局的絕望與希望

在這裡
將這首歌獻給那些仍將受苦的人

終能以旁觀者之名看透宿命
漠然承受上天引領的最佳安排
這世界正是因此才需要我們

因此
道命運　道悲劇
道光明　道黑暗
道故事結局的絕望與希望

這首歌獻給那些仍將受苦的人
他們的信仰已成雲煙

誰也不曾見過這樣詭異的景況。他們最愛戴的王子殿下，只差幾步便該即位的總統繼承人，清洗部的部長，正常人的楷模，國家未來的希望，突然於大典上遭受槍擊，倒地後生死未卜，而其身後微微搖晃著的大螢幕上，竟出現了王子與一名看不清面容的男子，兩人額頭相抵、手心相貼、四目相對，像極了一對親密愛人的照片。

有人想去撤下那張照片，卻只見總統被隨扈快步護著離開現場時，低聲對身邊的人說了些什麼，冰冷的眼神裡除了微不可見的痛苦外，更多的是早該如此的決絕意味。旨意傳遞下去，試圖去接近電腦的人便停下了動作，任憑如今已不在世上的二人那最後一份溫柔的笑意，被永恆地凝固在殘酷的日光下。

他們說，行兇者在得手後便即飲彈自盡，其身分自然便是前次洗劫了軍火庫、後於緝逃中漏網的其中一名淘汰者。

他們說，這張照片也是那名淘汰者偽造的，有多名專家能出面背書，言之鑿鑿地分析其合成手法之拙劣。畫面上與王子狀似親密的那名男子，根本不存在於世界上。

他們說，他們的王子頭部中彈，當場死亡，那殘忍地下了殺手的淘汰者是如此卑劣，不僅奪取了他的生命，還試圖用這樣下作的手段來誣陷羞辱他身後的清白。

事情到底是發生在他們的場域上，尤其本就是收拾自己創造的殘局，這事後粉飾的功夫自是更加輕門熟路。

年邁的總統驟失愛子，強忍著悲痛，沉重地親口答應世人，絕不讓王子的死毫無意義，必要接續他的遺志，將《基因清洗法案》及《基因清洗法案加強準則及隔離區重啟辦法》，在他們的理想國裡貫徹下去。這樣的事，再不能發生，這樣的人，也再不能對他們造成傷害。

說到底，即便真是暴政與恐懼又如何呢？他們給這個世界帶來的，終究也是和平與安泰，不是嗎？

那些生來就更值得不必受苦的九千九百九十人，雖痛失了他們的王子，可所幸餘下的九千九百八十九人，能夠不必為了那生來便罪大惡極的十人而活在恐懼裡，得以繼續將勝利者的信仰傳唱下去，心安理得地享受黑暗給他們帶來的好處，避開光明灑落在眼底帶來的刺目。**天佑我國，權力在握，感謝上天。**

可以說，故事就是這樣。

（全文完）

謝辭

人生最大的幸福，就是確信有人愛你，有人因為你是你而愛你，或更確切地說，儘管你是你，仍然有人愛你。

謝謝爸爸媽媽，是你陪著我一步一步地完成了這個故事，並讓我能夠對這個世界有這些體悟。

謝謝姐姐，只有在你身邊，我才能真正表露出我自己。

謝謝家安，你總是最能夠理解並包容我所有的想法，並讓我想為了你成為一個更好的人。

謝謝芷仙，當我在最痛苦的當下，你總是我第一個想要依靠的對象。

謝謝璇，因為有你，我才是完整的。

謝謝齊安，能有你來擔任我的責任編輯，我真的很幸運。

謝謝秀威出版社的編輯團隊，幫我完成了這本作品。

謝謝我的寶寶們，能夠這麼愛著你們，真的太好了。

最重要的，是要謝謝每一個願意拿起這本書翻閱的你。希望你會喜歡這個故事、甚至可以從中得到一些看待世界的不同觀點。

想謝的人太多了，最後，我還是想再厚顏無恥地好好謝一謝自己。

這個故事最初發想於2018.11.22，但彼時還年輕，不過是把筆下的孩子們和這個題材寫著玩，做不得數。期間斷斷續續地增減設定、和裡面的每一個人物進行深刻的對話了解、並反覆思辨自己對這個作品的想法，直到大半年後，才終於動筆寫下第一個字。

而在歷經頓挫失敗前，當微弱的光點收在掌中時，誰不是以為自己能掌握全世界。但謝謝你，謝謝你即便屢受頓挫失敗，謝謝你在迷惘、後悔與痛苦之際，也從來不曾放棄過自己真正喜愛的事物，並終究學會了釋懷，和在未能取得榮光之際依然為自己感到驕傲。

人生中總有些事情有些人，你願意執著願意等。現在的我，過得很好。希望無論此時此刻的你存在於我心中的哪個角落，也務必要過得好。

2022.03

釀冒險56　PG2738

薛丁格的理想國

作　　者　林家榆
責任編輯　喬齊安
圖文排版　黃莉珊
封面設計　劉肇昇

出版策劃　釀出版
製作發行　秀威資訊科技股份有限公司
114 台北市內湖區瑞光路76巷65號1樓
電話：+886-2-2796-3638　傳真：+886-2-2796-1377
服務信箱：service@showwe.com.tw
http://www.showwe.com.tw
郵政劃撥　19563868　戶名：秀威資訊科技股份有限公司
展售門市　國家書店【松江門市】
104 台北市中山區松江路209號1樓
電話：+886-2-2518-0207　傳真：+886-2-2518-0778
網路訂購　秀威網路書店：https://store.showwe.tw
國家網路書店：https://www.govbooks.com.tw
法律顧問　毛國樑　律師
總 經 銷　聯合發行股份有限公司
231新北市新店區寶橋路235巷6弄6號4F
電話：+886-2-2917-8022　傳真：+886-2-2915-6275

出版日期　2022年3月　BOD一版
定　　價　340元

讀者回函卡

Printed in Taiwan

國家圖書館出版品預行編目

薛丁格的理想國/林家榆著. -- 一版. -- 臺北市
: 釀出版, 2022.03
面； 公分. -- (釀冒險 ; 56)
BOD版
ISBN 978-986-445-622-2 (平裝)

863.57 111001042